YASMINA BEHAGLE

LEUR MÈRE À TOUTES

Première partie

Roman

Texte intégral

Code ISBN : 9798508378660

Marque éditoriale : Independently published

À Jérémy, à mes filles, à ma famille et à tous ceux qui m'ont soutenue.

PRÉFACE

La prison de Saint-Lazare était une ancienne léproserie médiévale érigée entre le IXe et le XIIe siècle. Cédée à Saint-Vincent de Paul au XVIIe, elle fut tour à tour prison pour jeunes hommes de bonne famille puis pour épouses et femmes débauchées. Le grand Saint-Vincent y finit ses jours, déposant entre ces murs une aura de sainteté. Un siècle plus tard, les révolutionnaires n'en n'eurent cure et chassèrent les religieux pour en faire une prison contre les « ennemis de la Révolution ». De grands noms comme le Marquis de Sade y furent emprisonnés durant la Terreur. Finalement, en 1794, après la chute de Robespierre, la décision fut prise de faire de Saint-Lazare une prison pour femmes. Celle-ci fut divisée en plusieurs sections qui accueillirent différents types de détenues : droit commun, prostitution ou encore malades de la syphilis et d'autres troubles vénériens. Ainsi, l'infirmerie était importante dans le dispositif de la prison, et celle-ci fut « précieuse pour la science médicale »[1]. À partir de 1850, les sœurs de l'Ordre de Marie-Joseph surveillaient et soignaient les détenues. Eugène Pottet expliquait au début du XXe siècle que malgré « la dureté et la discipline, la tutelle rêche des sœurs de Marie Joseph, les

---

[1]Pottet Eugène, *Histoire de Saint-Lazare*, Paris, Ancienne librairie Mecène, Oudin et Cie, 1912.

sermons du prêtre, les exportations des dames visiteuses, rien ne [pouvait] avoir raison de certaines de ces filles. »

Dans ce roman, vous retrouverez la vie de ces femmes, prostituées de luxe, meurtrières où encore syphilitiques dont la raison ne tient plus qu'à un fil. Elles vivaient souvent dans la plus grande promiscuité et côtoyaient la violence quotidiennement. La foi restait leur seul guide. Cette réalité vous sera décrite sans concession par Yasmina Behagle. Mais ne cherchez pas en ces pages une enquête historique, car il s'agit avant tout d'un roman. Un roman avec ses artifices propres au récit et qui ne peut pas toujours s'encombrer des détails de l'histoire. Ainsi, la principale modification a été de supprimer les sections de la prison, et ceci afin de faire interagir des prisonnières de différentes classes sociales. La violence et la répression demeurent cependant des marqueurs significatifs de cette fin de siècle.

Jérémy Balan, doctorant au Centre des Mondes modernes et contemporains à l'Université Bordeaux Montaigne.

I

Il fallait qu'elle parte. Elle le lui avait fait répéter, puis elle s'était assise et la chaise avait tremblé sous son poids. Une des sous-prieures de Saint-Lazare avait pris congé, c'était une opportunité qu'elle ne devait pas refuser. Sœur Marie regardait autour d'elle. Elle cherchait une réponse, et les vagues de protestation mouraient les unes après les autres, coincées par le récif de ses lèvres. Le père Paul décroisa ses bras et s'approcha d'elle. Elle ne devait pas se morfondre, il la soutenait de tout son être pour guider ces femmes dans le giron du Seigneur. Pauvres pécheresses ! Il l'avait d'ailleurs dit à deux reprises, et sœur Marie à son tour le répéta à voix basse.

Le plus important, c'était le respect. Si elle se respectait, qu'elle les respectait, elles la respecteraient en retour. Il sourit de cette trouvaille qu'il jugea agréable à l'oreille, et elle observa la fossette qui s'était formée sur sa joue. Il toussota avant de reprendre.

— Vous allez nous manquer, ma Sœur, mais ce sera aussi l'occasion pour vous d'avoir plus d'influence.

Et puis, elle pourrait toujours mettre en œuvre ce qu'il lui avait montré. Écoute, bienveillance, et tout se passerait pour le mieux. Il le lui promettait. Elle allait trouver sa place. Elle le dévisageait, dubitative. Si cela n'avait pas été le cas ici, comment cela pourrait-il l'être là-bas ? Comme s'il l'avait entendue, il posa sa main sur son épaule.

— Ce ne sera pas facile, mais je sais que vous y arriverez, conclut-il.

Et de son autre main, il attrapa la poignée de la porte, et lui fit signe de quitter le bureau. Sœur Marie inspira difficilement, sa poitrine palpita, mais elle sortit sans lever la tête. Une fois dehors, quand l'air abandonna ses poumons, elle sentit ses jambes vaciller. Mais elle parvint à se redresser grâce au mur.

Dans sa chambre, elle s'engouffra dans l'alcôve et ferma les rideaux. Qu'elle les avait aimés ! Ils hésitaient entre l'ambre et le miel, et dès le départ, elle avait pris plaisir à les toucher, à les faire glisser entre ses doigts le soir pour s'endormir, ronronnant presque. Mais ce jour-là, à peine sa tête atterrit sur l'oreiller qu'elle se sentit ridicule. Elle voulait associer à sa souffrance un geste dramatique, mais elle devait bien s'y faire, elle n'avait plus quinze ans. Les larmes ne venaient pas, de toute manière. Alors elle se rassit, et retira sa coiffe pour la porter à son visage. Une odeur de savon et de sébum s'y était imprégnée. Elle resta quelques minutes ainsi, échevelée dans les ténèbres. Si seulement elle avait eu le courage de protester. Mais non, elle s'était laissé faire, presque souriante, et bien sûr mon Père, et merci mon Père, et maintenant, elle allait se retrouver à Saint-Lazare avec les putains et les criminelles.

Elle avait l'impression d'avoir toujours vécu dans cette abbaye. Il s'agissait de sa première affectation depuis que son noviciat s'était achevé. Son engagement, à l'époque, n'était encore que temporaire, et on lui avait prédit que ces premières années seraient les plus difficiles.

— Vous changerez d'avis au moins une fois par mois, répétait la mère du couvent.

Pourtant, depuis qu'elle avait prononcé ses vœux, et bien qu'elle ait à plusieurs reprises douté, elle s'était résolue à consacrer sa vie à Dieu. Elle sentait sa présence. Même (et peut-être surtout) quand elle s'engageait dans la mauvaise voie. Son encolure l'étranglait. Ce n'était pas possible. Elle suffoquait. C'en était presque à lui donner la nausée. D'une main décidée, elle ouvrit les rideaux et s'assit au rebord du lit. Qu'allait-il advenir d'elle ? Elle se demanda ce que son père aurait dit s'il avait su qu'elle allait droit à Saint-Lazare. Cette pensée, plus que les autres, l'émut au point qu'elle sentit ses mèches s'imbiber, son col devenir tels ces draps que l'on oublie parfois dehors et qui s'imprègnent de rosée au matin. Quelqu'un frappa à la porte. Elle enfonça sa coiffe et se mit à genoux, marmottant des paroles inaudibles, après avoir essuyé les limaces qui lui coulaient sous le nez. C'était une sœur qui venait ranger, ou bien plier son linge, mais qu'elle supposait surtout en train de l'épier. Son visage se crispa avec ferveur. Vu le temps que cela lui prenait, il était évident qu'elle allait rapporter tout ce qu'elle voyait : ses yeux rougis, ses mains tremblantes... Contrariée, elle guettait son départ et dès qu'elle sortit, bondit pour claquer la porte. Elle n'avait plus la force de faire semblant.

Le lendemain, elle se leva, triste. Elle vivait sa nouvelle affectation comme un exil, un arrachement, une douleur d'autant plus lancinante qu'elle devait la taire. Depuis quelque temps, elle était heureuse ici. Et maintenant, tout allait pourrir, tout allait être gâché, de la plus absurde des manières. Comment allait-elle bien pouvoir être heureuse à Saint-Lazare ? On lui avait dit qu'il s'agissait d'une ancienne léproserie. Elle avait servi au XIe ou au XIIe siècle, elle ne se rappelait plus. Il fallait dire qu'elle n'avait jamais été douée pour les dates ; ses parents pensaient qu'en la confiant au couvent, elle deviendrait une de ces femmes instruites, à la compagnie agréable, aux lèvres comme le cinabre, qui s'assurerait la prospérité par un mariage réfléchi. Ils étaient loin de se douter que c'était le Christ qu'elle allait épouser ! Elle se souvenait encore du regard affolé, puis furieux de sa mère. Rien n'aurait pu la convaincre davantage. Et, de la même manière que la famille qui refuse de donner sa bénédiction au fiancé clandestin lui offre tous les agréments du monde, leur incompréhension l'avait précipitée dans les bras de l'Église.

Les femmes de Saint-Lazare étaient incurables. C'était le vieil aumônier qui le lui assura le matin suivant. Il était rentré, et après avoir tâté l'encadrement de la porte, il s'y adossa. Il lui déclara que déjà quand il était jeune et qu'il vivait à Paris, un vieux garde l'avait prévenu. Pendant qu'il parlait, elle regardait ses mains, deux chauves-souris délavées et fébriles, vibrionner sans repos, et ne se poser que pour reprendre de plus belle leur danse enfiévrée. C'était cruel. Elle avait toujours trouvé cela terrible de voir un vieux parler de ses vieux à lui pour transmettre une de ces vérités qu'on dédaigne, trop pressé de retourner à sa besogne. Alors elle acquiesça pour montrer qu'elle écoutait, que non, il ne monologuait pas, que la vie était courte, et que même si un jour elle serait à sa place, et que le voir chevroter le lui rappelait douloureusement, elle n'avait pas à lui faire payer, chacun sa croix.

II

Les quelques jours qui lui restaient s'écoulaient lentement, et elle en venait à détester ce répit interstitiel. Elle aurait préféré en finir immédiatement. Rien n'était pire que de voir les lieux déjà distants, déjà lointains. Être témoin de sa propre absence. Même le pain avait le goût rance du passé. Elle n'était plus qu'un esprit qui flottait parmi les autres. Et elle ne se révoltait plus lorsqu'elle entendait des moqueries, des chuchotements, des rires étouffés par les coiffes. Les filles, ici, se ressemblaient toutes. Elles ne vivaient plus, elles sentaient la poussière ou l'encens, elles commençaient toutes leurs phrases en évoquant le Seigneur comme pour prouver leur zèle à un maître orgueilleux. Peut-être que ce serait différent en prison ?

Elle savait qu'il y avait de tout là-bas, des putains surtout, mais aussi des mères et des filles plus jeunes. Parfois, elle se demandait s'il y avait des innocentes. Mais la plupart du temps, elle les imaginait telle une nuée informe, bruyante et sans visage. Des yeux inhabités, lui réverbérant sans cesse sa solitude. Et comme ici, elle serait de plus en plus seule, de plus en plus incomprise, jusqu'à ce qu'enfin, peut-être, quelqu'un l'éclaire. Elle gardait espoir. Contrairement à ce qu'on disait d'elle, elle avait toujours eu besoin des autres.

Quand elle était adolescente, cela allait encore. Elle savait qu'elle n'était pas la préférée, celle vers laquelle toutes se tournaient pour avoir une appréciation, un avis, une gratification. Mais on lui parlait, on ne l'ignorait pas. Les choses s'étaient compliquées en devenant adulte, et qu'à partir de là, un obstacle entre elle et les autres s'était établi. Cela se fit de manière si progressive qu'elle ne s'en rendit compte qu'une fois prisonnière. Peut-être se trompait-elle ? Mais souvent, lorsqu'elle priait, lorsqu'elle leur parlait, elle se sentait raillée et s'ensuivait alors une de ces douleurs qui l'enfermait dans son monde et lui donnait l'air évadé des rêveurs.

Elle se rappelait une nuit particulière où elles s'étaient rejointes pour discuter, et où on l'avait sommée de faire le guet. Déjà contrariée de ne pas pouvoir prendre part à cette cérémonie sororale, quelle ne fut pas sa surprise quand on l'accusa de les avoir dénoncées. Elle avait justement menti pour qu'elles puissent regagner leurs chambres en toute discrétion. Et ce fut ainsi que s'écoula son noviciat ; méfiance, secrets, et chamailleries l'infantilisèrent, lui donnant l'impression de danser sur la même partition nerveuse que celle qu'elle avait connue avec sa mère. Quoi qu'elle fasse, elle était malhabile, pataude, et les délicatesses du monde féminin lui échappaient.

Sa mère l'avait toujours intimidée. Souvent, elle l'ignorait, et les deux cohabitaient sans dire un mot, parfois elle la rejetait tout simplement, et la fillette attendait le retour de son père pour qu'on se soucie d'elle. Les seuls moments où elle la réclamait, c'était quand elle était malade. L'œil pisseux, le bonnet brûlant, elle l'embrassait alors, insatiable. Et l'enfant, qui cessait de respirer pour ne pas sentir son haleine faisandée, reconnaissait dans cette femme ce qui lui avait tant manqué. Elle devenait enfin la mère rêvée et chérie, et bien qu'elle sût que cette parenthèse ne durerait que le temps du traitement, qu'elle redeviendrait la femme froide et distante qu'elle connaissait, elle espérait toujours que la souffrance la ferait changer. Elle l'aimait ainsi, et elle réalisa en y repensant que c'était parce qu'elle se mourait et restait au lit. La bonne mère, c'est celle qui crève. Alors, avant même d'atteindre l'âge de porter des enfants, elle conclut qu'elle préférerait mourir plutôt que d'en avoir.

Un soir lorsqu'elle était petite, tandis qu'elle n'arrivait pas à s'endormir et que la maison devenait silencieuse, ses acouphènes résonnaient dans son crâne. Sa gorge se serrait, elle oubliait comment elle devait placer sa langue – elle était anxieuse, seule, et avait peur de la mort. Pourquoi ne pas se glisser dans le nid parental ? Mais renoncer bien vite devant la porte : le tambour des corps était revenu. La voix si douce et si chaude, la régularité des râles, les rebonds obscurs. Impureté et fascination. La peur de la mort s'effaçait quelques minutes devant un trouble plus grand, un trouble qui la bordait jusque dans son lit.

Le lendemain, bien sûr, elle garda ses angoisses pour elle, mais son visage grave ne trompa personne. Ses parents essayèrent de deviner ce qui n'allait pas, en vain. Peut-être que si elle s'était confiée à ce moment, sa vie aurait été différente. Mais plus le temps passait, plus elle s'imaginait l'obscurité du néant, plus elle s'imaginait le tombeau éternel qui l'éloignerait à jamais des siens, et plus elle s'aigrissait avant l'heure. Physiquement, elle dépérissait. Sa nuque se courbait, ses doigts se recroquevillaient, l'apparentant à un vieillard famélique. Ses parents se désespéraient.

La mort de sa grand-mère, alors qu'elle s'approchait de la puberté, calma paradoxalement ses inquiétudes pendant quelques semaines. Enfin, elle souffrait à propos ! Enfin, son foyer partageait les mêmes tristesses ! Elle se surprenait parfois à donner des conseils à son père. Les sourcils concentrés, elle répétait des phrases qu'elle avait glanées dans ses lectures, dans les conversations de commerçants, des maximes dont la platitude n'aidait en rien, sauf à le faire sourire quand elle tournait le dos, fière de ces sagesses populaires. Mais ce calme ne dura que le temps du deuil. Lorsque les soirées redevinrent légères, que les insomnies ne furent plus partagées, la jeune fille se renferma. Elle restait prostrée, à lire tout ce qui lui passait sous la main, exigeant des réponses, trouvant d'autres questions, creusant à nouveau, encore et encore, jusqu'à terminer la journée dans l'état d'épuisement recherché.

Vers treize ans, alors qu'elle préparait une tarte ou une quiche, et qu'elle fouettait les œufs, elle vit un avorton dans l'écume jaune. Un petit amas de nerfs, un minuscule drapé par endroit laiteux, par endroit violacé, mais surtout, un tuyau nacré, qui semblait palpiter dans la mousse dorée. Du bout du doigt, elle saisit la tâche déjà formée. Et elle ressentit cet effroi que l'on éprouve parfois, celui du hasard, de la fragilité, celui qui lui fit se dire que cet embryon, cela aurait pu être elle. Elle aurait pu mourir mille fois, déjà avant de naître, mais aussi après. Après, comme sa cousine, qui malgré les saignées s'était étouffée un soir. Après, comme le fils du meunier qui était tombé dans les escaliers et s'était éclaté le crâne. La tache noire était restée des semaines sur les marches.

Elle abandonna là sa recette et s'enfuit dans sa chambre. Les jours suivants, ses parents ne la virent plus. Elle devint encore plus mélancolique, jusqu'à ce que son père finisse lui aussi par s'agacer. Comment allait-elle dénicher un mari, quasi impotente et pâle comme un suaire ? Non, décidément, sa femme avait raison, il fallait trouver une solution. Il pensait l'envoyer au couvent à la fin de l'été suivant, mais cela n'irait pas. Un peu de rigueur, un environnement enveloppant, mais pas lénifiant, et on allait lui redresser tout ça ! Elle reviendrait les joues dodues, le regard docile et spirituel, et elle ferait leur fierté, oui. Ce fut donc le temps d'entrer au couvent. Alors, comme du baume que l'on masse sur une plaie, les paroles des sœurs l'apaisèrent un peu. Sans qu'elle n'ait eu à leur évoquer ses tourments, et peut-être parce que, justement, elle ne les évoqua pas, les religieuses n'étaient que douceur avec elle ; et leurs prières nappèrent sa douleur jusqu'à ce que ses craquelures ne soient plus qu'un enrobage, une pellicule raisonnable ne la rendant que plus pieuse. Et quand la sœur lui répétait « Avez-vous tant souffert en vain ? Si toutefois c'est en vain ? », ses yeux brillaient, des perles s'y incrustaient, floutant sa vision, floutant le sourire assuré de la femme. Il ne fallut plus grand-chose à son esprit pour s'engager à vie : un rayon de lumière qui se posait miraculeusement sur elle, des voix éparses au moment du coucher, et la jeune fille fut persuadée d'être témoin d'apparitions divines. Elle était choisie, qui était-elle pour se dérober ?

III

Le dernier jour, sœur Marie se leva d'un bond. Elle avait fait pendant la nuit un rêve énigmatique. Une colombe venait dans sa main, elle la caressait avant de lui briser la nuque. Au réveil, une sensation étrange la tenaillait, un mélange d'excitation, de peur, de regret. Elle rangea ses affaires avant d'être vêtue, persuadée qu'elle allait oublier quelque chose. Cela ne prit qu'une ou deux minutes. Elle s'assit ensuite et détailla la pièce. Une fine ouverture qui ne lui laissait qu'entrapercevoir le chêne de la cour (elle pouvait néanmoins jouir d'une certaine intimité), un matelas rempli de foin, qui la faisait souffrir chaque matin, mais qui au moins, ne grinçait pas.

Plus le jour progressait, plus elle s'assombrissait. Elle pensait s'enfermer dans sa chambre, et attendre comme une indésirable l'heure de partir. Son projet était de ne s'animer qu'en fin de journée, d'aller grignoter en cuisine, et de remonter sans faire de bruit. Mais, déjà nostalgique, l'envie de parcourir les couloirs une dernière fois se manifesta. Elle se laissa tenter, et arpenta les escaliers, toucha les murs, frémit de leur humidité, se gondola devant le poêle. Que cette chaleur lui manquerait ! Et les miches tièdes, dans lesquelles elle plantait son index quand personne ne regardait ? Non, finalement, tout allait lui manquer. Tout, et surtout la langueur nouvelle de l'alcôve le soir, l'épaisseur de l'air, l'air justement, qui lui manquait si souvent ces derniers temps, d'une façon si différente, si délicieuse, comparée aux souffles courts de son enfance. Elle descendit sans un bruit, et salua la mère et la prieure qui se trouvaient toutes les deux dans les cuisines, en pleine discussion. Apparemment, il manquait des prunes, des pommes, et de la confiture et la supérieure se demandait si une main chapardeuse ne s'était pas égarée parmi elles. Il allait falloir sévir. L'autre secouait la tête. Les souris pullulaient. Et quand bien même une fille les dépossèderait ; ne disait-on pas que dans sa miséricorde, Il pardonne l'iniquité ?

— Et tu ne déroberas point ? C'est uniquement chez le voisin ? s'étrangla la première.

Leurs voix continuaient à monter, et quand sœur Marie les remercia de leurs enseignements, elles répondirent sans la regarder, avant de reprendre leur dispute.

— Si nous reconnaissons nos péchés, il nous pardonne et nous purifie de tout mal !

— Nettoyez vos mains, pécheurs ; purifiez votre cœur, hommes partagés ! C'est de Jacques ! Vous êtes sourde et aveugle, ma Sœur, comme tous les irresponsables de ce monde !

Sœur Marie tourna les talons et traversa le couloir, dans lequel leurs invectives résonnaient encore jusqu'en haut des marches. Deux par deux, elle les avait gravies pour accéder au bureau du père Paul. Déjà haletante, elle frappa doucement à la porte.

— Ah ! C'est vous !

— C'est que… Je voulais vous remercier. Et vous dire adieu.

— Ce départ est peut-être la meilleure chose qui arrive.

Quand elle sortit du bureau, elle avait le sentiment d'avoir été piétinée par une horde de chevaux. À quoi s'attendait-elle ? À être remerciée elle aussi ? De retour dans le couloir, elle respirait difficilement et serrait les lèvres pour ne pas pleurer. Elle rencontra la prieure qui tira sur sa manche pour recouvrir la pomme dans laquelle elle venait de croquer, et les deux détournèrent le regard dans une synchronisation parfaite. Et dans sa chambre, elle éclata en sanglots. Elle essayait de rendre les plus discrets possible les gémissements, en vain.

Au matin, elle ne souffrait plus. Les larmes l'avaient asséchée, l'avaient meurtrie, l'avaient tuée. Cette nuit avait duré des années, le temps qu'elle renaisse, moins sensible, plus aguerrie. Elle se leva, décidée, résignée comme le sont les exilés qui se persuadent de leur courage alors qu'ils n'ont pas le choix. On fit venir un fiacre spécialement pour elle, ce qui l'étonna. Le père Paul l'attendait en bas, et quand elle fut à son niveau, il l'aida à porter sa valise.

— Si j'ai des doutes, pourrais-je vous écrire ?

— Je suis persuadé que vous n'en aurez pas, répondit-il en installant la valise à ses pieds.

— Adieu alors.

Elle n'entendit pas sa réponse, étouffée par le claquement de la portière. Il s'éloigna jusqu'à être dévoré par les deux énormes portes. Le cocher siffla, les sabots calottèrent le sol, et son corps ballotta d'avant en arrière sans comprendre qu'elle partait déjà. Lorsqu'elle parvint à s'immobiliser, elle regarda les lieux rétrécir, puis disparaître. Elle ne quitta pas la fenêtre des yeux, pour constater que les usines remplaçaient peu à peu les fermes et les clochers des villages. Le paysage boueux, bordé de graminées, s'écaillait pour devenir cet essaim gris et bruyant qu'on lui avait déconseillé d'habiter toute sa vie durant. Elle arriva enfin au bout de longues heures de voyage.

Sous la grande arche, soutenue par les deux colonnes, elle se sentait minuscule. Elle remercia le cocher, attrapa sa valise, et se figea quelques instants devant l'entrée immense, où était gravée la devise tripartite. Le drapeau flottait au-dessus de sa tête. Comme au village, elle bénéficiait de la déférence des passants, qui l'évitaient sans même la frôler. Elle percevait le bourdonnement continuel, l'agitation épuisante du faubourg Saint-Denis, qu'eux ne décelaient plus. Elle ferma les yeux et entendit, vers sa droite, derrière la grille, en provenance de l'intérieur, des rires, des éclats de voix, de vie, qui la terrifièrent.

IV

Georges Foucart, employé à Saint-Lazare depuis vingt-deux ans, pinça le bras de son collègue, le jeune Pierre Garin. Habitué à être interrompu dans ses songes, il ne s'offensa donc pas ce jour-là d'avoir encore une fois été empoigné hors de l'un d'eux.

— Regarde ! Regarde celle-là ! lui chuchota le quinquagénaire. On leur conterait bien fleurette, à ces petits lots-là ! Si ce n'est pas du gâchis !

Sœur Marie avait poussé la porte et traversé la pièce, avant d'hésiter et de retourner sur ses pas. Elle manqua de percuter la table, parut réfléchir quelques instants, puis se présenta à eux. Le cube de verre qui leur servait de bureau était, comme toujours, empli de fumée. Elle tapa sur la vitre qui rebondit d'étonnement, vit une oreille, puis une main. L'un des deux hommes ouvrit la porte.

— Que puis-je faire pour vous, ma Sœur ? dit Pierre en retirant son képi.

— Je cherche la mère supérieure.

— Ah ! Noble quête que celle-ci ! s'exclama Georges en sortant à son tour de l'aquarium.

Elle recula de quelques pas, et se cogna à l'un des deux verrous de la porte des prévenues, au-dessus de laquelle était inscrit en lettres capitales le mot qui séparait les honnêtes femmes des autres.[1] En tout cas, ce fut ce qu'elle se dit en glissant sous sa coiffe les mèches qui s'en étaient échappées.

— Vous allez nous rejoindre ? demanda le garde en tendant les clés à l'autre. C'est une excellente nouvelle, n'est-ce pas mon Pierrot ? Je ne fais que le répéter : on manque de bras ! Ah, non pas que les miens s'affinent, non, loin de là. Encore que, l'autre jour, je me suis foulé et alors...

— Et alors tu t'es plaint toute la semaine ! répondit le jeune.

Il s'était approché d'elle et Georges fit de même, de sorte qu'ils l'encadraient à présent et que le plus vieux put l'attraper par la taille, et la pousser vers la droite pour ouvrir la porte.

— Et donc... Est-ce qu'elle est là ? demanda-t-elle d'une voix qu'elle voulait assurée.

Derrière la première porte s'érigeait une deuxième à seulement un mètre de distance. Elle était en bois massif et recouverte non pas de deux, mais de quatre verrous rouillés, que Georges ouvrit les uns après les autres en mordillant son mégot. Pierre, pendant ce temps, retourna dans l'aquarium.

— Vous allez apprendre, Mademoiselle, que Madame est souvent prise, répondit Georges. C'est qu'il en faut, du temps, pour faire tourner une prison comme la nôtre. Du moins, c'est ce qu'elle répète dès qu'il y a une oreille à sa portée.

Les clés entrèrent avec difficulté dans la dernière serrure si bien qu'il la força, soufflant pendant qu'il la besognait, sa carotide gonflée, saillante, jusqu'à ce qu'enfin, elle déclare forfait.

---

[1] Le mot « prévenues » était inscrit au-dessus d'une lourde porte dans le bureau des admissions.

— Et maintenant, ma chère, nous allons nous introduire dans l'enceinte de la prison. C'est un bâtiment centenaire. Millénaire, même si nous prenons en compte les fondations. À gauche, le guichet d'appel. Bonjour ma Sœur, dit-il à la femme qui y était assise. Celle-ci, une octogénaire ratatinée sur son pupitre, avait le nez plongé dans un registre. Georges saisit le bras de sœur Marie pour qu'elle accélère le pas.

— Depuis la destruction de l'église, que je n'ai pas vue de mes yeux, étant donné mon jeune âge, tout a changé. Elle menaçait de s'écrouler d'un jour à l'autre, parait-il... Enfin, c'est ce que les vieux racontent. Moi, à l'époque, je mangeais encore des purées. Et aujourd'hui, c'est toujours le cas ! Quel âge me donnez-vous ? On me donne dix ans de moins, et cela malgré ma moustache, une idée de ma femme. Ah ! Elles sont malignes ! Où en étions-nous ? L'église, détruite ! Du jour au lendemain. Et depuis, tout a changé.

Ils empruntèrent un escalier aux marches branlantes, et après avoir donné un coup de rein sur une porte, il la fit pénétrer dans un couloir sombre.

— Je ne dis pas en mal, moi Mademoiselle, vous l'apprendrez, je suis un grand optimiste, mais enfin... Depuis que les filles doivent s'enregistrer, car elles ont des droits et des devoirs, c'est bien normal, après tout...ça pullule. Si le préfet était devant moi, je lui dirais bien que ces visites médicales remplissent les prisons et ne vident pas les rues pour autant !

Il ouvrit la première porte à leur droite et ils se retrouvèrent dans une petite pièce qui sentait la pierre humide et depuis laquelle on pouvait voir les jeunes platanes de la cour. Elle s'approcha de la fenêtre, et il fit de même en sifflotant.

— Voilà une belle vue ! Poétique et mystérieuse comme on les aime, dit-il en lui faisant un clin d'œil. Le soir, c'est encore plus sentimental !

Une religieuse entra à ce moment, jeta un bref regard vers Georges, détailla sœur Marie, puis croisa les bras.

— Ce fut un plaisir, dit-il en se dirigeant vers le couloir. Mesdames, conclut-il, avant de se racler la gorge.

À peine franchit-il le seuil qu'on l'entendit cracher par terre.

V

— Vous êtes la nouvelle sous-prieure ? Je suis sœur Marthe, fit la femme en lui serrant la main.

On ne l'avait jamais saluée ainsi. Elle s'attarda sur la bague ambrée qui habillait son index, puis remonta vers son visage. Elle devait avoir une quarantaine d'années, les traits harmonieux, quoique sévères. Sans plus de cérémonie, elle lui fit signe de la suivre. Elle eut l'impression de parcourir le chemin inverse de celui qu'elle venait de faire avec le gardien, car ce fut couloirs, escaliers et portes similaires à ceux qu'elle venait de voir. Finalement, au bout d'un moment, les deux femmes se retrouvèrent dans la cour. Sœur Marie s'étonna qu'elle soit presque déserte, alors qu'elle entendait des rires et des voix. Sœur Marthe, elle, ne s'en formalisa pas. Elle la traversa d'un pas décidé, jusqu'à une cabane derrière laquelle une vingtaine de femmes s'étaient réunies, en poussa deux ou trois sur son passage, et atterrit au centre de ce qui semblait être une rixe. D'une main sûre, elle attrapa une détenue par l'oreille.

— Adélaïde, je t'avais prévenue !

Sœur Marie sursauta avant même que la prisonnière ne se mette à hurler. Elle n'avait pas entendu ce nom depuis des mois. Deux gardes différents de ceux qui l'avaient accueillie, le képi sévère et la moustache frémissante, arrivèrent. Ils soulevèrent la détenue sous les yeux des autres filles. Tout cela s'enchaîna sans que sœur Marie ne s'en émeuve. Elle était retournée quelques années en arrière, guidée comme nous le sommes parfois par une odeur, une mélodie, ou dans son cas, par son propre prénom.

Elle repensait à ce mois de septembre, où il avait déjà commencé à faire frais, et où elle revoyait le sourire de son père, la coiffe de sa mère, ses mains accrochées au bouquet de roses blanches et de pivoines, qui s'ouvraient lascivement pour offrir leur parfum épicé, presque animal, comme si elle en avait froissé les pétales. Et le voile dont la délicatesse des plis l'auréolait d'une brume qui aurait ému le plus viril des hommes. Elle entendait l'orgue, joyeux, exalté, jouer un rythme acidulé, un rythme entêtant, et leur mine ravie à tous alors que sa gorge s'asséchait en même temps que la sève lui collait les doigts. La lumière, après le doute de ces huit jours, où à trois reprises, elle faillit renoncer. Les autres postulantes, aux pommettes comblées et rosies, aux cils qui bruissaient comme ceux de jeunes mariées, et dont les robes se confondaient. Jamais plus elles ne seraient aussi belles.

Elle sentait encore les doigts frôler par moment ses tempes et la faire frissonner, et la gentille chanson qu'une d'elles fredonnait. Le souffle dans sa nuque pour que les quelques mèches récalcitrantes s'envolent. Les robes qu'elles enfilèrent en même temps, ses joues qui s'empourprèrent, son regard qui évitait de se poser trop longuement sur un sein, ou sur un de ces monticules qui lui vaudraient une confession. Et cette nudité bestiale, qui lui rappelait la portée de souris qu'elle avait vue en soulevant une des planches du sol, un soir. Une portée qui grouillait, qui exsudait - c'était donc ça, la vie, les hommes, des souris, des souris qui naissaient et mourraient par milliers, des générations qui se remplaçaient et qui, dans quelques années, ne seraient plus rien. *Et dans quelques années, moi non plus je ne serai plus rien*, avait-elle pensé. Son père qui l'accueillit au pied de l'autel. C'était l'une des dernières fois qu'elle le voyait, mais ça, elle ne le savait pas. Et l'évêque, « Oui, mon Père », « je le veux mon Père », « Avec la grâce de Dieu, mon Père, et les prières, je persévère ». Et la sacristie, où la belle robe tomba à terre, remplacée par l'autre. Et les fleurs, les fleurs qu'elle tendit à son père, déjà fanées, déjà flétries, déjà poussière – comme lui ? Et la mère supérieure arriva, et elle trouva un nom à chacune, alors Adélaïde devint sœur Marie. Sœur Marie, c'était beau, c'était grave, comme leur mère à toutes, et la jeune religieuse avait acquiescé, et fermé les yeux pendant la bénédiction, et si elle se concentrait, elle pouvait encore sentir l'eau s'évaporer, lentement, très lentement sur son front, comme la marque d'un baiser qui n'avait de chaste que le nom.

Elle sursauta, extirpée de son souvenir par l'un des cris de la prisonnière, plus aigu que les autres. Le sang coulait sur sa lèvre, sombre, presque noir, et elle la vit éclater de rire.

— Ça t'a fait bander, hein ? fit-elle en crachant au visage du garde.

Le pourpre infusait sa salive, colorait ses dents, sans que cela n'ait l'air de la déranger, maintenant qu'elle était tombée au sol. Sans regarder ni son collègue ni les sœurs, il l'avait à nouveau frappée, sur la tempe, cette fois-ci. Sœur Marie la voyait encore convulser, mais son sourire avait disparu. À la place, une écume blanche débordait de ses lèvres tordues. L'homme lui donna un coup de pied dans le flanc pour qu'elle se lève, et devant son inertie, fit signe à l'autre de l'attraper sous les aisselles. Ils la traînèrent vers le préau, écoutant le dernier ordre de sœur Marthe :

— Quand elle aura repris ses esprits, vous la mettrez à l'isoloir, qu'elle réfléchisse un peu !

VI

Sur ces mots, Sœur Marthe se racla la gorge et demanda à sœur Marie de la suivre.

— Je suis navrée de ce à quoi vous venez d'assister. Cela est fréquent, malheureusement. Les filles sont enflammées, en ce moment.

Elle lui annonça qu'elle allait lui faire visiter l'atelier, et tourbillonna dans les couloirs sans interrompre ses explications.

— Attention ! Elles ne sont pas toutes condamnées ! Mais ici, on ne peut pas séparer le bon grain de l'ivraie ! Et d'ailleurs, si vous voulez mon avis, les vieilles gâtent les jeunes, les jeunes gâtent leurs enfants, et si une fillette passe sa jeunesse à Saint-Lazare, vous pouvez parier que vous la reverrez plus tard ! Voici donc l'atelier.

Elles avaient atterri dans une grande salle, au centre de laquelle siégeait un lutrin de bois. Une centaine de bancs convergeait vers lui. Avant même qu'elle n'ait eu le temps de détailler la pièce, sœur Marthe referma la porte, et continua sa marche.

— Les vols arrivent souvent. Mais pas autant que le commerce ! L'infirmerie, dit-elle en ouvrant une porte.

Celle-ci, blanche et rouge, révélait une pièce oblongue et lumineuse. Un lit de fortune s'y trouvait, sur lequel une couverture était dépliée, qui paraissait des plus râpeuses. Sœur Marie eut l'impression de la voir bouger. Elle s'approcha, tira un des coins du tissu, et sa respiration se bloqua. Une grenouille écarlate y était étendue, les bras écartés. De son ventre transparent, poignardé à deux ou trois endroits différents, sortait un tortillon visqueux.

— Certaines filles n'acceptent pas d'être grosses... Je vous le dis, ici, votre foi sera votre seul secours !

Sa jupe, quand elle tourna les talons, virevolta avec impatience, mais la nouvelle venue était hypnotisée par les petites mains crispées.

— Allons, nous sommes en retard ! dit-elle en tapotant ses ongles sur le bois du seuil.

Sœur Marie acquiesça et trotta ensuite prestement, si bien qu'elles firent rapidement face à une grande porte en chêne.

— Le bureau de la supérieure.

Sœur Marthe, qui s'agitait tant jusque-là, s'immobilisa. La jeune femme se demanda si elle n'était pas en proie à une crise de tétanie, comme ces proies qui se paralysent alors que les crocs se plantent déjà dans leur gorge.

— Elle a fermé la porte, dit-elle en s'en approchant. Ah ! Quand elle s'y met !

Elle essaya de tirer sur la poignée. Les voiles de sa robe s'enrageaient. Mais en peu de temps, elle se retourna et sœur Marie put voir les sillons de son nez se creuser.

— ... Continuons ! Bien sûr, il est inutile de vous préciser qu'en aucun cas, vous ne devez la déranger, ajouta-t-elle.

La course dans les couloirs reprit et cette fois-ci, parce qu'elle s'y était habituée, sœur Marie la devança. Elles se retrouvèrent devant la porte de la pièce où elle était venue la chercher une demi-heure plus tôt. La salle était maintenant remplie d'autres religieuses qui discutaient, en se donnant des coups de coude, en tapant des mains, en se pinçant le bras. Quand elles entrèrent, toutes la dévisagèrent.

— Mes Sœurs, voici sœur Marie !

Ne sachant que faire d'autre, celle-ci fit une petite révérence, un pas chassé amorti par son jupon. C'était un réflexe. Sa mère lui avait appris à saluer comme une dame quand elle était petite. Sœur Marthe la tira vers elle, pour la guider vers une des plus vieilles de la pièce. Le jabot de celle-ci se gonfla quand elle la vit, et elle ouvrit la bouche sans émettre le moindre son, comme un crapaud en pleine apoplexie.

— Sœur Anne, sœur Marie vous assistera dans l'atelier, se contenta de dire Marthe avant de se volatiliser.

Sœur Marie s'approcha de la femme. La vieille dodelinait de la tête et baragouinait des banalités qui exigeaient qu'elle tende le cou pour les entendre.

— Ah, c'est bien, votre arrivée à Paris, c'est une belle ville. L'atelier est propre, vous verrez. J'en suis fière. Vous vous y plairez.

Et elle ponctuait toutes ses réponses d'autres roucoulades (« Ah c'est bien, c'est bien »), mais celle-ci doutait qu'elle l'ait écoutée. Son calme, en tout cas, était contagieux, car sœur Marie étouffa un ou deux bâillements en arrondissant les narines, et sa tête se mit automatiquement à remuer par imitation. Pour ces raisons, elle fut stupéfaite quand un cri retentit, immédiatement suivi par des ricanements.

— Une infection, je vous dis !

— Oui, c'est bien vrai, elle pue, et pas qu'un peu !

Elle s'approcha du groupe. Une d'elles croisait ses bras sous sa poitrine.

— Ce matin, je lui ai dit : Louise, ce n'est pas raisonnable, tu devrais de te laver, mais elle n'a rien voulu entendre !

— J'ai vu qu'elle avait des plaques plein les poignets, ajouta une autre. J'en ai parlé, à la supérieure. Si ça continue, elle va les contaminer avec tous ses miasmes… Ce n'est pas un monde, tout de même ! Elle va finir à l'isoloir…

Sœur Marthe intervint alors à son tour.

— En parlant d'isoloir, j'ai dit aux deux dogues de m'y mettre Adélaïde. Elle n'écoute rien. Cela étant, elle s'est pris une belle volée, ce n'était pas joli à voir.

Une d'elles s'illumina, cramponnée à son scapulaire.

— Il faut la voir, aussi, quand elle s'y met ! Quelle ânesse, celle-ci ! Si j'avais la force de ces messieurs, croyez-moi que bien avant, je lui aurais fait réciter ses Marie, mère de Dieu ! Elle a renversé tout le pain l'autre jour ! Une avarie sans nom !

Un concours d'indignation débuta. Il fallait intervenir ! Elles étaient sales, si sales que la vermine trouait les draps, il fallait appeler le docteur, ce bon à rien, toujours à ânonner ses prescriptions devant la supérieure. Et si ce n'était que cela ! Elles étaient aussi irrespectueuses, impudentes, et maintenant, dangereuses ? Comment allaient-elles pouvoir continuer à les aider alors que leur vie était en péril ? Sœur Marie-Christine était trop bonne, mais trop de belles paroles pour des sourdes, pour des ingrates, pour des… (celle qui parlait hésita alors, ne trouvant plus de mot assez fort). Une autre lui vint en aide. Elle, si elle était à la place de sœur Marie-Christine, etc… Le regard de sœur Marie avait divagué jusqu'à la fenêtre. Absorbé par la beauté du feuillage en cette mi-saison, il descendit pour se perdre dans les dentelures de l'écorce. Elle avait l'impression que si elle se concentrait, elle pouvait sentir la rugosité de l'arbre, la légère tension qui infléchirait son ongle si elle tentait d'en arracher un morceau pour le porter à son nez, comme elle le ferait avec un bâton de cannelle.

VII

Le soir, elle s'attrista devant cette chambre qu'elle ne connaissait pas encore. C'était comme si elle ne pouvait plus s'épancher. Non pas que cela soit quelque chose qu'elle faisait volontiers là-bas – depuis qu'elle avait prononcé ses vœux, elle se lamentait peu. Mais les lieux d'alors, tels des bras maternels, l'avaient réconfortée. Ici, même seule, même sûre que personne ne troublerait son calme, elle se sentait étrangère. Alors, elle ravala sa mélancolie pour sourire comme devant des inconnus qu'on craint de mettre mal à l'aise. Elle fuyait sa tristesse et cette entreprise l'y liait davantage. Allait-elle se sentir mieux un jour ? Elle posa sa tête sur son oreiller, avec la précaution de celui qui craint d'abîmer ce qui ne lui appartient pas. Puis, après avoir inspecté la pièce une dernière fois, elle baissa ses paupières. Assez vite, les souvenirs se mêlèrent au réel. Elle se mit à trembler, comme à chaque fois qu'elle dévalait les marches du sommeil trop rapidement.

Elle n'arrivait pas à chasser son visage, qui à peine avait-elle fermé les yeux, la hantait. D'abord, elle entendit sa voix, comme s'il était à ses côtés. Puis, elle revit la main agrippée à la poignée de sa valise quand il était arrivé la première fois. Elle était souple et pâle, les ongles polis et propres, elle se rappelait s'être fait la réflexion, car d'habitude, elle ne voyait cela que chez les femmes. La crasse incrustée sous les doigts de son père, et sa mère qui râlait, voilà à quoi elle pensait lorsqu'il la salua. Il leva juste sa paume en sa direction, sans même la regarder, ou alors à peine, et, tout doucement, elle l'imita. L'instant d'après, elle baissa les yeux, et disparut dans le jardin, pour cueillir des pommes dans le verger, comme on le lui avait demandé. Il était beau, se dit-elle. Puis, honteuse, elle falsifia sa pensée, jusqu'à ce qu'elle devienne correcte, jusqu'à ce qu'elle puisse l'appliquer à un frère, à un père, au Seigneur.

Le père Paul fit l'office dès le lendemain. Ce fut un court discours qui se concentra sur la miséricorde et sur l'amour de Dieu. Grave, il hochait la tête à chaque fin de phrase. Après cette introduction, son visage se radoucit, et il les remercia. Sa sincérité à ce moment-là, sa voix qui se fêlait la bouleversèrent. Elle ne fut pas la seule, car ce fut au premier banc (celui sur lequel elle s'était empressée de s'asseoir, houspillant les autres qui s'y étaient agglutinées) une bourrasque de soupirs. Les mains papillonnaient sur les poitrines, les livrets éventaient les coiffes qui se gorgeaient d'air, révélant la lisière des chevelures. Quand il termina, elle le suivit vers l'extérieur et, derrière la large porte, l'écouta parler longuement avec une fidèle. Ses yeux s'agrandirent lorsqu'elle remarqua qu'il fumait. L'éclipse ardente qu'il portait à ses lèvres, son sourire confiant, tout respirait une modernité qui l'incommodait tout autant qu'elle la fascinait. Il revint dans l'église et elle se cacha pour qu'il ne la voie pas, avant de disparaître dehors. Elle s'inquiéta devant le mégot qui n'était pas complètement éteint, l'attrapa et souffla dessus, se brûlant passablement les doigts.

VIII

Les jours passèrent sans qu'elle ne se sente à sa place, ni avec les autres religieuses ni auprès des détenues. Qu'elle se lève ou qu'elle se couche, elle se résignait, car les journées ressemblaient à des copies infidèles de celles qu'elle avait connues. Ses gestes se superposaient à ceux d'alors et la plongeaient dans un mutisme pensif. Elle savait que sa vie avait changé. Et toutes les petites habitudes, tous les rituels qu'elle reproduisait à l'identique ne faisaient que renforcer cet exil. Comment faire ? Comment faire pour se sentir à nouveau à sa place, pour se sentir à nouveau elle-même ? Tous les jours, elle se sentait démunie, sans énergie. Comme un agneau qu'on étripe et qu'on suspend, exsangue. Tous les jours, elle était bloquée, perdue entre les souvenirs, les pensées et les peurs, nageant à contre-courant, luttant contre elle-même pour revenir à la vie, pour exister dans ce monde nouveau et effrayant.

Le matin, elle se levait avant le soleil. Elle tâtonnait dans l'aube pour trouver ses vêtements. Les sœurs étaient très claires. Il ne fallait sous aucun prétexte qu'on la voie sans son habit. C'était une question de survie. Les filles, avaient-elles dit, étaient semblables à des truies. En plus d'ignorer les règles d'hygiène les plus élémentaires, il n'était pas rare qu'elles s'estropient, qu'elles s'éborgnent, qu'elles se massacrent volontairement. Ici, la promiscuité avait fait perdre la raison à plus d'une femme ! Surtout, bien placer sa guimpe. Car alors, qu'en serait-il si rien ne la différenciait d'elles ? Il fallait voir, déjà, comment elles les traitaient malgré leur uniforme ! Il n'y avait plus de respect, ni pour la religion ni pour les anciennes !

Au bout de quelques semaines, sa vie se mélangea à celle d'avant, et alors que les premiers temps, les souvenirs remontaient à la surface pour la sortir du quotidien, ils finirent par s'y diluer. Elle ne s'immobilisait plus en entendant une voix ressemblant à celle d'une fidèle, elle ne serrait plus son scapulaire pour se donner du courage, elle ne se retournait plus mille fois dans son lit avant de s'endormir. Le bois sombre de la charpente du dortoir, les pierres fraîches des couloirs, la peinture écaillée des murs, les feuilles des platanes qui craquelaient sous ses pas, tout ce qui l'entourait devint familier.

Quand on la sommait, parfois, de se rendre à l'aquarium pour appeler un garde, elle y allait sans se plaindre. Elle n'avait pas encore compris qu'il s'agissait là d'une peine qu'on octroyait aux nouvelles. En effet, quoi de plus décourageant que ces yeux affamés qui se posaient sur la moindre parcelle de peau, surtout sur celle des dernières recrues, ces filles de paysans dodues et dociles, que l'on pouvait coincer dans un couloir sans crainte qu'elle ne proteste ou ne parle ? Celles qui riaient gaiement quand on leur dévorait le cou de gros baisers humides et qui des semaines plus tard, quittaient les ordres sans lâcher leurs souliers du regard. Seules les anciennes, à écouter ces hommes, méritaient considération. La même considération molle que celle qu'ils destinaient à une vieille tante. Au début, ils avaient bien essayé de tâter un peu, de s'assurer de la chaleur de ses mains, de vérifier qu'elle mangeait à sa faim. Mais étrangement, peut-être à cause de son air perdu, on ne tenta pas de l'approcher de trop près.

Elle s'habitua rapidement aux raclements de gorge, aux claquements de langue et à tous ces grésillements masculins, sans se douter qu'elle avait fini par les ennuyer tout autant que l'inverse. Puisqu'elle n'était pas de la même humeur qu'eux, elle les exaspérait. Georges râlait dès le matin. On ne pouvait plus agir comme on voulait ! Lui qui, justement, espérait pouvoir faire de l'exercice entre deux rapports (c'était son médecin qui le lui avait conseillé)... Pierre savait que son collègue ergotait, que jamais il ne l'avait vu s'inquiéter ni de sa santé ni de sa forme physique, mais enfin, il était vrai que la nouvelle arrivait toujours au moment de la digestion, et ça, ça le chagrinait profondément. Finies les siestes où fermentaient dans son ventre les bouillies du midi ! Finis les fourmillements divins qui lui parcouraient les lèvres quand il s'assoupissait !

Assez vite, donc, on crayonna un plan pour qu'elle n'ait plus le loisir de venir à l'aquarium. Georges s'y attela. C'était si simple, et pourtant si astucieux, qu'il ne cessait de se mordiller la moustache en en parlant aux autres. Si la supérieure était contrariée, la religieuse ne serait plus autorisée qu'à faire deux choses : dormir et travailler. Donc, si elle rentrait dans son bureau à un de ces moments si particuliers où s'y introduire équivaudrait à une sentence définitive, ils seraient débarrassés. On tapa sur les vitres de l'aquarium, puis sur le dos de Georges. Quelle sagacité !

Le lendemain, quand elle arriva, il se redressa martialement avant de lui annoncer ce qu'il attendait d'elle. Il lissa la visière de son képi ; puis s'éclaircit la gorge. La supérieure étant absente, il n'y avait aucun problème à ce qu'elle y rentre sans toquer pour leur rapporter le formulaire des entrées, celui qui se trouvait dans le tiroir du bureau. Le tiroir de droite. Quand elle quitta l'aquarium, il se frottait les mains.

— Celui de droite, surtout pas celui de gauche que je lui ai dit ! Si tu avais vu sa tête, dit-il en donnant un coup de coude dans les côtes de Pierre.

Sœur Marie, dans le couloir, réentendait l'interdiction de sœur Marthe. Pendant quelques instants, elle pensa retourner dans l'atelier et faire comme si de rien n'était. Un oubli arrivait si vite. Mais, aussitôt, elle craignit que la colère des gardes ne soit encore pire que celle de Marthe, que celle de la supérieure. Bien qu'ayant marché le plus lentement possible, elle se trouvait déjà devant le bureau. Elle contempla la porte, puis inspira le plus d'air avant de poser sa main sur la poignée. Elle fut surprise de constater qu'elle ne pouvait l'ouvrir complètement. Quelque chose bloquait l'entrée. Elle la poussa tout de même et d'un pas pressé, se dirigea vers le bureau.

— Que faites-vous là ? fit une voix derrière elle.

Elle sursauta et tomba face une chevelure grise, dont les racines se clairsemaient, comme il arrivait souvent aux religieuses d'un certain âge, à cause de la coiffe qui leur asphyxie le crâne. La femme n'avait pas pris la peine de se retourner. Elle était concentrée sur la porte qu'elle astiquait avec ferveur. Sœur Marie sentait une odeur résineuse, celle de l'essence de térébenthine ou d'une cire à bois.

— Non, ce n'est pas suffisant, l'entendit-elle marmonner.

La femme, ensuite, noua son chiffon à la poignée avant de se redresser.

— Alors ?

La sous-prieure la dévisageait. Plus elle avançait, plus elle la détaillait. Elle était plutôt quelconque s'il n'y avait ces deux incisives qui débordaient sur la lèvre inférieure. Le nez était droit, bordé par deux vaguelettes qui descendaient jusqu'aux commissures pour ordonner dans un plissage étudié le bas du visage. Enfin, ses yeux étaient petits, verts et brillants, excrétant une intelligence intimidante. Maintenant, elle était si proche qu'elle pouvait voir le duvet translucide de ses joues se rejoindre et brunir sur sa lèvre. *Elle avait été belle, un jour*, pensa-t-elle, en se cognant au bureau. À peine essaya-t-elle de se retourner qu'un doigt se planta dans son plexus.

— Je ne sais pas ce qui vous a pris d'entrer sans frapper, mais cela, Mademoiselle, c'est une faute, et une faute grave !

Son index, après l'avoir quasiment transpercée, escalada le long de son épaule pour s'agripper à sa coiffe. Dans un mouvement contraire, elle essaya de se libérer, mais c'était trop tard. La main fusionna avec le tissu pour la tirer vers l'extérieur. Tout ce dont elle se rappela par la suite, fut un coup de pied pile sur le coccyx, puis les marches, qu'elle monta à quatre pattes en ignorant les larmes qui brouillaient sa vision. Jamais elle n'avait eu aussi honte.

IX

Le jour suivant, sœur Marthe lui défendit de retourner à l'aquarium. Par sa faute, elles avaient toutes subi les réprimandes de Sœur Marie-Christine. La commande de calissons du mois d'octobre avait été annulée. Elle était très déçue. Il fallait donc qu'elle se fasse oublier. Surveillance dans la cour et dans l'atelier, voilà tout ce qu'on lui demandait.

Dehors, la chaleur pour ce milieu d'automne était étouffante. Les oiseaux criaillaient. Sœur Marie, à l'ombre d'un platane, observait les filles qui défilaient deux par deux, dans une ronde désunie et bruyante. Une femme replète aux épaules carrées et à la démarche lourde semblait être respectée ; autour d'elle, l'agitation se tarissait, les pichenettes et les injures s'assourdissaient. Elle les entendit l'appeler Berthe.

Il était difficile de distinguer les prostituées des autres femmes. Surtout celles qui offraient leur corps pour quelques francs. Elles avaient le port de tête ouvrier, la verve agile comme l'aiguille qu'on enfonce dans un bas, et s'agenouillaient lors des prêches avec la même ferveur que les autres. Non, avec elles, il n'y avait pas énormément de différence. En revanche, celles qui, d'après les religieuses, atteignaient des records d'investissement, des prix qui feraient pâlir les notables de province et la petite-bourgeoisie, ne ressemblaient en rien aux autres. Déjà, elles se faisaient rares. Et puis, à son grand étonnement, elles disposaient de chambres particulières. C'était, d'après sœur Marthe, pour empêcher les vols.

— Elles possèdent de très belles choses, avait-elle ajouté.

En effet. Elle avait pu apercevoir la chambre d'une d'entre elles, et s'il ne s'agissait pas d'une chambre de palais, elle était propre (ce qui était un luxe à Saint-Lazare), avec une jolie table de toilette, et un lit à baldaquin comme les leurs. Sur la coiffeuse brillaient des bagues, des bracelets, des peignes, posés distraitement, presque lascivement sur le marbre rose. La lumière passait à travers les pierreries pour se refléter au plafond dans des teintes bigarrées qui évoquaient les tréfonds d'une grotte orientale.

Mais l'endroit le plus surprenant se trouvait sans hésiter dans l'aile ouest. Une nurserie géante, braillarde, qui palpitait comme la colère d'un seul nourrisson affamé. Elle se remplissait tôt le matin pour que les mères puissent travailler, et se vidait l'après-midi. En renfort, une détenue les aidait pour les soins des petits. C'était une grande femme, aux mains expertes et à la voix très grave, avec des yeux si sombres qu'on démêlait à peine l'iris du reste. Toujours avec un enfant dans les bras, elle répondait d'un ton docte à toutes les questions inquiètes. Sœur Marie la trouvait sympathique jusqu'à ce qu'on lui dévoile les raisons de son incarcération.

— Henriette ? Une faiseuse d'ange, avait persiflé sœur Anne une matinée où elle la jugeait trop proche d'elle. Ne vous compromettez pas !

Elle avait claqué sa bible avec aplomb avant de s'éloigner, et sœur Marie lui avait obéi, par peur de représailles et par lâcheté aussi, préférant se plier à ce qu'elle connaissait plutôt qu'écouter cette curieuse intuition qui la saisissait quand elle voyait cette femme noueuse s'occuper de ces enfants qui fourmillaient à ses pieds comme s'il s'agissait des siens.

Quelque temps plus tard, et depuis qu'elle évitait Henriette, les autres commencèrent à bourdonner près d'elle, plus entreprenantes que jamais. Cela débuta avec des questions badines sur la réception du courrier, mais très vite, on lui en demanda plus. Elle souriait, gênée, ne sachant pas comment réagir. Elle répondit un matin à l'une d'elles :

— Non, ce n'est pas possible. Les cigarettes sont interdites, et d'ailleurs, je ne sors pas de l'enceinte de Saint-Lazare. Je ne sais pas qui vous a dit que je pouvais m'en procurer, mais cette personne s'est trompée.

Sœur Marie regardait le jupon sale, auquel s'accrochait un enfant. Âgé de peut-être deux ou trois ans, il s'agitait quand sa mère parlait, puis, au contraire s'immobilisait, à l'affût, lorsqu'elle se taisait. Des petites mèches, à moitié bouclées, bordaient ses oreilles. De temps en temps, ses prunelles noires se soulevaient en sa direction, et puisqu'il pressentait de la révolte dans la voix de sa mère, ses narines s'arrondissaient par imitation. La sous-prieure se retourna, prête à repartir vers le préau, quand on s'accrocha à son bras.

— Allez, tu ne vas pas chicaner…

Les paupières de la femme retombaient mollement sur ses cils. En parlant, sa peau se contractait avec toutes les peines du monde, comme si elle s'était rigidifiée. Ses pupilles ne quittaient pas son épaule, dans une économie de mouvements rarement égalée. À aucun moment elle ne la regarda dans les yeux. Elle répéta machinalement sa phrase, ignorant la réponse. Quelque chose en elle l'irritait, sans qu'elle ne parvienne à déterminer ce que c'était. Elle secoua la tête en guise de refus, mais voyant que la femme ne comptait pas abandonner, elle s'impatienta.

— Je ne peux rien faire pour vous, maintenant laissez-moi s'il vous plaît !

Elle s'ébroua en même temps pour qu'elle lui lâche le bras, et s'éloigna sous le regard des autres femmes, qui s'étaient rapprochées en l'entendant élever la voix.

— Ma Blandine, elle t'a mal parlée, se hasarda l'une d'elles.

X

Le soir, après que les sœurs aient fait l'appel et les détenues rejoint la chambre commune, une certaine agitation y germa. Une des prisonnières, Léontine, ressassait l'incident de l'après-midi à haute voix.

— Vraiment, elle t'a mal parlé...commença-t-elle.

Elle n'était pas sûre de ce qu'elle avançait. Mais devant le soupir de sa voisine, elle continua.

— Moi, si l'on m'avait parlé comme ça...

La principale intéressée ne répondit pas. Elle avait calé son enfant sur son épaule et déambulait dans le dortoir. Depuis quelque temps, il ne dormait qu'une fois que les filles se calmaient. Elle lui chantait de vieilles comptines qui résonnaient dans l'obscurité. Ce soir-là, les muscles du petit se détendirent rapidement. Après l'avoir bordé, elle claqua son ongle sur sa tête de lit. Léontine, passées une ou deux minutes de recherche, lui glissa une cigarette dans la main.

— Je ne vois pas comment on va faire s'ils nous les refusent, fit-elle en lui tendant une allumette.

L'autre la craqua sous sa semelle. Puis en recrachant sa fumée, elle s'agaça.

— Oh, ne t'échauffe pas avec ça...

— Blandine, si l'on commence à se laisser faire, tu sais bien ce qu'il va se passer...

Celle-ci ne répondit pas. Elle regardait son enfant dormir. Ses paupières tressautaient encore. Elle s'approcha de lui et entortilla son doigt autour d'une de ses mèches pour la replacer derrière son oreille. Puis, elle l'embrassa sur la joue. Elle aimait beaucoup cette tranquillité, juste après qu'il se soit endormi, vers neuf ou dix heures, quand les lumières s'éteignaient une à une. Peut-être parce qu'encore quelques mois plus tôt, elle avait haï ces mêmes instants. Devant son silence, Léontine recommença à marmonner.

— Tu le vois bien qu'elle fait son barbot !

— Elle va nous apporter que des ennuis, renchérit une autre à côté d'elles. Et après, tout va redevenir comme avant !

Beaucoup de filles se levèrent de leurs lits. Celles qui, pendant quelques minutes, avaient trouvé le sommeil renfonçaient leur bonnet sur les oreilles, celles qui, au contraire n'y arrivaient pas claquaient leurs doigts contre le bois pour demander une cigarette, ou tendaient leur flacon de Listerine pour qu'on y verse de la liqueur. Après en avoir vidé le bouchon, la plupart restaient silencieuses, brutalisées par l'alcool pur. Mais les plus bavardes, électrisées par l'eau-de-vie, en réclamaient encore, accroupies dans leurs lits. Excédées que l'on ne s'occupe pas d'elles, elles se mirent à chanter, à maudire les gardes, les religieuses, et surtout celle qui avait osé défier l'une d'elles. Derrière chaque rangée se jouait le même discours, si bien qu'un visiteur, qui à cette heure tardive se serait perdu, aurait cru entendre l'écho de la voix de la première prisonnière au fond du dortoir.

Elles ne s'écoutaient plus, babillaient et tapaient des mains ; au bout d'un quart d'heure, elles revinrent au début, et répétèrent la scène, plus excédées encore. C'est qu'elle commençait à ne plus se sentir, la petite ! Et la pauvre Adélaïde, qui devait partager son déjeuner avec les rats ! Il se disait qu'elle était malade, elles n'étaient pas sûres, ce n'était pas la question, la question c'était l'injustice, et les abus, et elles, elles détestaient les abus en tout genre. Et assurément, elle avait mal parlé à Blandine, et celle qui disait le contraire, n'avait qu'à venir le leur dire. Berthe, enveloppée dans sa couverture, leur demanda de se taire. Elle n'arrivait pas à dormir.

— Dormir ? Dormir ! Comment peux-tu dormir ? s'étrangla l'une d'entre elles.

Les caquètements reprirent, encore plus forts, encore plus indignés. Ce n'était tout de même pas un monde si celles qui étaient le plus proche d'elles, qui pouvaient les comprendre, qui souffraient de mêmes peines (et des peines, elles en avaient connues !), celles-ci, donc, non seulement s'abstenaient de les soutenir, mais en plus se permettaient de les contredire !

— Berthe, si ce n'était toi, dit Léontine, j'aurais cru entendre une des leurs !

— Oh ! Tu ne vas pas recommencer… Elle vient d'arriver, celle-là, c'est une gamine, elle n'y connaît rien… Laisse-là donc !

Après avoir dit cela, elle s'engouffra dans son lit et leur tourna le dos.

— Mais c'est justement pour ça ! glapit l'autre. Il faut qu'elle comprenne qui nous sommes, il faut qu'elle comprenne qu'avec nous, point d'enfantillages !

—Point d'enfantillages, point d'enfantillages, applaudit l'une d'elles.

Et toutes celles qui étaient réveillées s'y mirent. D'abord, un murmure parcourut le dortoir, mais très vite il s'engaillardit pour devenir un véritable hymne. Certaines se rechaussèrent et martelèrent le sol de leurs talons. D'autres saisirent leur brosse pour battre la mesure sur leur tête de lit. Une, même, dansait au centre de la pièce, encore en chemise. Les nourrissons, habitués aux coups de folie de leurs mères, dormaient paisiblement. Cela ne dura que quelques minutes, trop peu pour que l'aquarium ne s'alerte, mais bien suffisamment pour leur échauffer les idées.

— Et si on la faisait venir ?

— Oui, qu'elle s'explique, la petite !

Elles tambourinèrent sur leurs genoux, satisfaites d'elles-mêmes, jusqu'à ce que l'une remarque que faire venir une seule religieuse était impossible.

— Elles s'agglutinent entre elles comme des pucerons !

— Dévorées par la bête à bon Dieu, belle ironie ! On fait comment alors ?

Léontine attrapa son oreiller et entortilla le coin de la taie autour de son doigt. Pendant ce temps, Blandine se dirigea derrière le paravent, son pot de chambre à la main. Elle semblait s'être perdue dans ses pensées quand elle revint, car Léontine, les bras croisés, ânonna sa désapprobation.

— Alors !

— On envoie Augustin, il lui dit que j'ai la colique, et comme c'est une Marie-prie-pour-moi, elle sera là dans la minute, à refourguer ses derniers sacrements...

— Belle idée ! Réveille-le.

Ledit Augustin était son fils de trois ans. Il parlait à peine et avait sans cesse le nez croûté d'une couche verdâtre. Blandine l'avait eu sur le lit même où il dormait. Cela faisait deux ans qu'elle était à Saint-Lazare quand elle l'avait extirpé d'elle, encore chaud et fumant, son cordon autour du cou. Les gardes avaient tardé à l'aider. Il avait déjà bleu quand l'un d'eux avait découpé la ronce violacée qui entravait son premier cri. Le visage de l'homme était cramoisi lorsqu'il l'avait enfin tendu à l'accouchée.

— Félicitations ! Un garçon, s'était ému son collègue en lui démontant l'épaule.

Depuis, Blandine regardait son fils avec l'anxiété des mères qui savent. Et un jour, avant son premier anniversaire, les convulsions avaient commencé. À chaque fois qu'il tombait au sol et qu'elle bloquait sa langue à l'aide d'une cuillère, une part d'elle s'écumait en même temps que la salive du petit. Mais elle l'aimait, son Augustin, elle l'aimait peut-être encore plus que s'il avait été en bonne santé.

— Augustin, lève-toi ! lui chuchota-t-elle ce soir-là.

Quand sœur Marie fut réveillée en sursaut par ce garçonnet aux yeux sombres, le même qu'elle avait surpris quelques heures plus tôt auprès de sa mère, son cœur malmena son plexus. Ses doigts n'arrivèrent à boutonner qu'imparfaitement le col de sa coiffe, et elle erra dans le couloir, uniquement tirée par la petite main glacée. Lorsqu'elle entra dans le dortoir, toutes les femmes dormaient.

— Où se trouve ta mère ? murmura-t-elle à l'enfant.

Sans répondre, il la guida jusqu'au lit. Là, elle ne vit qu'un dos qui se recroquevillait sur lui-même. Il était si courbé qu'elle pouvait, si elle le souhaitait, compter chacune des vertèbres qui transperçaient le tissu de sa chemise. Elle s'approcha doucement, sans faire le moindre bruit ; et à peine s'assit-elle sur le coin du lit que la femme se retourna et lui renversa un bouillon tiède dessus.

XI

Le pot de chambre, après l'avoir presque assommée, se brisa entre ses pieds. Elle accompagna sa chute en tombant elle-même du lit.

— Et la Blandine qui vient d'y faire !

Léontine sursautait de rire. Sœur Marie n'avait pas fermé la bouche à temps. Instinctivement, elle fronça le nez pour ne pas sentir le goût, mais cela n'empêcha pas le sel d'imprégner ses lèvres.

— Tu ne l'as pas vu venir, celle-là ! chuchota Blandine en s'approchant.

Elle ne répondit pas. Ses mains hésitaient. Devait-elle s'essuyer le visage au risque de le souiller davantage ? Sa bouche était entrouverte et elle n'osait pas la refermer, craignant d'en contaminer aussi l'intérieur. En face d'elle, les deux prisonnières applaudissaient, triomphantes. Elle ne pouvait s'empêcher de les regarder, toujours sans rien dire. Le gamin s'était accroupi près d'elle pour ramasser les morceaux de faïence, mais sa mère le releva.

— Non, Augustin ! Madame je-ne-peux-rien-faire-pour-vous va s'en occuper !

Sœur Marie la dévisageait, le souffle court. Elle avait refermé ses poings sur ses genoux.

— Tu m'entends ? Tu vas me nettoyer ça, et sans attendre !

53

Obéissante, elle baissa la tête et attrapa un des éclats, mais une mâchoire invisible lui poinçonna le doigt. Elle ne put s'empêcher d'échapper un cri. Le sang coula rapidement, se mélangeant aux fragments laiteux et à l'urine.

— Mais vous allez la laisser, oui ?

Le sourire de Léontine se lézarda et elle disparut dans l'obscurité. Berthe, après avoir empoigné Blandine, la guida à côté de la religieuse et la fit asseoir sur ses talons pour éponger le sol.

— Quel exemple pour ton fils !

Elle allait aider la sous-prieure à se relever quand une prisonnière surgit des ténèbres et fondit sur elle. C'était une de celles qui se tenaient à l'écart des autres. Elles n'étaient pas nombreuses, la plupart fusionnaient pour mieux essaimer quand une sœur ou un garde approchait. Sœur Marie vit le bas de sa jupe s'aplatir et la recouvrir en partie.

— Emmène-la à l'infirmerie, je m'occupe d'elle, lui ordonna Berthe en talochant les reins de Blandine.

Celle-ci faillit tomber à la renverse, mais riait toujours. Son dos tressautait, ce qui l'empêchait de reprendre son souffle.

— N'y a-t-il pas un garde qui mériterait davantage tes mauvais sorts qu'elle ? s'agaça celle qui tirait sœur Marie.

Quand elle fut debout, elle put remarquer que les mains de la femme tremblaient. Ce fut la dernière chose qu'elle vit avant leur départ, car dans un tourbillon impatient, elles se retrouvèrent rapidement dans l'infirmerie. Toujours sans rien dire, la détenue alluma une lampe à huile et la lui tendit. Le halo ne les éclairait qu'imparfaitement, mais se reflétait sur les fioles et becs qui se dressaient sur les dessertes. À cause de l'obscurité, la religieuse, concentrée sur ses autres sens, fut étonnée par les parfums de la pièce. En plus de l'odeur alcaline des désinfectants, une odeur plus subtile, mais tenace s'était manifestée. Une odeur de femme, un parfum indéfinissable, comme celui des larmes, salé, mais aussi légèrement poudré. C'était d'abord les embruns, qui l'avaient invitée alors qu'elle était si petite. Et la main maternelle qui l'avait baignée la première fois. Quand la femme banda sa blessure, elle comprit que les souvenirs qui venaient de s'imposer à elle se dégageaient de sa chevelure. Il s'agissait de l'essence de sa mère. Elle portait le même parfum, ou le même onguent, ou la même cire (qu'importe, puisque l'odeur d'abord si discrète l'étouffait à présent). L'image qu'elle venait de visualiser et qui l'avait rendue, malgré elle nostalgique, la fit rougir.

Après avoir attrapé le linge qu'elle lui tendait, elle la détailla avec la curiosité d'un enfant soupçonneux. Son visage manquait de délicatesse. Elle avait un nez épaté et de fines lèvres qui ressemblaient à la signature d'une divinité peu inspirée. Ses sourcils hérissés se rejoignaient et se fragmentaient par endroits. Les cheveux sur ses tempes frisaient, mais surtout, ses yeux s'étaient réfugiés dans les plis de ses paupières, et il aurait fallu des lumières bien plus fortes que la pauvre flamme pour en distinguer la couleur.

— Je m'appelle Marianne.

Sœur Marie offrit sa main, mais son coude heurta la lampe à ses côtés. Marianne l'attrapa de justesse et tandis que la lueur métallique éclairait enfin la totalité de son visage, la religieuse ne put s'empêcher de détourner le sien.

— Je suis désolée...

Presque immédiatement, elle se força à reposer ses yeux sur elle. Celle-ci ne cillait pas. Si cela n'avait été l'un des plus tristes spectacles qu'elle n'ait eu à voir, elle aurait été touchée par la délicatesse des couleurs. Les bleus s'empourpraient, les verts noircissaient, sans qu'elle ne puisse déterminer à quel moment l'un des pigments devenait l'autre. Si la palette de ce visage démoli s'était trouvée dans la nature, sur la surface d'un étang, dans l'humus d'un sous-bois, elle s'en serait émerveillée. Elle aurait pu lui demander ce qu'il s'était passé, mais des femmes comme elle, elle en avait déjà vu des dizaines, et on lui avait bien appris que si elles ne souhaitaient pas parler, rien ni personne ne devait les forcer.

— Ce n'est rien, j'ai l'habitude, maintenant, finit par dire la prisonnière.

Elle sourit, et son visage changea complètement. Tout ce que sœur Marie avait trouvé d'ingrat dans ses traits se transfigura, muant sans qu'elle n'en saisisse les étapes en une composition qui piquait le regard de par son imperfection. La colère quitta sa bouche, qui se rengorgea. Ses lèvres s'ourlèrent ensuite pour dévoiler ses dents, blanches comme des petits cailloux polis quoique l'une d'elles soit ébréchée. Cela n'entachait néanmoins en rien son charme. Son regard, jusque-là ahuri, s'intensifia.

— Merci de m'avoir aidée, murmura la sœur.

Après avoir lancé la compresse dans une panière près de la porte, l'autre agita sa main.

— Ce n'était rien. Mais il faudra faire attention à l'avenir. Certaines sont hargneuses. Il ne faut pas les contrarier.

Ces constantes mises en garde commençaient à l'inquiéter. Elle ne répondit pas, mais ses épaules remontaient presque jusqu'à ses oreilles. Marianne sembla percevoir son malaise, car elle ajouta, d'une voix plus douce :

— Leur morsure n'est venimeuse que si elles sont blessées. Aujourd'hui, ce n'était qu'un amusement. Ne le prenez pas mal.

En décollant les quelques gouttes de paraffine de sa manche, sœur Marie lui souriait avec peine. Elle ne voyait pas comment elle pouvait écouter ce dernier conseil.

— Elles sont encore méfiantes. Les relations avec les religieuses se sont apaisées depuis l'arrivée de la supérieure. Mais avant…

Elle aurait bien aimé en savoir plus, mais quelque chose dans son attitude lui indiquait que ce n'était plus le moment.

— Si vous voulez, se hasarda-t-elle, je peux vous aider à voir l'infirmière.

La prisonnière acquiesça, et après l'avoir remerciée, quitta la pièce sans rien dire. Ce fut donc ainsi que cette étrange nuit se conclut, et que cette amitié encore plus étrange débuta. Sœur Marie vérifia que le calme était revenu dans le dortoir, puis regagna sa chambre. Une fois changée, elle n'arriva pas à se rendormir, ne pouvant s'empêcher de repenser à la colère des détenues. Elle avait rarement eu aussi peur de sa vie. Allait-elle encore être la cible d'une de ces mutineries ?

XII

Le lendemain, ce fut comme si la nuit s'était effacée. La colonne accolée au jeune platane qui était devenu son favori parmi ceux de la cour, elle essayait de distinguer dans le long serpentin humain des voix, des phrases qui témoignaient de sa mésaventure. Les étourneaux piaillaient au-dessus de sa tête, sans jamais s'interrompre. Les feuilles se froissaient sous les coups d'aile ou de bec et vibraient pour dévoiler des fruits qui n'existaient pas. Elle entendait le bruissement des mains sur les robes, le bourdonnement des mots, souvent grossiers, les gravillons qui chuintaient sous les semelles, mais rien de remarquable la concernant. Elle ne savait si elle devait s'en inquiéter ou être soulagée, mais dans le doute, elle se tenait droite, les pupilles perdues dans les centaines de sourires, dans les centaines de dents, qui se levaient et s'abaissaient comme un seul rideau blanc prêt à l'engloutir.

Elle fut rejointe par sœur Anne, qui entrecoupait leur discussion de remontrances. Certaines détenues zigzaguaient entre les arbres, jouaient comme des fillettes à des marelles imaginaires. Elles étaient parfois très jeunes. Sœur Anne lui expliqua que quand une famille posait problème, qu'un père, qu'un frère, plus rarement une mère, mais cela arrivait, elle avait déjà tout vu, bref, que les petites étaient corrompues, on les leur confiait. Il fallait faire attention à elles quand elles vieillissaient, car c'était souvent les plus pourries. Elle ne savait pas, est-ce que leur innocence était déjà perdue quand elles arrivaient, est-ce que les autres les débauchaient, enfin, quoiqu'il en soit, jusqu'à quinze ans, elles étaient malléables, après quoi, il ne fallait plus les approcher. Elle ajouta qu'elles étaient comme les macaques du jardin d'acclimatation. Ils étaient bien mignons quand ils étaient petits, mais après ils volaient, ils mordaient, ils défiguraient les enfants. Alors, on devait les endormir, et de nouveaux arrivaient.

— Si seulement on pouvait les endormir, celles-là, dit-elle. Huguette ! Vas-tu lâcher ce caillou ?

Après avoir frappé sa bible contre l'arbre pour avertir la prisonnière de ce qui l'attendait si elle n'obéissait pas, elle reprit. L'ancienne sous-prieure, justement, s'était approchée de trop, et bien... Si elle avait vu le sang... On aurait préparé du boudin qu'il n'y en aurait pas eu autant. Pendant qu'elle parlait, le regard de sœur Marie continuait de virevolter entre les prisonnières. Cette histoire, elle l'avait déjà entendue au moins six fois. Elle avait bien été étonnée de l'apprendre la première fois, le père Paul n'avait pas dû en entendre parler, mais à partir de la troisième, elle avait commencé à trouver pénibles ces femmes qui semblaient s'être lancées dans une course. Laquelle allait bien pouvoir raconter en premier cette histoire tragique, de celles qui n'arrivaient qu'une fois dans une vie, et qui conférait à la leur une touche romanesque ? Son œil s'attarda sur sœur Marthe, en pleine discussion avec l'une des filles. Elles se souriaient d'un air entendu, et sœur Marie n'avait encore jamais aperçu autant de satisfaction sur son visage. Le destin réunissait des âmes si différentes parfois. Si elle avait bien appris une chose, c'était que Dieu aimait les amitiés étranges.

C'était ce qu'elle avait compris, quelques mois plus tôt. Le père Paul lors de ses prêches en intimidait plus d'un. Il avait une connaissance des textes sacrés que le vieil aumônier jalousait. Celui-ci, depuis l'arrivée du jeune homme, se désespérait de n'avoir plus pour seule fonction que celle d'accueillir les confessions des fidèles. Échanger l'excitation des sermons par les chuchotements honteux, la beauté des visages illuminés par le soulagement temporaire des consciences l'assombrissait chaque jour davantage. Mais lorsque le père Paul descendit un jour de l'estrade, qu'il replia ses manches, et qu'il se présenta à lui avec l'humilité d'un pâtre, le vieil homme lui tendit ses mains. Les deux se saluèrent alors, et entrèrent dans une discussion qui dura des heures. Toutes les filles appréciaient l'aumônier, mais celle avec laquelle il se montrait le plus aimable était sœur Marie. Il la faisait tellement rire, alors que rien ne prédestinait à leur amitié. Il avait toujours une parabole biblique en bouche, qu'il lui contait avec la pondération de la sagesse, avant de lui tapoter le nez comme l'aurait fait un aïeul.

Ce souvenir fut brutalement rompu. Sans qu'elle ne comprenne ce qu'il venait de se produire, elle ne pouvait plus respirer. Elle s'était pris un coup de coude dans les côtes si fort qu'il lui avait coupé le souffle. Elle se retourna. Léontine la regardait, un sourire aux lèvres.

— Alors, on divague, l'esprit fait des vagues ?

La prisonnière avait profité du fait que sœur Anne soit en train de châtier une adolescente. Sans qu'elle n'ait eu le temps de reculer, elle chuchota près du rideau sombre qui encadrait son visage.

— Des vagues jaunes et tièdes ?

Sœur Marie la gifla. Celle-ci se jeta alors sur elle et essaya de lui arracher sa coiffe. Mais cette fois-ci, elle ne se laissa pas faire et, tout en fermant les yeux pour éviter de prendre un mauvais coup, tira sur ce qu'elle put. Le jupon de Léontine glissa donc entre ces doigts, avant de se retrouver au sol, dans une éclipse de fibres poussiéreuses. La prisonnière, à demi nue, lui feulait toute sa haine.

— Tu vas voir, ma pisseuse, tu vas voir !

Les gardes, alertés par la brutalité des insultes, séparèrent difficilement les deux femmes. Sœur Marie, pour se libérer de l'emprise de Léontine, finit par lui mordre le bras. Celle-ci riposta en tentant de lui griffer le visage, mais un des gardes s'interposa. Quand les ongles se plantèrent dans son cou, il la souleva du sol et la cala sous son bras. La prisonnière tendit ses jambes comme elle put, et le bout de son orteil frôla même son jupon, mais l'homme s'éloignait déjà, offrant sa croupe au regard de toutes, qui ne riaient plus à présent. Elles observaient en silence leurs silhouettes disparaître, lui dans sa raideur martiale, elle qui brinquebalait comme une enfant désobéissante.

XIII

Il ne fallut pas attendre longtemps pour que les prisonnières ne protestent. Elles s'approchèrent de sœur Marie et de l'autre garde, comme les vertèbres d'une couleuvre qui se replie sur sa proie. Toutes les filles les huaient. Les yeux s'arrondissaient, les nez se fronçaient, les mains encerclaient les lèvres pour amplifier le mécontentement. L'une d'elles cracha au sol et une salve humide atterrit sur la joue de l'homme. Il sortit sa matraque et fondit sur elle. Les femmes eurent beau essayer de l'en empêcher, il assommait déjà sa victime. Elle tomba, le menton s'enfonçant dans le gravier. Plusieurs, en s'unissant, parvinrent à lui retirer son arme, mais il appela du renfort. Une ou deux filles furent rattrapées dans leur fuite, et bien que sœur Marie ordonnât aux hommes de les lâcher, rien ne put les convaincre d'arrêter de les traîner jusqu'au préau.

Elle se précipita pour les rejoindre. Malgré leur taille, elle réussit à se glisser entre deux épaules, les poussant du mieux qu'elle pouvait. L'une des prisonnières était déjà au sol, une large mèche cuivrée dégoulinant dans son oreille. Une autre avait la lèvre qui pendait, attendrie comme de la viande. La plus petite d'entre elles se débattait encore, sa tunique maintenant à moitié déchirée, brandissant son corps sans une once de honte, aveuglée par les coups qui tombaient régulièrement sur son joli visage. Sœur Marie ne pouvait dire le contraire, Léontine, en muse révoltée, aurait inspiré le moins enthousiaste des poètes.

— Cessez donc, cessez donc, vous allez les tuer ! leur soufflait-elle sans s'arrêter.

Mais les hommes restaient sourds. Elle eut l'impression, pendant une seconde, que l'un d'eux l'avait écoutée, mais la matraque qui embrassait le ciel emmagasinait seulement les dernières forces du garde pour étourdir la prisonnière. Quand elle chuta, l'un d'eux se détendit enfin.

— Têtue comme je les aime, celle-là !

Arriva sœur Anne, qui retroussait sa robe pour ne pas tomber. Plus elle s'approchait, plus ses sourcils envahissaient son visage.

— Je vous laisse une minute, et une guerre éclate !

Dès qu'elle fut à ses côtés, elle la saisit par l'oreille. Celle-ci fut surprise de sa force, car elle la guidait vers les bâtiments sans qu'elle ne puisse ni l'arrêter ni la ralentir.

— Si j'avais su, ne cessait-elle de grommeler.

Au loin, sœur Marthe menait les prisonnières restantes vers l'intérieur. Les gardes avaient commencé à se séparer, mais l'un d'eux surveillait les insoumises. Sonnées, elles geignaient au sol. L'une d'elles leva la main, et ce fut la dernière image que sœur Marie vit avant que ne soit refermée la porte de la cour.

— Ce n'est pas fait pour vous ! Ah ça non. Non, non, non. Nous nous sommes trompées… Vous êtes comme ces pauvres filles à la fois indigente, qui viennent, car elles n'ont pas le sou, et qui repartent avec le nombril gonflé !

Son oreille la faisait souffrir, elle pressait le pas pour ne pas avoir l'impression qu'on la lui arrachait. La vieille, par malice, accélérait le sien. Dans l'obscurité, elles manquaient de trébucher mais arrivèrent devant une porte que sœur Anne ouvrit d'une ruade.

— Ce n'est pas fait pour vous ! répéta-t-elle une dernière fois.

Avant qu'elle ne puisse protester, la porte se refermait déjà. Elle tapa dessus, essaya de la forcer, en vain. Au bout de plusieurs minutes, alors que ses phalanges se contractaient, ne sachant que faire d'autre, elle s'agenouilla sans se soucier de la saleté du sol. Des conglomérats de toiles et de poussière s'accrochèrent à ses vêtements. Elle s'excusa d'avoir fauté, d'avoir perdu patience, de n'avoir su répondre avec la miséricorde qu'on attendait d'elle. Que lui avait-il pris ? Pourquoi ne se reconnaissait-elle plus ? Elle récita ses deux prières préférées, mais ne s'apaisa pas. Est-ce qu'un jour, enfin, elle arrêterait de souffrir ? Est-ce qu'un jour, enfin, on arrêterait de provoquer la misérable qui se trouvait en elle ? Est-ce qu'un jour enfin, la colère et la haine laisseraient place au silence des bienheureux ?

Ses larmes s'évaporaient, laissant son visage rougeaud. Elle se leva, parcourut la pièce, ouvrit la fenêtre. Si elle le voulait vraiment, elle pouvait s'échapper. Il suffisait de retirer sa guimpe et de la remettre à l'extérieur. De traverser la cour, de demander à un garde. Il se perdrait dans l'arc de ses cils, et en une ou deux minutes, elle regagnerait sa chambre, où elle pourrait lire un peu, dessiner, si elle le souhaitait, et sœur Anne oublierait, car après tout, elle oubliait ses colères comme ses joies. De nombreuses filles avaient, à cause d'elle, manqué plus de repas que ceux dont elles avaient été privées en punition. Elle commençait donc à vivre cette vie parallèle, quand, au bout d'un certain temps (elle n'aurait su déterminer s'il s'était écoulé quelques minutes ou une heure déjà), la porte s'ouvrit. Elle se redressa, s'attendant à voir les babines de sœur Anne. Elle fut surprise de constater que non seulement il s'agissait d'une prisonnière, mais qu'en plus c'était celle qui l'avait soignée la veille.

— Marianne. Que faites-vous ici ?

— Sœur Anne m'a autorisée à vous libérer.

Elle avait du mal à la croire. Ne lui avait-elle pas répété la semaine précédente ce discours redondant sur l'importance du statut ? Sur l'importance de rester à sa place, mais plus encore de la faire valoir sur celles des autres ? Les détenues avaient été comparées à toutes les créatures possibles. Et maintenant, on ordonnait à l'oie, à la vache, à la brebis, de libérer le fermier ? C'était à n'y rien comprendre.

— Je lui ai demandé où vous étiez, à plusieurs reprises. Alors, elle eut l'air ennuyée... Et j'ai deviné. Saviez-vous que vous vous trouvez dans une cellule ? La particularité de celle-ci, c'est qu'elle ne se ferme pas à clé. C'est juste qu'il est impossible de l'ouvrir de l'intérieur...

Elle l'aida à se relever, et Sœur Marie s'épousseta. Ce faisant, des marques s'incrustèrent sur le tissu. Elle avait beau le frotter, dans un sens, puis dans l'autre, les traces, semblables à de la suie, restaient. Plus ses doigts s'impatientaient, plus sa tête bouillonnait. Elle finit par abandonner et s'accroupir dans un coin de la pièce. Ce n'était plus possible. Elle refusait d'y retourner. Personne ne lui faisait confiance ; ni les gardes, ni les sœurs, ni les filles. Elle était devenue inutile, et pire encore, on la traitait comme une condamnée. Comme si elle l'avait entendue, Marianne posa sa main sur son épaule.

— Vous allez finir par trouver votre place, lui dit-elle en la regardant timidement. Et...

Sœur Marie bascula la tête en arrière.

— Vous avez toujours voulu faire ça ?

Elle ne répondit pas tout de suite. On ne lui avait jamais posé la question. Elle réfléchit quelques instants, puis lui dit, le plus sincèrement possible :

— Non. Hier, je ne voulais pas, et je ne sais, demain, si je voudrais toujours. Ce que je sais, en revanche, c'est qu'une fois qu'Il est là, on ne peut que l'accueillir.

Marianne resta silencieuse comme si elle méditait sur ces paroles. Mais au bout de quelques secondes, un sourire, d'abord imperceptible, habilla ses lèvres.

— Ça ne doit pas être tous les jours facile…Et les hommes ?

Sœur Marie sentit ses joues flamber. Sans attendre de réponse, Marianne continua.

— Moi ce ne sont pas les hommes qui me manqueraient, c'est les enfants. Vous, vous n'en avez jamais voulu ?

Elle secoua la tête, et ce fut ainsi que la prisonnière s'assit à ses côtés pour lui raconter son histoire.

Marianne

Cela me touche d'enfin pouvoir parler. Vous savez, je suis ici depuis si peu de temps, et pourtant, personne ne m'écoute, personne ! Ni les filles, alors que des larmes, j'en ai essuyé, ni les religieuses. Ce n'est pas comme si je radotais ! J'ai essayé de leur dire, à vos consœurs (est-ce ainsi qu'on les appelle ?), je leur ai dit qu'elles faisaient erreur, mais elles hochent la tête, oui, oui, puis referment la porte qui nous sépare. Personne ne m'écoute, personne ne me voit, personne ne m'écrit, pas même mes parents. Je n'existe plus depuis mon arrivée à Saint-Lazare. Depuis que Louis a... Depuis qu'il a... Mais je devrais commencer par le début, sinon, vous n'y comprendriez rien. Alors voilà, je suis née dans un quartier pas très loin d'ici, et si mes parents avaient eu d'autres enfants, je suis sûre que jamais je n'aurais été condamnée.

Moi, toute ma vie j'ai voulu des enfants. Petite, je les aimais déjà, je me perdais dans leurs plis, dans leurs frisettes, dans les coussinets qui leur servent de mains, j'essuyais leur écume, je frottais leur nez, et je les regardais s'éloigner dans les bras de leurs parents, vide. J'étais mère, avant d'être femme, et cela les faisait tous rire, dans la famille. Il m'arrivait même parfois, lorsque personne n'était là, d'essayer de les nourrir comme je les avais vues faire, mes tantes ou mes cousines, et je souris, quand je repense aux petits raisins secs que je leur glissais dans leur bouche et qu'ils dédaignaient, furieux que j'ose les défier ainsi. Comme le garçonnet qui rêve de faire la guerre, car il ne peut jouer aux petits soldats que chez ses amis, comme l'adolescent qui griffonne ses premiers poèmes sur la nappe d'un troquet, moi je ne voulais qu'une chose, et peut-être encore plus parce qu'elle était inaccessible : devenir mère.

Je me fichais bien que mon mari soit grand ou maigre, blond ou gras, tout ce que j'attendais c'est qu'il m'aime assez pour m'en faire au moins trois. Ce sont des choses inavouables, qu'on ne conçoit que des années plus tard, et pourtant c'est la vérité, à quinze ans, à vingt ans, j'aurais pu me marier avec n'importe qui. C'est qu'on est bête à cet âge-là, on ne voit qu'à court terme, ma mère me le disait, mon père me le répétait, et ce n'est qu'aujourd'hui que je comprends. Et vous, à quel âge vous êtes-vous engagée ? Ah ? Oubliez, oubliez. Ce que je voulais dire, donc (je ne sais pourquoi je me perds, pour une fois que l'on m'écoute), c'est que quand j'ai rencontré Louis, je n'espérais rien d'autre qu'un mari, n'importe lequel.

Et pourtant, quand je l'ai vu, j'ai su qu'avec lui, la vie serait différente. Je les ai entendus mes parents, ne parler que des comptes, des poireaux un peu gâtés dont on peut faire une soupe, de la voisine qui avait commandé des cailles, de l'hiver qui tardait à venir. En revanche, je ne les ai jamais surpris s'embrasser, ni même se toucher. Assis face à face, et moi au milieu. Je ne levais plus le nez, ni pour rompre le silence des repas, ni pour voir leurs yeux s'éviter sauf quand ils demandaient un morceau de pain. Les journées s'écoulaient mornement, ma jeunesse devenait interminable. La vie, n'était-ce que cela ? Le labeur, le feu le soir qui réchauffe un peu, la couverture qu'on tire sur nos pieds, le vieux qui gueule parce qu'on a tardé à rentrer, enfin, moi, je voulais vivre, je voulais connaître autre chose que leur existence, je voulais montrer aussi, peut-être avec orgueil, qu'ils s'y prenaient mal, pour être heureux !

Alors quand il est venu dans la boutique, costume trois-pièce, haut-de-forme, moustache taillée du matin et qu'il ne cessait de regarder sa montre...Vous l'auriez vue, à gousset, une chaîne double croisillon, en argent, avec un beau poinçon (quand j'étais petite, je disais poisson, n'est-ce pas adorable ?). J'y repense ce jour-là, et je souris. Quel drôle de poisson, justement, nous avions attrapé là ! Nous, on voyait surtout de bons gars qui cassaient leur vieille pendule et qui avaient peur d'être en retard au travail. Donc, un tout propre, un tout poli comme celui-là, ce n'est pas ce qui frappe le plus à la porte. Il vient me voir, et il me dit, sans même se présenter : « Madame, je vous ai vue, et je n'ai pas pu résister, vous êtes si belle, que vous ne devriez pas travailler » ! Un poète, en plus, vous imaginez ?

Bon, sur ces mots, mon père l'entend, et puisque lui n'a pas l'oreille musicale, il lui dit le reste, que voulez-vous monsieur, etc... Et là, savez-vous ce qu'il fait ? Je n'y crois toujours pas, tellement ce fut prodigieux de voir le visage de mon père blanchir comme un lézard dans la neige... Mais à la réflexion, cela aurait peut-être dû m'avertir. Il fait tomber sa montre au sol, et la piétine, non pas une, mais trois fois. Crac, crac, crac, le verre se pille, il la ramasse et nous la tend.

— Monsieur, je reviendrai dans une semaine pour la récupérer, et si votre fille le veut, je demanderai sa main !

Mon père reste muet. Il me regarde, il regarde la montre, je ne sais trop à quoi il pense à ce moment-là, est-ce qu'il compte déjà, je ne sais pas, en tout cas, toute la journée il ne pipera mot. Le soir, je vais le voir, et je lui dis qu'après tout, pourquoi pas, moi, je le trouve sérieux, ce garçon, et il rougit quand sa bouche s'arrondit pour dire oui. Il baisse les yeux, il se renverse de la soupe sur la chemise, je ne l'ai encore jamais vu comme ça. Est-ce le fait de me perdre, ou le cliquètement des francs qu'il imagine remplir sa poche, enfin, il est tout troublé, le pauvre homme. Ma mère, en revanche, puisqu'elle n'était pas là, veut s'assurer que nous ne nous trompons pas.

— Parce que des cordonniers qui présentent bien, c'est rare, mais ça existe ! dit-elle.

Donc, quand Louis (je réalise en vous racontant tout cela qu'après ces étranges demi-fiançailles, j'ignorais encore son nom !), quand la semaine s'est écoulée et qu'il est réapparu, ma mère m'accompagne. Elle a aidé mon père à réparer la montre, pour vérifier la qualité du mécanisme, si bien qu'elle répond à toutes ses questions sans ciller. Lorsqu'il la range dans sa poche, elle lui fait savoir qu'elle ne prévoit pas de laisser partir sa fille avec un inconnu. Alors il se présente, Louis Braillet, son père est instituteur et a bénéficié par chance de l'amitié de M. d'Avignac, ingénieur du corps des mines, car il a instruit son fils. Ainsi, il ne va pas patrociner là-dessus, le résultat étant qu'il est aujourd'hui greffier, qu'il en est bien content, mais qu'il cherche maintenant une femme simple et douce comme l'exige sa naissance.

Le trimestre suivant, on organise le mariage. Ma mère me donne sa robe, et comme elle a refusé de l'amener à la blanchisserie, elle sent encore l'odeur des copeaux de savon qu'elle y a incrustés pour éloigner les mites. Il y a même un peu de cèdre, je me rappelle, et je me suis dit « ça sent le sapin ! » avant d'immédiatement balayer cette pensée. Lui est très beau, mais à vrai dire, il n'y a pas beaucoup de différence avec ses vêtements de tous les jours. Parce que Louis est un homme très coquet, vous savez, s'il se tache, si sa cravate se dénoue... Mais, je me perds encore... La cérémonie m'émeut un peu, car il a fait venir du monde, de belles personnes qui me flattent l'épaule en me félicitant. Le gâteau est délicieux, au pralin qui croustille, la nuit de noces se passe bien, merci mon Dieu, merci la famille.

On emménage donc après le voyage de noces (en Provence, y avez-vous déjà été ? Je trouvais l'odeur des lavandins bien entêtante, mais enfin, Louis était content). Notre logement est coquet, je suis étonnée, car je pensais qu'il serait plus grand, mais nous y sommes heureux, oui, très heureux, je peux bien le dire aujourd'hui. Cela ne sert à rien, quand le rôti est trop cuit, de dire tout était mauvais, tout était daubé, n'est-ce pas ? Tous les soirs, Louis rentre à l'heure, et même, il m'apporte toujours une petite fleur, une mignardise, quelque chose qui ne peut que me toucher. Mes parents, après deux ou trois mois, commencent, tout naturellement, à nous parler d'enfants, comme si l'on n'y travaillait pas. On y travaille, avec sérieux et régularité, et voilà même que j'ai des aigreurs, des évanouissements, rien de bien grave, mais ce qu'il faut pour m'avertir.

Un matin, il pose sa main sur mon ventre, et il me dit qu'il en est sûr, je suis enceinte. Il m'embrasse, il rit, il me dit que ce serait formidable, je l'entends encore, ce serait formidable, ma petite chouette, tu serais si belle, si belle qu'on te dévorerait qu'il dit. Il m'embrasse encore, et encore, et je deviens toute baveuse. Oh, c'en est presque pénible, - je ne lui suffis plus ? - mais je ne dis rien, je pose ma main sur sa tête, j'entortille mes doigts autour de ses bouclettes. On verra bien. Les jours passent, et je finis par croire qu'il a peut-être raison, je me sens différente. Comme vous vous en doutez, au bout d'un moment, j'en suis sûre, et si vous l'aviez vu quand je lui ai dit ! Un vrai garçonnet, il pleure, il pleure sans s'arrêter, et que c'est merveilleux, et qu'il a hâte, ma Sœur, je me sens toute gauche à côté de lui, avec son nez qui coule sur mes genoux.

Les jours passent, et lui qui était si doux, si gentil, il s'obscurcit. Il devient jaloux. De qui ? De moi, de l'enfant, d'un autre homme ? Je n'en sais rien, je n'ai jamais su, mais enfin, il l'est. Son humeur est étrange, je le surprends parfois en train de pleurer, parfois, il déchire un mouchoir, comme ça, sans raison. À la maison, il ne me parle plus. Il m'interdit d'évoquer la grossesse à ma famille. On n'est sûrs de rien.

Un soir, il rentre, il est fin saoul, il commence à bougonner comme il le fait ces derniers temps, un bruit continuel. La soupe n'est pas assez chaude, puis elle est trop chaude, je fais exprès pour le brûler, je n'ai pourtant que ça à faire de la journée. Il m'appelle, j'y vais, je me dis que s'il entend ce qu'il veut, je pourrais aller me coucher. Il me demande ce que j'ai fait ce jour-là. Je lui dis, mais c'est toujours difficile de tout se rappeler, je bredouille un peu. Quand j'ai fini, vous savez ce qu'il fait. Il me gifle, vous y croyez, vous ? Une gifle qui m'éclate le tympan, je n'en ai jamais reçu des comme ça, ou peut-être une de mon père et encore ! Il me gueule dessus, et le laitier ? Tu ne parles pas du laitier ? Il t'a encore ébouriffé le chignon ? Il me suit, un singe obscène, on ne dirait pas l'homme que j'ai épousé. Et que son fils n'est pas son fils, et que je suis une putain, et qu'il ne reconnaîtra jamais le bâtard que je porte ! Moi, je n'attends pas une minute de plus, je ne prends même pas d'affaires, je vais chez mes parents, parce que des sérénades comme celle-là, je n'ai pas envie d'en entendre davantage.

Le lendemain, il se présente à la boutique. Il regarde ses souliers, on dirait qu'il les a cirés pour l'occasion, ses doigts s'agitent, il est si honteux, ma sœur, si honteux… Et si malheureux ! Il promet qu'il ne boira plus. Très vite, il pleure, et moi, qui n'ai presque jamais vu les larmes d'un homme, je suis embarrassée. Le temps s'arrête, et mon père après ce que je lui ai dit, arrive et le chasse avec sa canne.

— Et tu verras, si tu reviens ! hurle-t-il.

Plusieurs semaines passent. Mes parents commencent à me parler du fils du voisin, qui sera bientôt propriétaire du magasin d'à côté, et moi, je ne sais qu'en penser, je suis tout engourdie, vous voyez. Car je ne leur ai pas encore évoqué le bébé, mais je sens bien que des histoires de divorce, de remariage, ils refuseront d'en entendre parler s'ils savent qu'il y a un petit Louis qui pousse en moi. Et puis, je repense à lui, avec les jours qui m'éloignent de cette nuit. Il est beau, il est si sérieux, surtout le matin quand il m'infuse mon thé, et depuis que je suis partie, il n'y a pas un soir où je ne cherche son odeur sur mon oreiller, il n'y a pas un soir où je ne me lève, sans faim, insomniaque comme la lune, les cernes aussi creusés que le manque qui s'est niché en moi. Si en plus il ne boit plus...

Un lundi, quand je vais ouvrir la boutique, il y a un bouquet de roses, sur la table en face de moi. Comment a-t-il ouvert ? Je ne sais pas. Mais le vase en cristal est si beau que ma mère est allée le mettre au clou. Près d'un mois de salaire, c'est inimaginable, fait-elle en rentrant. Et je l'entends encore braire. Comment peut-on dépenser autant ? Et pourquoi gaspiller de l'argent dans des fleurs, alors qu'elles pourrissent plus vite que les fruits, et qu'on ne peut rien en faire d'autre que de les regarder ?

Tous les matins qui suivent, un bouquet différent, des roses, des violettes, des lilas, des lilas en novembre ? Vous vous imaginez ? J'ignore encore comment il a fait. Et dans les fleurs, à chaque fois que ma mère les soulève, on y trouve un petit mot, rien que pour moi.

— Cela doit faire beaucoup d'argent, lâche mon père.

Et cela a continué comme ça, pendant des jours, pendant des semaines. Un dimanche, alors que j'accompagne mes parents au marché, nous le croisons. Il fait très monsieur, avec son chapeau, et son long manteau noir, il s'approche, et il passe, comme s'il ne me voyait pas. Mais, moi, je les sens, ses doigts, frôler les miens ! Ils sont si froids que j'en frissonne encore. Il continue sa route, et là, mon père qui se réveille subitement, qui demande à ma mère si ce n'est pas mon mari qui vient de passer près de nous. Elle se retourne, le voit, et crie son nom « Louis, Louis ! », il s'arrête, et nous salue, un sourire triste aux lèvres. Il demande quand je compte rentrer chez lui, chez nous. Je vois du coin de l'œil mon père renifler.

— C'est que, ajoute Louis, j'ai trouvé pour le petit, un édredon si doux qu'il serait dommage qu'il n'en profite pas dès sa naissance.

Les deux me regardent, interdits. Puis les mains de ma mère tirent sur son bonnet, ses cheveux sortent de partout, à ce rythme, c'est sûr qu'il va se déchirer, et elle s'écrie :

— Je le savais ! J'en étais sûre !

Je ne sais pas si vous avez déjà remarqué, mais les mères sont toujours sûres de tout trente ans plus tard. Jésus se fait crucifier que la mère de Marie la pointe du doigt en lui disant « je savais que tu étais grosse ! ». Bref, tout le monde nous regarde, les hommes nous guident vers un petit bistrot, pour qu'on soit plus tranquille pour parler. Je commande un verre d'eau, mais l'odeur de la cruche de vin qu'ils ont réclamée est si acide que je m'étouffe avec ma propre salive. J'essaie de ne pas déglutir, parce qu'alors, je le sais, ce ne sera pas beau. Et ma bouche se remplit, se remplit... Mes parents trouvent que j'ai une mauvaise tête.

— C'est parce qu'il te manque tant ? tente mon père.

— De toute façon, puisque tu attends un petiot, tu ferais mieux de rentrer chez toi... ajoute ma mère.

Suit le discours habituel : qu'en diront les voisins, de l'importance d'être raisonnable et juste envers sa famille, marcher droit, serrer les dents, tout en souriant, etc... Mon père en bourrant sa pipe hoche la tête à tout ce qu'elle dit. Mes joues se gonflent.

— En plus, c'est tout ce que tu as toujours voulu ! finit-elle par dire.

Louis, en portant son verre aux lèvres, approuve. Sur ce, je n'en peux plus, parce que mon père vient d'allumer sa pipe, et que l'odeur de tabac me picote de partout. Comme il fallait s'y attendre, je vomis sur la table. Voilà une belle macédoine ! s'étonnent-ils. Ils sont si désolés, si confus, qu'ils paient en vitesse et qu'on se retrouve dans la rue. Nous sommes tous bien essoufflés, et là mon père conclut :

— Vous devez avoir beaucoup de choses à vous dire.

Avant que je ne puisse répondre, Louis, en me prenant par le bras, leur confesse :

— Tant de choses, en effet...

Il a l'air rêveur, il a l'air mystérieux, j'ai presque envie de le suivre, mais sans que je n'aie le temps de me décider, ma mère se frotte les mains.

— Il se fait tard, dit-elle.

— Et il fait froid ! complète mon père.

La vapeur leur sort par les naseaux, je sens bien qu'ils en rajoutent, mais enfin, c'est ainsi. Et voilà comment j'y retourne ! Oh, je ne vais pas me plaindre. Quelle autre issue, de toute façon ? Maintenant qu'ils savent, mon ventre se dresse et me rend coupable aux yeux de tout le voisinage... Et puis, il faut bien que mon enfant connaisse son père.

Je grossis, je grossis et tout le monde me salue le matin à la boutique d'une caresse sur le ventre. Que c'est agréable de faire partie de cette grande famille ! Mes parents me trouvent bien brave, je travaille très tard, parfois, je dois même quitter le lit en pleine nuit pour les aider à réceptionner les livraisons. Louis, lui, marmonne et s'enroule dans les draps. Ce n'est pas bien grave, voyez-vous. Bientôt, notre enfant naîtra, ce sera un garçon, j'en ai l'intuition, et son cœur se rengorgera. Depuis que je suis rentrée, il n'est pas mauvais, non, ce n'est pas cela, il est, comment dire... Transparent. Oui, c'est cela, je pourrais vivre seule que ce serait la même chose. Pas de « merci », ni de « je t'en prie », mais pas d'insultes non plus, alors, je ne m'en désole pas. Nous sommes devenus ce que je craignais. Ce couple silencieux qui s'évite. Et après ! Moi, comme je vous ai dit, j'ai toute ma vie voulu des enfants, et ce n'est pas maintenant que j'y suis que je vais me plaindre.

Le fameux soir, il est vingt heures, vingt heures trente, et monsieur n'est pas là. Je ne suis pas surprise, depuis quelque temps, il rentre les boutons débraillés, en sentant fort le chypre, la pivoine, qu'en sais-je, je ne suis pas une putain, moi, j'ignore ce que l'on se frotte sur la peau pour les attirer ! Tant qu'il ne m'infecte pas, surtout dans mon état, qu'il y aille. En tout cas, il ne rentre jamais ivre, alors, je vous le dis franchement, puisqu'il ne me réveille pas, qu'il se couche de son côté, je n'ai rien à dire. Je me prépare une salade, car ces derniers temps, à cause des ballonnements... Le petit prend de plus en plus de place, tant qu'un coude ou un talon me déplace la rate. Je mange seule, donc, quand j'entends frapper à la porte. À cette heure !

J'ai à peine le temps de m'essuyer le bec, que sur mon palier surgit un fou, oui, un fou, je n'ai pas d'autre mot, car quand on fait ce qu'il a fait, excusez-moi, ma Sœur, mais on ne peut être que fou. Louis est mort, vive Louis ! Celui que j'ai connu s'est totalement dissous. Rien, plus rien de lui ne se trouve dans les traits de cet homme. Il halète, il bégaie, il s'exorbite de partout. Ça postillonne comme un volcan, et ça pue, ma Sœur, ça pue cette odeur douceâtre, cette odeur de pomme pourrie qui fond entre nos doigts quand on veut la jeter. Là, je fais l'erreur de faire ma moue. Enfin, ce qu'il appelle ma moue, je fronce le nez, ça arrive de froncer le nez, non ? C'est humain, c'est notre esprit qui vient d'appuyer sur un levier, voilà tout !

Voyez le résultat, regardez, c'est à peine s'il me reste de la place pour respirer. Touchez, touchez, ils ont refusé de l'examiner à mon arrivée ! Je l'ai sentie, l'arête, quand elle s'est enfoncée. C'était près de mon orbite, et je n'y vois toujours que d'un œil. Il m'a pilonné, encore et encore, j'ai vu son poing une fois, deux fois, cinq fois, puis plus rien. Cela n'a duré qu'une seconde, parce que déjà, il me gifle, et ça me réveille un peu il faut croire, mais surtout, il me piétine, il me cogne, il m'écrase. Mon ventre, ce n'est plus la jolie bosse qu'elle a été. Je ne peux pas vous en dire plus, ma Sœur. Je ne peux pas vous expliquer. C'est impossible. Il y a des choses qu'on ne peut raconter.

Je me réveille seule dans cette mare. Il est parti. C'est le moment, je le sens. Malgré la douleur, j'essaie quand même. J'essaie de donner la vie, même si je sais qu'il n'y en a presque plus aucune ici. Je puise les forces qu'il me manque, je pense que c'est elle qui me les donne. Elle est courageuse, vous savez, parce que pour sortir dans son état, il en faut du courage. Je la regarde. Son visage est intact, elle est si belle, elle a mes yeux. J'ai l'impression, mais je me trompe sûrement, qu'elle vit, qu'elle respire, qu'elle bouge. Je sais que c'est impossible. Elle se désarticule entre mes doigts. Je rampe et j'attrape une serviette pour m'en servir comme lange, c'est ce que je me dis, un lange pour une jolie fille, même si c'est surtout pour maintenir sa colonne.

Et voilà, je reste comme ça à l'admirer, je ne sais combien de temps, une courte éternité, je dirais. Je sais que quoiqu'il arrive, c'est la dernière fois que je suis face à elle, alors je lui dis toutes ces obscures évidences qu'une mère dit à sa fille, et je sens son regard, bien qu'elle ait les paupières closes, je l'imagine. Une fillette avec ce beau visage que Dieu a épargné. Elle pétrit de la pâte pendant que je coupe les pommes. Jamais je ne la laisserais ne serait-ce que frôler un couteau voyez-vous. Jamais elle ne sortirait sans moi, et si un homme veut l'épouser, il faudrait qu'il...Il faudrait qu'il...Qu'importe maintenant. J'essuie son visage, il est trempé. Le jour est là, les langes sont écarlates, et Louis est revenu. Il est devant moi. Il gémit, il se tire les cheveux, je vois bien qu'il ne se souvient de rien. Vous savez le pire, dans cette histoire, ma Sœur ? C'est qu'à le voir, comme ça, hurler, pleurer, j'ai pitié de lui, oui. Il sanglote, et se colle à moi, une éruption de larmes, que pouvais-je y faire ? Il la prend dans ses bras, elle est minuscule qu'il me dit, elle a tes yeux qu'il me dit. À ce moment-là, c'est idiot, mais je peux encore lui pardonner. Je lui prends la main, et je lui murmure : Louis, mon Louis, tu dois te dénoncer, je lui embrasse même ses doigts qui sentent le sang. Le goût terreux imprègne mes lèvres, se mêle au sel de mes larmes, au sucre de ma fille. Il hoche la tête, oui, oui, qu'il fait, à tout ce que je dis, tout, tout, je vous assure, il me dit même que je suis drôlement raisonnable, drôlement bonne, j'ai bien de la chance de t'avoir qu'il ajoute, en me tendant ma fille. Puis il s'en va. Je le salue, il ne répond pas.

Presque une heure passe, et je la berce encore, j'essaie d'absorber son odeur, je sens sa petite tête, et les cheveux me chatouillent le nez quand j'expire. Peut-être pourrais-je la garder quelque temps près de moi ? Un jour ou deux, seulement, pour voir comment aurait été ma vie. On dirait qu'elle dort. Ou peut-être est-ce moi qui m'endors, car je sursaute terriblement lorsque j'entends frapper à la porte. J'ouvre. Se présentent deux officiers, suivis de Louis. Probablement veulent-ils connaître ma version, me dis-je. Mais voilà que mon mari me désigne du menton.

— Elle a bu quelques potions, cette nuit. Depuis plusieurs semaines, elle perd la tête, elle boit comme une fille, elle se frappe le ventre, regardez-la monsieur. Regardez son ventre.

L'officier s'approche, il soulève mon jupon, je suis presque nue devant eux. Louis continue, il parle, il parle, il ne veut pas se taire, il parle sans me regarder, il parle comme si je n'étais plus là.

— Alors, oui je l'ai frappée. Je vous l'ai dit, Messieurs, je n'ai pas à me cacher. Mais qu'auriez-vous fait, vous, à ma place ? Vous rentrez chez vous, et vous voyez ce carnage, que feriez-vous ?

Je recule, mais trop tard, ils me prennent ma fille et la posent au sol, l'un d'eux gueule quand les langes s'ouvrent. J'essaie de me cacher, le sang coule encore, j'ai la tête qui tourne, les tempes qui battent, je le regarde, je lui dis, Louis, tu mens, tu mens. Il ment, je leur dis, mais leurs mains me serrent déjà les bras, mes pieds ne touchent plus le sol, je m'entends, c'est lui qui a fait ça, Louis, dis-leur, et lui qui quitte la pièce sans un regard, et mon bébé, mon bébé qui a mes yeux, et qui dort dans ses langes, et qui devient petit, tout petit et qui disparaît quand on ferme la porte. Madame, pas d'histoires.

XIV

Sœur Marie regarda par la fenêtre. Le ciel se nacrait. Sans s'en rendre compte, elle avait pris Marianne dans ses bras et elles étaient restées ainsi, ondulant d'une manière imperceptible. Le balancement discret du réconfort. Alors que la pièce commençait à s'assombrir, la détenue se redressa et se dirigea vers la porte. La main sur la poignée, elle la remercia.

— Je me sens mieux, je pense que j'en avais besoin.

Sœur Marie sourit en guise de réponse. Si d'une quelconque manière, elle amoindrissait ses peines, elle ne pouvait que s'en satisfaire. C'était la première fois depuis qu'elle avait prononcé ses vœux qu'elle s'était sentie utile. En fin de compte, ce n'était pas tant ses mots que son silence qui avaient soulagé la prisonnière.

Après avoir regagné sa chambre, elle se blottit dans ses draps, soupirant d'aise. Les sœurs péchaient par gourmandise, elle avait bien le droit de faire preuve d'un peu de paresse. En effet, si la commande de calissons avait été reportée, cela n'avait pas été le cas de celle des dragées. La livraison avait eu lieu quelques jours plus tôt, et les sœurs louèrent le ciel de la mégarde de la supérieure. Depuis, à chaque fois qu'elle se trouvait dans la salle de repos, ce n'était que dents qui croquent et léchages de doigts. Quand elle avait essayé d'en attraper une (la plus petite d'entre elles, celle qui transpirait dans le coin de la boîte, l'amande transperçant son enrobage comme un enfant qui essaie de naître), sœur Marthe avait refermé le couvercle sur son doigt.

— Ce n'est pas pour les nouvelles !

Elle s'endormit sur ce souvenir, l'haleine sucrée de sœur Marthe évaporant le réel.

Le lendemain, alors qu'elle rejoignait la cantine, elle faillit tomber dans le couloir. Deux filles, une bonne tête de moins qu'elle, courraient sans même se retourner, suivies de près par trois gardes. Ils filaient vers l'extérieur. Dans la cour, le froid ralentissait ses pas. Le givre s'était incrusté dans les fissures du sol. Il n'y avait presque aucune prisonnière. Elles préféraient, par ce temps, rester dans la chambre commune lors de leurs pauses, et elle leur en était reconnaissante. Les deux gamines disparurent derrière la cabane, suivies de près par les gardes. Elle accéléra le pas et s'arrêta devant l'abri. Le souffle calmé, elle comprit en entendant les notes des tuiles qu'elles avaient grimpé sur le toit. Les touches d'argile tintaient et en effet, en levant la tête, elle les vit.

— Laissez-les, cria-t-elle en longeant le mur pour mieux y voir.

Mais les gardes ne l'écoutaient pas. L'un d'eux, presque en haut, gesticulait à la recherche d'un appui. Ce fut à cet instant qu'une tête dépassa. Elle n'avait pas remarqué lorsqu'elle leur courait après que la plus jeune devait avoir huit ou neuf ans. Accroupie, elle avançait bien moins vite que l'autre, âgée d'une douzaine d'années. Désorientée, celle-ci rejetait la petite main qui tentait de s'accrocher à ses chevilles. Le garde, non sans haleter, avait enfin accédé au toit.

— Laissez-les redescendre ! Laissez-les redescendre, bon sang ! siffla-t-elle entre ses dents.

L'homme restait sourd. Alors, prise d'une révolte qui lui était étrangère, elle bouscula l'autre garde, et comme celui-ci refusait de laisser sa place, elle se cramponna à lui pour escalader le mur. Pensant qu'il s'agissait d'une prisonnière, il essaya bien de se défendre, mais dès qu'il vit la coiffe blanche et noire, et surtout le regard qu'elle venait de lui lancer, il rangea sa matraque et poussa sur les talons de la religieuse pour l'aider. Une fois en haut, elle épousseta par réflexe sa robe. L'homme avait déjà attrapé la plus petite par les cheveux, et l'autre, au bord du toit, s'était immobilisée.

— Allez, fit la sous-prieure de sa voix la plus douce. N'aie pas peur.

Elle avait longé l'arrête des gouttières tout en lui faisant des signes amples pour qu'elle vienne dans sa direction.

— C'est dangereux, continuait-elle. Tu vas te rompre le cou, ce serait dommage, tu ne trouves pas ?

La petite acquiesça et se décida à attraper sa main.

— Vous voyez, glissa-t-elle au garde, qu'un peu de douceur n'a jamais fait de mal.

Il n'eut pas le temps de répondre. Son pied s'était pris sous une tuile et il dégringola, attirant la plus petite des fillettes dans sa chute. Elle entendit un bruit sourd, mais pas de cri.

XV

Sœur Marie aurait aimé que la prison s'obscurcisse, que les filles pleurent, maudissent l'injustice de la vie, de la mort, qu'elles disent même les phrases les plus communes s'il fallait ! Qu'il y ait une réaction, une preuve de ce qui venait de se produire... Elle réentendait le bruit de son crâne qui s'ouvre au sol, et surtout, elle la revoyait s'agiter tel un scarabée retourné. Ce mouvement, presque mécanique, instinctif du moins, avait nourri cet espoir idiot (mais tous les espoirs ne l'étaient-ils pas ?), cet espoir qu'elle allait s'en sortir. Et elle n'avait rien pu faire. Pourquoi se paralysait-on dans les instants cruciaux, abrutis par la certitude qu'ils ne peuvent se produire, que l'insoutenable est impossible, qu'une main invisible intervient toujours ? Et le garde, qui après s'être relevé, ne lui avait même pas jeté un regard. Il avait pris l'autre gamine par la natte, et l'avait amenée vers le préau.

Cette insensibilité l'inquiéta encore plus que tout le reste. Le premier réflexe humain avait disparu. Sans parler des filles, qui agissaient comme si de rien n'était. Sur les visages ne se trouvait qu'une stupeur résignée. Qu'avaient-elles pu vivre pour ne plus s'émouvoir de la mort ? Qu'avaient-elles pu traverser pour être anesthésiées à ce point ? Pour cette raison, lorsqu'une bagarre éclata plusieurs jours après l'incident, elle fut soulagée que quelque chose, enfin, rompe cette torpeur.

Quand elle rejoignit le cercle de femmes, elle s'étonna d'y apercevoir Berthe, qui tenait une jeune fille par les cheveux. Sœur Marie, jusqu'alors, n'avait jamais prêté attention à l'hébétude d'un visage qui frappe. Berthe bredouillait des mots incompréhensibles ; sa lippe babillait, la peau de son cou flottait telle la voile d'un navire sur une mer enragée, ne parvenant pas à suivre le mouvement de ses poings. Elle aurait presque trouvé cela comique si le poids de ses nouvelles responsabilités ne lui était pas tombé dessus en même temps. Elle allait devoir interrompre cette valse.

Tout ce qu'elle réussit à faire fut de s'écrouler au sol, sous les rires réjouis des autres filles. En effet, Berthe, dans sa colère aveugle, venait de lui servir un beau coup de poing en plein milieu du crâne. Sonnée, la religieuse regarda ses pieds avant que ne se produise ce qu'elle redoutait le plus. Son menton se tordit, sa bouche s'ouvrit. Elle se mit à hurler. Enragée. Toutes les vexations qu'elle avait subies depuis son arrivée se conglomérèrent entre elles pour la métamorphoser. Des cris, des insultes, des menaces qui la firent rougir quand elle y repensa le soir. Sa voix hérissa ses propres tympans, sa gorge finit par s'affiner comme du papier. Berthe, qui empoignait le col de l'autre, écarquilla les yeux.

— Eh bien ? Il ne faut pas se mettre dans cet état…

Elle reposa la fille sur ses pieds, qui en profita pour déguerpir. Et maintenant qu'elle reprenait ses esprits, elle regarda autour d'elle. Les sourcils froncés, elle chassa les spectatrices d'un sifflement. Le banc de détenues, l'œil rond, la bouche ouverte, se dissipa. Elle se pencha ensuite vers sœur Marie pour l'aider à se relever. Quand celle-ci replaça sa coiffe, elle remarqua que la prisonnière se tirait l'oreille nerveusement.

— Je ne comprends pas, Berthe. Tout le monde ici dit que vous êtes la patience incarnée. Pourquoi l'avez-vous frappée ?

— Elle m'a volée. Je veux bien fermer les yeux sur plein de choses, mais ça non. Le vol, je ne veux pas de ça chez moi.

Elle traversa le couloir et regagna la chambre commune. Sœur Marie pressa le pas pour la suivre. Une fois sur place, elle la vit inspecter son oreiller pour en sortir une bourse crochetée, une laideur de laine grise qui cliquetait bien qu'elle soit éventrée.

— Que vous a-t-elle volé ?

— À votre avis, ma Sœur ? dit-elle en secouant les pièces.

Elle se laissa retomber sur le lit et extirpa une aiguille d'une de ses poches pour raccommoder la panse trouée.

— Elle vous vole pour une si petite somme ? Elle n'a donc pas d'argent ?

— C'est sœur Marthe qui lui a pris.

— Comment ça ?

Elle observait l'aiguille rentrer et sortir, danse empressée que chorégraphiaient les doigts de Berthe.

— Elles ne sont peut-être pas croyantes, mais elles sont superstitieuses, répondit-elle en haussant les épaules. Alors, la sœur Marthe, pour quelques raisons qui sont les siennes, elle leur donne le pardon.

— Le pardon ?

— Pour leurs péchés ! La plupart d'entre nous ne sont pas ici pour avoir fait la lecture aux aveugles, ma Sœur. Et le soir, vous savez, quand il fait sombre, je vous parle pour moi, pour les autres, je ne sais pas, quoique je les entends tout de même gémir, et renifler parfois. Quand il fait sombre, on ressasse, et l'on a un peu peur. Des ténèbres, et des conséquences.

La pause du midi débutait, la salle se remplissait. Sœur Marie attendait la suite, mais Berthe semblait réfléchir.

Elle coupa le fil avec ses dents, et le son crispa la religieuse.

— Que vient faire sœur Marthe là-dedans ?

— Les filles disent que, pour une petite participation, quelques francs tout au plus, surtout pour restaurer le tabernacle, c'est en tout cas qu'elle leur dit, et bien elle veut bien les aider à montrer leur piété, et que le Christ, il aime pardonner, alors il leur pardonnera. Aïe !

Elle se mit le doigt à la bouche.

— Je sais bien que ce sont des fadaises de bonnes femmes, moi, ma Sœur, mais comme cela vient d'une des vôtres… Et puis, elle sait y faire ! Elle tapine, et elle tapine joliment !

Elle baissa les yeux et s'excusa avant de reprendre, en retournant son ouvrage. Le fil permettait de retrousser le bas de la bourse, mais semblait prêt à se rompre à la moindre utilisation. Berthe renfonça l'aiguille pour doubler la couture.

— Les plus jeunes sont les plus influençables, mais les vieilles ne sont pas en reste, je vous le dis ! Elle prêche dans la cour. Si elle voit une fille avec les épaules un peu plus lourdes que d'habitude, elle y va, et en un quart d'heure c'est réglé.

Autour d'elles des femmes s'étaient approchées, certaines pour faire leur lit, d'autres pour secouer leur oreiller, mais surtout pour les regarder d'un œil suspicieux.

— Elle prie pour elles, pour le salut de leur âme, qu'elle dit, et les filles dorment mieux, la bourse vide, mais la conscience apaisée.

Henriette était venue les rejoindre. Elle portait un enfant endormi, une nouveauté de la prison si l'on en jugeait à la minuscule main repliée sur les langes. Sœur Marie repensa au petit être de l'infirmerie à son arrivée. Henriette y était-elle pour quelque chose ?

— C'est quoi ce massacre Berthe ! Tu m'as habituée à de plus jolis points !

— J'expliquais l'histoire de Marthe à la petiote...
— Les combines, tu veux dire ?

Les deux se mirent à rire, puis Henriette lui fit signe de faire moins de bruit, le petit commençant à grimacer. Sœur Marie en profita pour se lever, et après les avoir saluées, revint sur ses pas pour remercier Berthe. La confiance était primordiale, et la sincérité en était la clé. Celle-ci hocha la tête avec sérieux et la religieuse repartit. Mais à peine était-elle à la porte qu'elle les entendit à nouveau pouffer. Qu'avait-elle bien pu dire de si drôle ?

XVI

La cérémonie pour la petite de la cabane fut très courte. Sœur Marie, de toute façon, n'arrivait pas à penser à autre chose qu'aux paroles de Berthe. Elle devait trouver un moyen de faire cesser sœur Marthe, et il fallait avouer que dans cette optique, elle manquait d'imagination. Elle pouvait essayer de raisonner les filles, mais comment les empêcher de boire, si elles se desséchaient, et qu'une source coulait à leurs pieds ? Elle la voyait justement parler à une prisonnière, une belle femme au regard soyeux et à la robe orgueilleuse, qui siégeait dans un royaume de taffetas froissé. Celle-ci ne parut pas intéressée par ce qu'elle lui disait, car elle se leva, rajusta son chapeau, et s'éloigna pour s'asseoir un peu plus loin. Elle avait le visage affairé de ceux qui accélèrent et changent de trottoir quand on leur demande la pièce. Sœur Marthe, en revanche, n'avait pas l'air troublée de cet entretien infructueux. Elle attendit quelques minutes, puis se leva à son tour pour en atteindre une autre, dont le chignon était si lourd que sa tête s'enfonçait. Après quelques chuchotements, celle-ci aussi se leva pour s'asseoir à quelques bancs. Cette scène se répéta au moins à quatre reprises, et chaque femme qui l'éconduisait accroissait l'indignation de la sous-prieure. Elle ne pouvait plus s'aveugler. Dès que la cérémonie s'achèverait, elle irait en parler à la supérieure.

Quand les rangs se dépeuplèrent, elle s'y hâta, probablement de peur de s'encouardir. Elle frappa à la porte si fort qu'une de ses phalanges se crispa, prise d'une crampe. On lui permit d'entrer, ce qu'elle fit en agitant sa main pour que le sang y circule à nouveau. La supérieure était penchée sur son bureau, en train de le nettoyer avec une brosse en crin. Sœur Marie se montra directe. Devant le désintérêt de sœur Marie-Christine, elle s'emporta même.

— Comment voulez-vous qu'on nous fasse confiance ? Si l'on brade la miséricorde ! Comment peuvent-elles nous respecter ?

La mère ne réagissait pas. Elle avait d'abord frotté le bois, puis, bien qu'il brillait déjà, versa un peu d'huile dessus. Le mélange s'étala sous la brosse, comme les traces d'un large pinceau sur une toile. D'ailleurs, le visage de la supérieure s'enthousiasmait comme celui d'un peintre en pleine inspiration. Elle sortit d'un tiroir un chiffon qu'elle glissait avec volupté sur le meuble. Lorsqu'elle eut terminé, elle repassa la brosse, puis à nouveau le chiffon. Cet enchaînement se reproduisit encore une fois, deux fois, cinq fois, jusqu'à ce que sœur Marie renonce à les compter et retrouve son calme. *Quelle étrange manie*, finit-elle par se dire, en se laissant tomber sur l'un des fauteuils de la pièce. Fascinante, presque apaisante. La répétition des gestes, qui paraissaient étudiés dans leur moindre détail, l'hypnotisait.

— Vous avez terminé ? s'enquit la mère en reposant sa brosse.

La religieuse acquiesça. Elle se leva, prononçant des excuses. Elle s'était laissée captiver et avait oublié, pendant quelques minutes, ses devoirs.

— Bien. Dans ce cas, je vais vous demander de retourner à l'atelier.

Lentement, elle se dirigea vers la porte, frôla même le bois, avant de finalement se raviser.

— Vous n'allez rien faire ?

Elle ne lui répondit pas immédiatement. Elle renversait encore de l'huile sur son bureau, et reposa le flacon à côté d'elle. C'était une jolie bouteille rectangulaire avec une branche d'olivier gravée sur le devant.

— Avez-vous déjà visité une bergerie, ma Sœur ?

— Une bergerie ?

— Les brebis vous paraissent certainement être des créatures célestes, costumées de nuages cotonneux, qui nous prodiguent notre laine, nos laits, nos viandes, n'est-ce pas ?

Elle s'approcha. Sœur Marie recula. Elle ne voulait pas que cet entretien s'achève comme le précédent.

— Pourtant, leur laine qui empeste, leurs bêlements absurdes, leur chair savonneuse ne contentent que le berger.

— Je ne comprends pas où vous...

Elle se heurta à la porte. L'odeur verte de l'huile commençait à la picoter. Une amertume végétale se disséminait autour d'elle.

— Ici, vous êtes une bergère, rien d'autre. Et il va falloir revoir vos valeurs à la baisse.

— Mais il s'agit d'une sœur, elle se doit de montrer l'exemple !

— Eh ! Qui êtes-vous pour la juger ? Cette sœur a ses raisons.

En disant ces mots, elle s'était immobilisée. La jeune religieuse craignit d'être punie pour son impertinence. Mais au lieu de cela, sœur Marie-Christine se retourna en haussant les épaules.

— Vous allez apprendre qu'ici, les lois qui nous régissent sont celles de la bergerie. On leur apporte protection. Contre elles-mêmes, la plupart du temps. Elles nous apportent notre laine, nos laits et nos viandes.

Elle replia son chiffon et replongea dans ses curieuses ablutions. Sœur Marie se reprit à la dévisager.

— Sur ce...

Dans le couloir, elle remâchait la discussion. Pour une fois, elle ne s'était pas montrée trop passive. Même, les yeux de la supérieure s'étaient éclairés par moment, comme si soudain, elle la considérait.

XVII

L'entretien avait tardé. Sans s'en apercevoir, elle avait manqué le repas du soir. Elle passa par la cuisine, récolter quelques quignons secs. Ils grinçaient sous ses dents et lui raillaient les gencives quand brusquement, elle s'arrêta dans le couloir, prise d'une irrépressible envie de se gratter l'arrière de la jambe. Elle avait en effet découvert les joies de la gale, discrète le jour, et sournoise comme cent incisives la nuit. Des sillons se creusaient entre ses doigts, derrière ses genoux, dans le creux de ses coudes, qu'elle ratissait dans son lit en poussant des râles de douleur et de soulagement entremêlés.

Dans ces moments où elle s'inspectait le corps, il lui arrivait de repenser au père Paul. Elle imaginait ce qu'il dirait. Probablement plaisanterait-il de la voir se parcourir la peau, arracher tout ce qui dépassait, lisser du plat de la main la rondeur, signer sur ses cuisses de fines initiales qu'elle seule pouvait reconnaître. D'autant plus après ses épisodes mélancoliques, ceux qui l'avaient altérée, laissant toute l'abbaye dans une impuissance indiscrète.

Quelques mois plus tôt, la peur de la mort était revenue, la transformant en une silhouette incertaine. Elle avait entendu un fidèle, un paysan robuste d'une cinquantaine d'années, pleurer en parlant du trépas. Voir cet effroi chez un autre la sonna. Elle avait toujours cru que cela se tarissait avec l'âge, comme le pas des vaches à l'abattoir qui se font de plus en plus pressant, de plus en plus résigné. Elle ne sut que répondre, se contenta de lui tapoter les omoplates pendant qu'il inondait ses genoux. Sous ses paumes, le dos se creusa, lâchant un soupir enroué. Le paysan, se redressa ensuite, et après avoir essuyé les larmes qui luisaient sur ses grosses joues, la remercia.

— Je me sens moins seul, maintenant ! ajouta-t-il en se relevant d'un bond.

Puis il partit aussitôt, le pas déjà guilleret, la casquette enfoncée. Sœur Marie le regarda sortir, et les muscles de son cou se froissèrent. Elle se passa la main dessus, pensive. Elle savait, par expérience, qu'elle ne trouverait pas le sommeil, ni cette nuit-là, ni les suivantes.

Et en effet, ses cernes bleuissaient de jour en jour. Ses poignets s'affinaient, ce qui, paradoxalement, lui donnait une grâce envoûtante. La fragilité d'un faon. Quand elle tendait sa main pour récupérer le feuillet du jour, le père Paul la retenait. Elle baissait lentement ses cils et restait muette. Il lui arrivait de se pétrifier sur le banc de pierre près du portail, à méditer en regardant les fourmis se succéder entre ses pieds. *C'est la vie*, se disait-elle, *les fourmis, les souris*. Et si l'une d'elles lui montait le long de la jambe, elle l'attrapait. L'odeur miellée de la bête l'irritait, alors elle frottait ses deux doigts l'un contre l'autre et sentait la carcasse se disloquer sous leur pulpe. L'insecte agonisait ensuite à terre, et elle lui susurrait un « pauvre Job » qui la faisait elle-même frémir.

Quelques semaines après le début de cette mélancolie, le père Paul la rejoignit sur le banc. Un courant chaud décollait les graminées du sol, propageant leur parfum douceâtre jusqu'à eux. Le soleil disparaissait tandis qu'il lui parlait de la cantine, bien terne sans sa présence, de l'aumônier qui se préoccupait de ce malheur si grand qu'il semblait l'éloigner d'eux, des cierges qu'aucune des filles n'allumait avec sa dextérité. Elle l'écouta, hésitante. Puis se lança :

— Vous n'avez pas peur, vous ?

— Peur ?

— De la mort, souffla-t-elle, comme une évidence.

— Je n'ai peur que de l'incertain, ma Sœur. Vous ne devriez pas craindre de retrouver les bras du Seigneur. Et surtout, vous qui êtes si jeune, vous ne devriez pas vous gâter les plaisirs de la vie.

Son sourire aurait rassuré un condamné. Pourtant, elle se perdait dans le plissage de ses paupières, emportée par l'abîme qu'elles lui évoquaient. *Ce visage aussi disparaîtra*, pensa-t-elle. Son pied frôla le sien, il se détourna d'elle.

— Non ! Attendez…glissa-t-elle.

Elle s'accroupit devant lui pour ramasser une camomille à ses pieds. La tige se rompit dans un glapissement surpris. Elle souleva la tête, entre les genoux du prêtre, et approcha le cœur doré de son nez. Il resta paralysé, le regard engourdi. La seconde suivante, il se redressa. Maladroit et raide, il faillit trébucher. Elle ne comprenait pas. Le sucre des pétales l'entêtait, elle se releva doucement, la fleur en main.

— C'était pour vous remercier, s'excusa-t-elle.

Il acquiesça, prit la fleur, et l'enfonça dans sa poche, avant de s'enfuir vers l'abbaye. Elle l'observa, en silence, essuyant ses doigts sur le tissu de sa robe. Sans qu'elle n'en saisisse l'explication, elle dormit près de dix heures cette nuit-là. Une nuit sans rêves, qui lui assécha la bouche et lui troubla le regard.

XVIII

Un matin, peu de temps avant Noël, on retrouva sœur Anne morte dans son lit. On lui retira sa bible des mains et la tendit à sœur Marie. Malgré sa réticence, elle l'attrapa. Jamais aucun livre ne lui avait paru aussi froid. On fit venir l'abbé Molinard pour la messe. C'était un homme grand et sec, au visage qui semblait sculpté par le sel et le vent alors qu'il n'était jamais retourné dans ses terres natales depuis son affectation dans la capitale. La vue de son rabat la fit frémir, mais elle resta calme, même quand il la fixa et qu'elle crut qu'il avait transpercé son âme pour la vider de tous ses secrets. L'homme s'approcha du lit.

— Vous avez fauté.

Derrière la supérieure et sœur Marthe, elle piétinait. Il prit une inspiration avant de continuer.

— Cette pauvre femme est morte depuis au moins deux jours. Vous n'avez donc rien remarqué ?

Ses cheveux s'assouplirent sur sa nuque, et elle remercia intérieurement sa coiffe d'avoir caché son trouble.

— C'est qu'il y a beaucoup d'obligations, surtout en ces temps de...commença la supérieure.

— Il ne faut pas que cela se reproduise.

Celle-ci acquiesça et suivit l'abbé dans le couloir. Une fois seules, Sœur Marthe la regarda, avant de s'éclaircir la gorge.

— Espérons qu'il n'y aura point de nouveaux morts sous votre responsabilité.

Elle lui fit ensuite signe de quitter la pièce. La sous-prieure la fixa une dernière fois, puis, contrariée, s'exécuta. À tous les coups, cette pie allait dépouiller la vieille des rares biens qu'elle avait pu accumuler. Ne crispait-elle pas déjà les doigts pour les empêcher de s'exciter ? Une bague, le scapulaire, il lui semblait même avoir remarqué une médaille en or, ce n'était pas grand-chose, mais rassemblés, ces quelques oboles adouciraient son quotidien.

Bien qu'elle ne pût jamais vérifier son hypothèse, la poudre brune que sœur Marthe saupoudrait sur son lait chaque matin depuis ce jour-là exhalait les arômes de son forfait. Il fallait voir son visage se dulcifier dans les effluves du cacao.

— Ces hollandais sont astucieux comme des singes, applaudissait-elle. Regardez comme il se délaye parfaitement !

Cette bonne humeur ne se restreignait pas à elle. Elle contaminait tous les murs de la prison, car les filles, depuis le décès, frétillaient comme les feuilles d'un arbre agité. Sœur Marie se demandait si l'autoritarisme de la religieuse n'était pas en fin de compte utile au bon fonctionnement des lieux. Mais en repensant à la bible qui claquait sur les têtes, aplatissait les nez, rebondissait sur les joues, elle repoussa cette idée. Elle trouverait bien un moyen de s'imposer sans imiter la défunte.

Elle s'étonna de voir que de nombreuses prisonnières étaient présentes pour la cérémonie en son honneur. Elles récitaient les *Libera me, domine, de morte æterna* d'une seule voix, une voix grave et solennelle, la base du crâne soumise au regard. Cette application la toucha, avant qu'elle ne la trouve excessive. L'une d'elles s'essuyait régulièrement le coin des yeux. Une autre poussait tant de soupirs qu'elle allait finir par s'étourdir. Il y avait dans cet élan de tristesse une ironie qu'elle seule semblait palper. En tout cas, les autres religieuses ne constataient pas l'incongruité de la situation. Elle étira le cou pour mieux les observer. Que pouvaient-elles remarquer, de toute façon ? Elles étaient crispées, captives de leur prière, aveugles du monde autour d'elles. Sœur Madeleine tendait même ses mains au ciel, les yeux blancs. Les filles pourraient se mettre à danser qu'elles ne le décèleraient pas.

XIX

À présent, sœur Marie devait veiller sur l'atelier toute seule. La supérieure l'avait introduite comme une nouvelle recrue, et ce même si sa première surveillance datait de plusieurs semaines. Depuis le lutrin, elle pouvait voir la majorité des prisonnières. Son regard s'attardait sur leur taille, là où la corolle de leurs jupons se formait, puis remontait vers le tablier blanc qui protégeait leurs robes. Leurs cils, parfois aussi sombres que de la suie, parfois translucides comme du givre, se concentraient sur leur besogne. Sœur Marie-Christine, avant de partir, lui demanda si elle se sentait prête. Elle traversa la pièce, un sourire confiant aux lèvres. Après tout, pourquoi ne serait-elle pas prête ?

Un silence attentif couronnait l'atelier. Les aiguilles s'enfonçaient avec régularité, les mains suivaient toutes le même itinéraire, une boucle souple et gracieuse. Elle avança vers le lutrin, ouvrit sa bible. Le nez dans les textes, ne sachant pas lequel choisir, elle appréciait le calme. Devait-elle vraiment lire des versets ? Elle l'avait vue faire, Sœur Anne. Et elle n'avait pas envie de lui ressembler. Six jours sur sept, de huit heures à midi, cela avait été le même spectacle. Elle commençait toujours par un passage qui résonnait dans son jabot, un doigt accusateur pointé sur les filles. Pendant une vingtaine de minutes, jusqu'à ce que sa voix s'éraille. Puis une parabole, qu'elle récitait en imitant les personnages d'un ton doucereux. Les questions, qui demeuraient sans réponse, ce qui l'impatientait. Elle descendait, se dégourdissait, claquait sa bible sur un banc ou deux, puis finissait par se répondre à elle-même. Le cours s'achevait, et le lendemain se jouait la même pièce étrange.

Sœur Marie humecta son index pour tourner une page. Plusieurs minutes étaient passées et les prisonnières restaient figées. Seuls leurs doigts dansaient, de plus en plus nerveusement. Certaines étiraient un cou, d'autres faisaient craquer une articulation, d'une manière si discrète d'abord qu'elle se contenta de soulever un sourcil. Au bout d'un moment, les filles se mirent à gesticuler d'un même mouvement, telle une jambe prise d'impatience. Une se leva, tendit ses bras et se rassit. Une autre se gratta la tête avec tant de vigueur que ses épaules se recouvrirent de flocons clairs. Une troisième frottait son nez pourpré, parsemé de tubercules, avant de saisir une flasque d'on ne sait où pour la porter à ses lèvres. Sœur Marie ferma les yeux quelques secondes.

Quand elle les rouvrit, un tout autre tableau se présentait à elle. Non seulement les filles s'agitaient toutes, certaines tremblantes, d'autres enjouées, parfois hargneuses - des soubresauts pressés, un grouillement organique - mais très vite, elles cancanèrent. L'une d'elles, d'une voix fluette, commença :

— Anne, ma sœur Anne, ne vois-tu rien venir ?

La majorité des filles se mirent à rire. La religieuse tournait la tête dans un sens, puis dans l'autre, ne sachant où fixer son attention.

— Je ne vois rien que mes mains qui poudroient, répondit l'une d'elles en les agitant au-dessus de sa tête.

— Et mon ventre qui verdoie ! ajouta sa voisine en soulevant son jupon.

Un seul rire, d'abord timide, se fit entendre. Mais peut-être justement pour contrer la gêne, il se gonfla pour retentir dans toute la salle. Sœur Marie tapa un coup sec sur le bois, mais regretta vite son geste. Elle souffla immédiatement sur son doigt endolori. Le bruit, de toute manière, était étouffé par les cris des filles.

— Pensez à ses yeux, toujours collés. Qui veut du miel ? Du bon miel de pays ? fit l'une d'elle en abaissant sa paupière.

— Sans parler de son goitre ! dit une autre en tirant sur la peau de son cou.

— Arrêtez, s'il vous plaît ! cria la sœur.

La salle, magnanime, se calma. La vague d'aiguilles qui roulaient entre les doigts reprit. Elle referma sa bible. Fascinée, elle regardait le fil se contracter, se rétracter, se contracter, se rétracter...

— Le petit Pierre, je veux bien qu'il me dise la messe, fit l'une des femmes assises au premier rang.

Ce fut alors un bourdonnement ravi, une multiplication d'approbations. Et chacune en venait de son avis. Certaines le trouvaient trop blond, d'autres pas assez. Celles qui le tutoyaient ne se montraient pas avares en détail : mou, impatient, vigoureux, flapi, cela dépendait tout simplement du moment et de la fille.

— Il est rose comme une fillette ! fit une vieille au fond. Non, non, franchement, je ne préfère pas. Je suis sûre qu'il demande sa mère quand c'est fini !

Sœur Marie leur faisait signe de se calmer, mais les esprits s'échauffaient. Une prisonnière, de celles les mieux vêtues, belle comme un chat, de grands yeux, l'un d'onyx, l'autre d'opale, applaudissait :

— Tu y es totalement, ma chère ! Ah, ce qu'il ne faut pas faire pour un peu de confort... soupira-t-elle.

— Moi, dit Berthe, je ne vous le répéterais jamais assez, il faut se méfier de cette engeance !

L'autre la hua. Elles faisaient bien comme elles voulaient ! Si elle préférait son pain blanc et rassis, certaines aimaient à y glisser un peu de confiture.

Il était près de midi. Sœur Marie le savait, d'une part, à cause de son estomac qui s'irritait, mais surtout, car le soleil perçait au-dessus de sa tête, un rayon précis comme la projection d'un phare à laquelle elle s'était habituée dans ses heures d'ennui. Soulagée, elle les libéra. Lorsque l'atelier fut vide, alors qu'elle rangeait les quelques ouvrages qui ne l'avaient pas été, et qu'elle s'était accroupie pour ramasser l'un d'eux, elle se surprit à sourire. Une grossièreté était gravée sur le dossier en bois, mal orthographiée. Elle passa le doigt dessus. Cela faisait si longtemps qu'elle ne s'était pas sentie autant à sa place. Toutes ces gesticulations, ces paroles, ces rires emblématisaient son intériorité. Ne pensait-elle pas tout et son contraire ? Après tout, elle était une femme comme les autres, elle riait, elle pleurait, elle vivait, en somme. Auprès du père Paul, n'était-ce pas, peut-être plus que sa sensibilité, son humour qui l'avait touchée la première fois ?

L'instant d'une seconde, elle réentendit son rire. Un rire grave et profond qui avait fait basculer sa tête en arrière. Puis, quand il s'était ressaisi, que son visage s'était redressé, il se frotta la joue, désorienté, puis posa sa main sur son épaule.

— Vous, je sens que vous allez me plaire !

Elle ne répondit rien. Elle se contenta de sourire silencieusement, puis, peut-être par peur qu'une autre fille ne surprenne leur complicité, elle n'attendit pas une minute de plus pour le quitter. Elle sentait encore le froissement du tissu de sa robe dans le couloir. La chaleur, mais surtout la confiance qu'elle ressentit ce jour-là ne l'abandonna pas de la semaine. Le matin, elle se levait, bondissant des draps, tirée par une énergie qu'elle ne connaissait pas. Elle se préparait avant même le déjeuner, possédée par un double coquet et distrait, le même qui lui faisait renverser son lait, le même qui l'induisait en erreur quand elle récitait ses versets. Elle s'assurait que sa coiffe dégage de fines mèches, lustrait ses cils avec le dépôt de sa bougie, se mordait les lèvres, se pinçait les joues à tout moment pour qu'elles rougissent. Et bien qu'elle eût connaissance de l'interdit, et probablement parce que justement, elle en avait connaissance, jamais elle n'aurait admis que ces nouveaux rituels cherchaient à le contourner. Elle enfouissait ses intentions, devenait aveugle comme l'enfant qui tue un pauvre animal sans en avoir conscience. Après le prêche, elle restait souvent assise jusqu'à ce que les bancs se vident peu à peu. Le sérieux dont elle avait fait preuve jusque-là l'aidait dans son entreprise. Elle fronçait les sourcils, frottait son index sur une page feignant de mal comprendre une phrase, et ses camarades se levaient, le pas traînant, sans se douter de rien. Si elles avaient deviné l'impiété de son cœur à ces moments, peut-être que la suite aurait été différente, peut-être serait-elle encore là-bas, à sentir la chaleur de leurs cuisses, à entendre l'accent du vieil aumônier. Si elle ne s'était enhardie, elle aurait pu profiter de ce flottement, de cette incertitude délicieuse. Mais en s'enracinant dans le bois, elle avait choisi un autre chemin.

XX

À quoi bon y repenser, se dit-elle en grattant le rebord écaillé. Elle tendit le bras pour attraper l'ouvrage sous le banc face à elle. C'était une explosion de fils colorés, gerbes rouges et bleues. Une création inspirée, mais que la couturière avait, si elle s'en référait à l'arrière effiloché, abandonné en route. Elle tenta de le mettre à plat, de le repasser avec ses doigts le temps de lui trouver une utilité, quand sa manche fut tirée en arrière. Elle se retourna et sursauta. C'était le petit Augustin. Il la regardait, ses cils frôlant ses cernes, plus creusés que dans son souvenir. Son nez se plissa, et un pétale granuleux glissa entre ses lèvres.

— Il ne faut pas tirer la langue, lui fit-elle, mi-amusée, mi-sérieuse.

Elle avait brandi son doigt pour le baisser immédiatement. Depuis son arrivée à Saint-Lazare, elle avait parfois l'impression de jouer un rôle, impression qui atteignit son acmé à cet instant. Elle se contenta finalement de lui caresser la tête, et fut étonnée par la douceur du duvet de l'enfant. Puis, elle fouilla dans sa poche pour en sortir une dragée qu'elle avait réussi à subtiliser le matin même dans la salle des religieuses. Le petit l'attrapa et l'engloutit aussitôt. Il mâchonnait docilement quand sa mère arriva, la main crispée sur la poitrine.

— Augustin ! Qu'est-ce que je t'ai dit ! Tu ne dois pas partir seul !

Il se retourna, les paupières à demi closes, la bouche agitée. Sa langue était visiblement engagée dans une entreprise de décollage de sucre. Avant d'aller auprès de sa mère, il tendit sa main vers la sous-prieure et elle y posa son index en guise d'au revoir. La paume du petit était toute collée, et elle se demanda comment il avait bien pu se la poisser en si peu de temps. Lorsqu'il rejoignit Blandine, celle-ci la regarda furtivement. Puis, elle se baissa pour porter son fils, le cala sur sa hanche, et se dirigea vers la porte de l'atelier. Sœur Marie reposa l'ouvrage sur le banc.

— Merci, glissa Augustin, depuis la porte entrouverte.

Elle le salua d'un tirage de langue. Quand elle se retrouva seule, elle se passa la main sur les lèvres. Elle devait le reconnaître, Blandine n'avait rien à voir avec la furie de l'autre soir. Son visage, une fois qu'elle avait attrapé son enfant, avait complètement changé. Une douceur nouvelle avait lissé ses traits. Ses yeux n'étaient plus ces deux glandes nervurées, impassibles, déjà pâlies par le temps. Non, ils s'étaient enfin animés. Même, la seconde avant qu'elle ne fixe le sol, ils vivaient, et ils vivaient pour elle. Était-ce un remerciement ?

Elle attrapa le balai, et le passa sous les bancs. Elle détestait cela, la poussière lui démangeait le visage. Mais il fallait avouer qu'elle faisait parfois de belles trouvailles. Les premiers temps, elle les rapportait dans la salle de repos, mais sœur Madeleine lui avait signalé assez vite qu'il valait mieux les confier à la supérieure.

— Comme ça, pas de vol, avait-elle chuchoté, le menton en direction de sœur Marthe.

Elle récolta ce jour-là trois francs, deux sous, une cigarette, une broche ambrée, une dent de lait (qu'elle inspecta entre dégoût et envoûtement), et une fiole qu'elle ouvrit. L'odeur était aérienne, sucrée et herbacée à la fois.

Lorsqu'elle le secouait, le précipité dansait, la faisant sourire. Pendant un instant, elle crut voir une silhouette féminine s'y dessiner. La fée verte. Elle avait tout entendu sur cette boisson. À chaque fois que son père voulait en commander, sa mère glapissait. Voyons ! Voulait-il devenir fou, comme tous ceux avant lui ? Elle referma le flacon. L'odeur flottait encore dans l'air. Il y en avait si peu, à peine une gorgée. La curiosité, surtout ; et l'abdication de discernement : faim, soif, elle ne savait plus. Elle retira le bouchon et le but d'une traite. Un froid absolu lui glaça l'œsophage, lui faisant regretter son geste. Et si c'était de la ciguë, de l'arsenic, le venin d'une d'entre elles ? Était-elle destinée à mourir d'une façon si absurde, si idiote ? Pourtant, juste après, sa bouche s'embrasa de la plus agréable des manières. La chaleur alla jusqu'à son estomac pour se diffuser dans tout le corps. Même si elle n'arrivait pas à le définir parfaitement, le goût était assurément anisé.

Quelques minutes passèrent, pendant lesquelles elle balaya en fredonnant. Ses joues lui chauffaient. Elle se sentait bien, un peu confuse, sans que cela ne soit désagréable. Une main encore agrippée au manche en bois, elle souffla dans l'autre pour découvrir son haleine. Sucrée, mais l'alcool, heureusement, était indécelable. Ses gestes étaient cotonneux, retenus par une gaze transparente. Elle se sentait gracieuse, plus qu'elle ne l'avait jamais été, bien qu'elle eût à se baisser à deux reprises pour ramasser son tas de poussière. Elle hésita devant les babioles qu'elle avait récoltées. Ne pouvait-elle pas feindre de n'avoir rien trouvé ? Les autres ne la croiraient pas. Et puis, il fallait qu'elle aille au bureau de la supérieure, de toute façon ; pour lui rendre les clés de l'atelier. Elle glissa donc le tout dans un petit tiroir, qu'elle porta d'un pas chantant, un sourire fané aux lèvres, les orbites creusées par l'absinthe.

La porte du bureau, contrairement aux autres fois, était entrebâillée. Elle colla son nez au bois, prête à rentrer, avant de se raviser. La supérieure n'était pas seule. Non, un homme était avec elle. Elle se pencha pour mieux y voir. À cause de l'obscurité, elle ne distinguait pas grand-chose. Un homme, un homme. Un homme avec la mère supérieure. Cela ne laissait pas beaucoup de place au doute, non ? Le bouc de monsieur pointait sur son menton. Il devait le lustrer pour qu'il tienne autant. Il était droit, les mains derrière le dos. *Une position de philosophe*, pensa-t-elle. Mais quelque chose n'allait pas. C'était la supérieure. Son attitude à elle était étrange. Il était plus petit qu'elle, mais cette manière qu'elle avait de s'incliner vers lui... Elle chuchotait comme une jeune fille. Cela ne pouvait tout de même pas... Ou bien si ?

La seule fois où elle avait vu un homme dans la pièce d'une femme, il n'y avait pas d'ambiguïté. Les grognements de monsieur et sa mère qui gémissait, on aurait dit un lévrier qu'on bat, qui souffre et qui se carapate, sauf qu'elle, elle ne se carapatait pas. Et la fillette savait, sans savoir. Le soir, quand son père rentrait, elle rougissait comme si c'était elle, avec l'homme. Ses mains tremblaient lorsqu'elle lui servait un verre, de peur qu'il ne découvre la faute sur son visage et plus elle tentait de se calmer, plus elles s'agitaient. Alors, son père la prenait sur ses genoux. Et elle se laissait faire, le poison imbibant son cœur, pendant qu'elle sentait le sien, si confiant, battre lentement.

Elle posa le petit tiroir au sol. C'était étrange. Si sœur Marie-Christine se trouvait en galante compagnie, elle aurait probablement refermé la porte... Même les gardes y pensaient... Même le... Oh, qu'en savait-elle, après tout ! Elle voulait peut-être ajouter un peu de soufre là-dedans. La peur d'être surprise, les yeux qui se cherchent, le danger des couloirs, voilà tout ! En se redressant, elle lâcha un hoquet, se maudissant aussitôt. Quelle guigne ! C'était elle, qu'on allait surprendre, à tous les coups ! Elle se mit à courir pour regagner sa chambre, supposant que le fracas de ses talons sur les dalles était plus discret que le soupir étouffé de son diaphragme.

Une fois à l'abri, alors qu'elle cherchait péniblement son souffle, elle repensait à la manière dont la supérieure fixait l'homme. Ce qui la dérangeait le plus, c'était qu'elle n'arrivait pas à définir ce regard. C'était peut-être pour cela qu'elle s'était toujours méfiée des femmes. Elle leur trouvait le même air fuyant, le même sourire dissimulateur. Le même tournoiement de jupe, le même claquement de talons qui se dérobent. Et elle, elle devait payer à leur place. Il fallait croire que sœur Marie-Christine était comme les autres. Elles étaient toutes les mêmes. Bestiales. Terriblement animales, soumises à leur envie, dociles comme sa mère quand il le fallait, et puis, l'instant d'après, impénétrables.

Et elle ? Elle n'était qu'une mouche. Une mouche indésirable, toujours là, qu'on balaie du revers de la main. Et pourtant. Pourtant, ici, elle commençait à se sentir autrement. Elles l'avaient acceptée, à leur manière. Ou du moins, elles la toléraient. Bulleuse, elle regardait le bras du soleil avec profondeur. Des volutes de fumée l'habilleraient à la perfection. Elle se revoyait porter la cigarette du père Paul à la bouche. Du haut de son muret, elle l'avait défié. Si elle se concentrait suffisamment, elle pouvait encore sentir l'amertume qui lui était restée sur les lèvres. Devant l'étonnement du prêtre, elle s'était trouvée forte, puissante. Oui, elle ne pouvait le nier, elle était une de leurs semblables.

XXI

Les nouvelles allaient vite. Depuis qu'elle s'était entretenue avec la mère supérieure, sœur Marthe ne lui parlait plus. Elle surprenait ses iris posés sur elle, et parfois même, quand elles étaient proches, elle sentait l'air qui sortait de ses narines. Un courant sec, semblable à celui qu'expire un cheval qui refuse d'être monté. D'ailleurs, à la seconde où elle le remarquait, l'autre se détournait. Ne voyait-elle pas sa lèvre se soulever, prête à hennir ? Elle avait l'impression d'être retournée au couvent, à cette époque où la jeunesse chuchote et conspire. Après plusieurs jours à être ignorée de la sorte, elle se contraria. Lors d'un repas, elle s'adressa à elle :

— Pouvez-vous me donner le pain, je vous prie ?

Celle-ci ne répondit pas. Elle eut beau s'éclaircir la gorge, l'autre ne montra aucune réaction. Quand elle s'impatienta sur le bois, sa potée sursauta, mais sœur Marthe ne la regardait toujours pas. Au contraire, elle en profita pour quitter la table. Il ne fallut pas beaucoup de temps pour que les autres sœurs l'abandonnent à leur tour. Sœur Marie soupira et replongea son nez dans son assiette. La vapeur lui humidifiait le visage et comblait chacun de ses pores. Une fine membrane s'était formée à la surface du plat. L'odeur des choux bouillis ne l'engageait guère. Elle trempait sa cuillère, la ressortait, la retrempait sans jamais la porter à sa bouche. Après quelques minutes de cette curieuse chorégraphie, elle la reposa à côté de son assiette. Ce fut alors que deux prisonnières se levèrent pour s'asseoir à ses côtés. Elle ne put empêcher ses mains de s'émouvoir.

— N'ayez crainte, commença l'une d'elles. Nous ne venons pas vous déranger.

Elle semblait chercher ses mots. C'était une femme plus vraiment jeune, dont le nez se fendillait à la pointe, sans le diviser pour autant. Elle avait une frange courte, qui bordait ses sourcils. Sœur Marie n'aurait pas dit qu'elle était belle, mais charmante, avec quelque chose dans l'accent qui séduisait l'oreille.

— Je voulais vous présenter mes excuses.

Elle avait parlé très rapidement, sans marquer la moindre pause.

— Pour le soir où elles vous ont attaquée. J'aurais pu les empêcher, mais je n'ai rien fait.

La deuxième était une grande blonde au long cou. Elle avait de petits yeux métalliques, qui s'allongeaient quand elle souriait. Ses lèvres disparaissaient alors, se repliant pour dévoiler les grains de riz qui lui servaient de dents. Après avoir acquiescé, elle se lança à son tour :

— Moi aussi, j'étais là, j'ai tout vu, mais je n'ai rien fait, et pourtant, de mauvaises farces, j'en ai subi…

— C'est que par ici, Victoire, les filles comme toi… Enfin, moi, je ne juge pas…reprit la première en haussant les épaules.

On entendait l'éclat des couverts et des bribes de conversations, des rires, et même, de temps en temps, des petits cris joyeux ou surpris. Sœur Marie se frotta les paupières. Le brouillard qu'excrétait la soupe lui floutait le regard.

— Tu ne juges pas ? Alors pourquoi tu dis ça ? répliqua ladite Victoire en la pointant du doigt. Et puis, qui te dit que par ici, ça ne plaît pas ?

— Eh, elles me le disent toutes... Je ne veux pas te dire, mais des répugnées, des dégoûtées...

Sa bouche se tordait pendant qu'elle faisait un petit geste de la main. Mais assez vite, par regret, elle se redressa sur son banc. L'autre ne le décela pas, car elle continuait de brandir son index vers elle.

— Enfin, Marcelle ! Tu connais bien les hommes. On est seuls, on est tristes, on cherche un peu de sucre, et après on joue les écœurés ! Tu veux savoir un secret ? Les femmes ne sont pas différentes !

— Je veux bien te croire... finit par soupirer l'autre. Les amours maudites, on connaît toutes, n'est-ce pas, ma sœur ? Vous, c'est avec le grand là-haut, nous avec les petits en bas...

Le repas se conclut ainsi. Les tables avaient commencé à se vider. Certaines filles tambourinaient sur leur banc en attendant. D'autres étaient déjà sorties. La sous-prieure aurait bien aimé rester, mais elle se leva, après les avoir saluées. Dehors, elle se sentait étonnamment bien. Le soleil, après les premières gelées de décembre, avait surgi, perçant à travers les nuages engourdis. Les semelles des filles étaient amorties par le givre. D'abord feutrées, elles s'enfonçaient et craquelaient comme du sucre sous la dent. Ce bruit la fortifiait jusqu'à lui faire oublier ses doigts et son nez glacés.

Quand on sonna la fin de la pause, elle retourna lentement vers le bâtiment. Il s'était mis à pleuvoir, des crachats mi- gouttes, mi-flocons qui lui fondaient dans le col. Elle était fatiguée ce jour-là et s'apprêtait à annoncer qu'elle se retirait dans sa chambre. Elle sentait déjà la chaleur des draps. Le ciel postillonnait maintenant sur ses mains. Un temps parfait pour faire la sieste. Sous le préau, elle manqua de glisser. Ce fut alors qu'elle tomba sur Blandine et le petit Augustin. Devant l'étroitesse de la porte, elles ne pouvaient s'éviter. Celle-ci pressa d'abord le pas, les yeux accrochés à son fils ; elle lui babillait des cajoleries, comme si rien d'autre n'existait. Sa voix résonnait dans le préau, éclats maternels qui devenaient par moment enfantins. Soudainement, tout s'assourdit. Plus d'écho, plus le moindre bruit, rien. La prisonnière s'était immobilisée. Sœur Marie, presque à l'intérieur, entendit les talons marteler à nouveau les dalles, mais dans sa direction ! Elle cessa de respirer. Que lui voulait-elle ? Plus la mère avançait, plus les yeux du petit s'agrandissaient. Lorsqu'elle fut à son niveau, elle s'approcha si près qu'elle sentait l'humidité de son souffle.

— Sans rancune, lui glissa-t-elle à l'oreille.

Ce n'était pas une question. Elle recula sa tête. Non, en effet, elle préférait qu'il n'y ait ni rancune ni animosité entre les prisonnières et elle, mais elle ignorait que cela se décrétait ainsi. L'autre lui fit un clin d'œil, avant de disparaître dans l'acrimonie du ciel. La sœur grimaça quelques secondes, puis reprit sa course. Elles étaient bien curieuses, ces filles. Elle ne trouvait pas d'autre mot pour les définir. Curieuses. Toutes celles qu'elle avait croisées sortaient de l'ordinaire. Et donnaient envie d'en apprendre plus à leur sujet. Même Léontine... En tout cas, plus que les religieuses. Celles-ci, d'ailleurs, hochèrent la tête avec indifférence quand elle leur annonça qu'elle s'absenterait toute l'après-midi.

XXII

En soupirant comme si tout son corps se dissolvait dans la chaleur des draps, elle plongea au plus profond de son lit. Puis elle revint à la surface, soufflant sur les mèches qui lui collaient au visage. Après s'être tordue dans tous les sens, elle se fit une carapace cotonneuse. Elle remâchait ce que lui avaient dit les filles pendant le repas. Des amours maudites, interdites, il y en avait plein dans la Bible déjà... Mais en général, cela se terminait par une guerre avec le peuple voisin, et de nouveaux convertis. *Comme la plupart des passages*, se dit-elle, avant de repousser cette pensée. Dieu était bon, Dieu était Amour, il fallait lire le *Cantique des cantiques*. Des baisers, des caresses, il y en avait et elle défiait n'importe laquelle des prisonnières, voire même des sœurs de le lire sans rougir. Ne l'avait-elle pas parcouru en cachette quand elle était jeune fille ? Chaque mot accélérait son cœur et lui faisait refermer le livre. C'était l'époque où elle ne s'était pas encore engagée, où son avenir n'était pas encore aride, déterminé, tranchant.

L'amour... Elle était bien mal placée pour être la confidente des prisonnières sur ce sujet. De ce qu'elle en avait vu chez ses parents, l'amour ressemblait à un instinct. Une envie incertaine, incompréhensible, qui disparaissait aussi vite qu'elle était venue. Il y avait de la tendresse entre eux, elle ne pouvait le nier, mais de l'amour ? Pouvait-on aimer malgré la trahison ? Malgré les regards coupables, les badineries pour changer de sujet, les itinéraires impossibles, les disputes quotidiennes ? Pourquoi as-tu mis tant de temps pour acheter du pain ? À peine une heure, tu exagères. Dis donc, la blanchisseuse m'a donné la note, elle est salée, et pas qu'un peu. Oh, tu ne vas pas encore m'ennuyer, je n'en peux plus de tes reproches. L'amour, l'amour, l'amour, une chanson épuisante. Et pour le reste...L'abbaye, refuge pour les jeunes filles face aux ardeurs du monde ?

L'amour, c'était peut-être risqué, c'était surtout très commun. Ça piquait, ça mordait, et plusieurs fois même ! Si ce n'avait été le père Paul, cela aurait pu être n'importe qui. Elle les avait entendues, ses voisines de lit, s'amouracher du vacher, du fils de l'épicier, voire, pour les plus téméraires, d'une des leurs. Quelques gloires au Père, des larmes amères (regrets ou remords, personne ne savait), et l'amour finissait par s'émietter. Elle pressentait donc qu'un jour, son heure viendrait, et qu'en brave fille, elle résisterait. Cette pensée revenait comme une mère qui fait réciter sa leçon à sa fille.

Mais un jour, le père Paul avait posé sa main sur la sienne. Ce n'était rien. Ce n'était qu'un frôlement empressé, maladroit, de ceux qu'un gratte-papier administre à son collègue sans prendre garde lorsqu'il attrape sa plume. Il retourne à sa paperasse sans s'appesantir, sans même lever les yeux. Ce n'était qu'un frottement instinctif, fraternel, de ceux qu'une chatte donne à son petit. Ce n'était qu'une caresse tendre, moelleuse, de celle qu'on dédie à une amie. Elle sentit la chaleur se propager et remonter le long de son bras. Sans le regarder, elle comprit. Lui non plus ne savait que faire. Elle recroquevilla sa main, une manière pour elle d'en profiter davantage, de lui rendre subtilement sa tendresse. Comme si sa main s'était enflammée, il retira la sienne.

Sœur Marie ne souhaitait pas se rappeler la suite. Elle avait erré dans l'abbaye et on l'avait retrouvée dans la chapelle. Les souvenirs, à son grand regret, restaient intacts, implacables. Elle s'était assise, et avait commencé à prier. Comme elle n'avait jamais prié auparavant. Ses yeux lui brûlaient. Elle supplia de résister, de ne plus ressentir ces morsures. Puis elle se révolta. Comment pouvait-il la mettre à l'épreuve ainsi ? Elle attendait un signe, une preuve que tout cela était réfléchi. Elle frémissait. N'était-ce pas l'œuvre d'un enfant cruel qui écrase des fourmis et en épargne d'autres ? N'avait-elle pas assez souffert ? Ahurie, elle regardait autour d'elle. Était-il là ? Était-il là quand cette main s'était posée sur elle, et que tout ce qu'elle avait souhaité était qu'elle continue, qu'elle n'arrête jamais, qu'elle aille au plus profond d'elle ? L'avait-il abandonnée ?

Ses prières retentissaient dans le creux du plafond. Elle n'entendait qu'elles ; ce n'était qu'elle. Que sa propre voix. Son front fusionnait avec le sol, ses larmes lessivaient les dalles. Elle voulait qu'il se manifeste. Pourquoi l'avait-il reniée ? Elle était restée docile pendant tout ce temps, pendant toutes ces années où elle s'était offerte à lui. N'était-ce donc pas suffisant ? Ne l'avait-elle pas épousé ? Et en fin de compte, pourquoi ? N'était-ce pas aussi absurde que d'épouser un mort, un avorton, de l'écume, l'air qu'elle respirait ? Ce n'était qu'à travers tout cela qu'elle avait ressenti sa présence, et aujourd'hui qu'elle avait le plus besoin de lui, il était absent. Y avait-il une preuve qu'il existait ? Une sœur s'approcha d'elle, elle la rejeta. La femme faillit basculer en arrière.

— Sœur Marie ! Vous êtes brûlante !

Mais elle continuait sa prière, à la recherche d'une réponse qui ne venait pas. Tous les muscles de son corps se contractaient et sa bouche marmonnait sans s'arrêter, ni pour reprendre son souffle, ni pour avaler sa salive. Jusqu'à ce que l'obscurité la pénètre totalement et qu'enfin son esprit s'apaise. Ce n'était ni noir ni blanc. C'était gris, avec parfois un éclair de lumière, comme lorsque l'on regarde trop longtemps le soleil et que nos yeux refusent d'en oublier l'éclat. On porta son corps qui convulsait dans sa chambre. L'amour, c'était ça, une convulsion ridicule.

XXIII

Le lendemain, la surveillance de l'atelier commença bien. Les filles étaient plus calmes qu'à l'accoutumée. Si elle se concentrait, elle pouvait entendre la rupture du fil qu'elles coupaient avec leurs dents. Les premières heures, elle resta sur le pupitre, regardant la mécanique coordonnée de leurs mains, leur lisant parfois un verset pour les encourager. En vérité, elle doutait de l'utilité de la chose. Alors, elle récitait d'une voix monotone les « faites-le de bon cœur, comme pour le Seigneur » que sœur Anne avait soulignés dans son exemplaire. Elle bâillait en tournant les feuilles, n'ayant ni l'énergie ni l'envie de chercher ses propres passages. Parfois, elle marquait une pause, et soulevait son nez pour s'attarder sur les prisonnières. Elle ressentait un élan envers elle. Pas de l'affection, c'était trop tôt. Non, c'était ce même élan de curiosité qui la traversait quand elle parlait avec l'une d'elles. Les visages qui, peu de temps plus tôt ne lui évoquaient rien, s'étaient différenciés les uns des autres.

Il y avait Berthe, Léontine, Blandine, Marianne, Victoire, Henriette et toutes les autres, celles dont elle avait appris le nom, Augustine, qui allait et venait dans l'infirmerie à cause de ses infections urinaires, Louise, que tout le monde évitait en raison des sursauts décousus qui la secouait trop souvent, Apolline, qui était si belle, mais qui l'aurait été encore plus si elle ne jurait à chaque phrase, Charlotte, qui grelottait comme un barzoï malade, Adélaïde, qui était enfin revenue de l'isoloir, des champignons plein les pieds que l'infirmière n'arrivait pas à guérir, Hélène, qu'elle avait croisée avec le vieux garde et qui avait lâché sa piteuse prise pour lui faire un petit geste de la main (qu'elle lui avait d'ailleurs rendu en refermant la porte), Françoise qui plissait des yeux quand elle parlait, Victorine, qu'il ne fallait pas confondre avec Victoire, bien qu'elle les ait justement confondues ensemble dans le confessionnal...

Si elle n'avait pas été épuisée, elle les aurait bien interrogées ; sur leurs vies, sur la Bible, sur les gardes et les religieuses, sur la supérieure et l'infirmière. Des questions naïves, des frôlements pour faire connaissance. Cela aurait vivifié l'atelier. Mais comme la fatigue lui ôtait la subtilité nécessaire pour discuter sans en avoir l'air, elle continuait de tourner les pages. Entre deux bâillements, elle psalmodiait, sans y prendre garde, car il s'agissait du Deutéronome, et qu'elle le délaissait habituellement :

— Si un homme rencontre une jeune fille vierge non fiancée, lui fait violence et couche avec elle, et qu'on vienne à les surprendre...

Alors que jusque-là les dos s'arrondissaient, que les poitrines retombaient sur les genoux et que les yeux ne se levaient qu'en de rares occasions, certaines filles se redressèrent. Les mâchoires se crispèrent sous le recul soudain des oreilles.

— L'homme qui aura couché avec elle donnera au père de la jeune fille cinquante sicles d'argent ; et, parce qu'il l'a déshonorée, il la prendra pour femme, et il ne pourra pas la renvoyer, tant qu'il l'a vivra.

— C'est surtout nous, que tu déshonores, en racontant de telles fadaises !

Léontine s'était levée. Son chignon s'affolait. Elle la pointait du doigt, et pourtant, ne la regardait pas. Certaines posèrent leurs ouvrages sur le côté. Leurs têtes se tournaient, à droite, à gauche, un murmure unanime – c'est bien vrai, ça ! – parcourut l'atelier. Sœur Marie déglutit. Une autre se leva.

— On ne travaille pas ici pour ça ! fit-elle.

— Pour qui elle nous prend ? Elle sait ce qu'on en fait, nous, de ses ouvrages ? dit une autre en tirant sur les fils.

— Et ses cierges, elle sait où elle peut se le mettre ? hurla une troisième.

Elle donna un coup de pied dans le porte-cierge. Tous se renversèrent au sol. L'une d'elles s'accroupit pour en attraper un et le brandir en l'air.

— Dans l'au-delà ! répondit-elle.

Et les autres se mirent à scander après elle. Certaines tapaient la mesure avec les bougies, d'autres avec leurs mains. Une, qui était immense, et dont les épaules pouvaient concurrencer celles d'un garde, jeta son travail à terre et le piétina.

— Il suffit ! Il suffit… répétait sœur Marie, en frappant sa bible contre le lutrin.

— Il suffit de rien du tout, glapit Léontine. Il suffit que toi tu suffises, suffisante sous-fifre. Minable domestique de la vieille folle qui astique, astique, astique… C'est le bon Dieu qui lui demande ?

Les filles éclatèrent de rire, mimant des gestes qui lui firent détourner l'œil. L'agitation se gonflait, hors de contrôle. Que pouvait-elle faire ? Que devait-elle faire ? Appeler les gardes au risque qu'ils en éborgnent une ? Soudain, l'une d'elles se leva, les bras en croix. C'était la grande blonde qui avait mangé avec elle la veille. Elle voyait ses lèvres s'animer sans parvenir à entendre ce qu'elle disait, jusqu'à ce qu'elle se mette à crier :

— Laissez-là donc ! Sinon, elle appellera les gardes, et quand je vous vois faire, je me dis qu'elle aurait bien raison !

Les lèvres pâlirent. Les filles la dévisageaient, muettes.

— Toi, la gougnotte ! Ne t'avise pas !

Léontine s'était frayé un chemin jusqu'à elle. De dos, on pouvait voir son bonnet se dresser sur sa tête comme une crête. Avant que Victoire n'eût le temps de répliquer, elle se fit pincer le bras. Elle le replia, mais c'était déjà trop tard. Léontine lui barrait la route, l'empêchant de regagner son banc. Là, elle lui chuchota quelques mots. Les yeux de Victoire s'arrondirent. Le sourire aux lèvres, Léontine recula, et d'une voix sirupeuse, entonna :

Veux-tu faire avec moi...
Veux-tu faire un tour dans le bois ?
J'te montrerai gentil minois.

Victoire était blême. Ses yeux, après s'être entièrement ouverts, s'éteignirent. Les pupilles grises fixaient un point au loin. Plus un seul bruit n'existait, toutes les femmes attendaient la suite.

P'tite Victoire, j'irai ben avec toi
Seulement j'ai peur de perdre... — Quoi ?
J'ai peur de perdre la croix
Car je n'la r'trouv'rai pas je crois

Des prisonnières s'avancèrent pour reprendre en cœur avec elle. Se tenant par le bras, elles chantaient joyeusement, la pointe du pied cherchant à rejoindre le plafond en rythme. Leurs mâchoires se disjoignaient du reste du visage, dévoilant toute l'obscurité de leur bouche. La réaction de Victoire ne se fit pas attendre. Des larmes bordaient ses joues. L'une d'elles gouttait perpétuellement le long de son nez. Elle grossissait, se courbait, grossissait encore jusqu'à être victime de la pesanteur. Pourtant, son visage restait lisse.

Sœur Marie descendit de la balustrade. Le temps s'accéléra et en quelques secondes, elle était déjà près du groupe. Elle savait ce qu'il lui restait à faire. Elle tira sur le bras d'une des filles pour la décrocher de Léontine. Celle-ci la détailla, étonnée, repoussant d'abord ses mains. Puis, dans un but que seule elle connaissait, déclara forfait. Elle la suivit jusqu'à la porte. Le calme, déjà, était revenu. Quelques femmes s'étaient assises, reprenant leur ouvrage sur les genoux. Seuls leurs sourcils, légèrement fléchis, indiquaient le trouble qui venait de traverser la salle.

Dans le couloir, la religieuse se grattait le coin de l'œil en réfléchissant. Devait-elle l'amener aux gardes ? À la supérieure ? Elles restèrent coites quelques secondes, suffisamment de temps pour que cela devienne inconfortable. Léontine la détaillait, les yeux brillants. Pendant un instant, elle crut qu'elle allait la frapper à nouveau.

— Il faut que tu te calmes, cela ne peut plus durer... Toute cette haine, toute cette colère...

Elle tendit ses paumes vers elle, l'autre se contenta de hausser une épaule. Le geste fut si nerveux, si forcé, qu'elle aurait juré qu'elle était parvenue à l'atteindre. Alors, prudente, mais avec cette confiance qui nous étreint parfois sans que nous la comprenions, elle ajouta :

— Cela doit être insupportable pour toi.

La prisonnière recula brusquement. Elle le savait, ces occasions étaient rares. Très certainement l'une des seules dont elle disposerait avant très longtemps.

— Toute cette souffrance... se contenta-t-elle de murmurer.

Les yeux de Léontine hésitaient. Puis elle ouvrit la bouche, et se mit à parler si vite que rien ne put l'arrêter.

Léontine

Quand j'étais petite, ma mère me disait qu'un jour, j'allais tellement lui faire peur qu'elle allait mourir. Elle répétait ça sans cesse, Léontine, tu vas me tuer, tu vas finir par me tuer. Je grimpais sur une étagère, ou bien je montais sur une chaise pour attraper un bonbon et déjà, je n'avais pas besoin de lever les yeux, je le savais, je la sentais faire : sa main se crisper sur sa poitrine à s'en arracher le cœur, et son bec s'arrondir « Léontine, tu vas me tuer ! ». Ah, je ne dis pas que je détestais ça, non, c'est toujours un peu d'attention, mais comment dire... c'est lassant au bout d'un moment. Je voyais ses yeux papilloter dès que je me levais, ses deux grands yeux affolés comme si j'allais m'embraser et disparaître, et à peine je quittais la pièce que tactactac ses talons me poursuivaient et « Léontine, où vas-tu », et « Léontine, que fais-tu ? », et « Léontine, prends garde » ...

Il faut dire que ma mère, elle n'avait que moi. Mon père était déjà mort quand je suis née. C'était un monsieur très gentil, je ne dis pas, je crois qu'elle l'aimait beaucoup. Il est tombé mal quand elle était grosse et en quelques semaines, c'était réglé. Elle s'est retrouvée avec une belle rente, et il ne faut pas la plaindre, moi à sa place, enfin on dit tous ça, mais moi à sa place, je ne me serais pas plainte. Et puis, je dois avouer que par bien des aspects, l'absence de mon père m'arrangeait. Je pense, et je suis même sûre, que peu de petites filles ont bénéficié d'un amour si pur, si total que celui que ma mère m'offrait. Si j'étais fiévreuse, elle m'allongeait et m'épongeait le corps avec son linge humide, et je la voyais frémir en même temps que moi. Si parfois, je frôlais sa peau, je la sentais bouillonner. Et le soir, quand j'avais peur et qu'il faisait sombre, jamais, jamais elle ne me refusait son lit. Je m'engouffrais dans les plis chauds et accueillants, je rampais jusqu'à elle comme un chaton. Sa main me guidait et je m'endormais avec son odeur qui me picotait encore. Lorsque j'ai eu quinze ans, je me suis dit, tout de même, je commence à être un peu grande, et puis, je ne sais pas trop, mais il fallait que ça cesse. Mais elle ne m'a jamais rejetée, jamais.

Ce qui est regrettable, c'est que je ne pouvais pas sortir. Même lorsqu'elle faisait ses petites courses, jamais elle ne me prenait avec elle. C'était inadmissible à ses yeux que je puisse m'envoler on ne sait où. Un matin, justement depuis que je ne dormais plus avec elle, je lui fais part de mon désarroi. Je lui dis « maman, je ne peux pas rester enfermée ». Je lui enrobe le tout dans une belle comparaison, celle d'une colombe, d'une grue, enfin d'un oiseau, je lui dis que je me sens en cage, oui en cage, j'ai trouvé cela fort joli comme image. Bref, j'ai besoin de quitter la maison. Maman, contre toute attente, fait un effort, un gros effort qu'elle répète, pour comprendre.

Donc, quelques jours passent (il lui faut toujours plusieurs jours pour intégrer un changement). Elle me donne quelques pièces, quelques billets, et me laisse l'accompagner pour ses commissions. Dans la ville, la tête me tourne, je cherche mon souffle, en vain. Je manque de me trouver mal. Mais je me concentre sur mes pieds, sur les pas qui m'approchent de la boutique. Avant même d'entrer, je sens les exhalaisons des savons, les crèmes, je les essaie mentalement sur mon poignet, je suis grisée. Je ne sais pas comment c'est possible de se sentir aussi libre, aussi femme d'un coup.

Une fois dans le magasin, je perds la tête. Sur la droite, là où ma mère va, il y a un bataillon complet de flacons. Je la suis. Musc, surtout, qui me fait tousser, comme souvent. Sais-tu d'ailleurs que ça vient du cul d'un chevrotin d'Asie ? Ça, ma mère, quand elle l'a appris, elle a gloussé, mais j'ai bien vu qu'elle a attendu quelques jours avant d'en remettre. Mais ce jour-là, je sais qu'elle veut en racheter, parce que c'est chic, ça signe sa trace, c'est racé, épuré et toutes les foutaises que débite le parfumeur. Je m'ennuie franchement, alors je me promène à mon tour. Au fond de la boutique, c'est étonnant, il y a toute une mosaïque de savons, jusqu'au plafond. Parme, bisque, dragée, azur, pervenche, abricot, pour tous les goûts, c'est incroyable. Sans réfléchir j'en attrape un, couleur champagne.

C'est une petite savonnette, elle est bien jolie, bien mignonne, tu vois, non tu ne dois pas voir, celles qui tiennent dans la paume de la main. Celle-ci sent bon, si bon, le muguet peut-être ou le lilas, à chaque fois que je la porte à mon visage, le nom de la fleur se brode sur ma langue pour se dépiquer aussitôt. En tout cas, il est gravé le mot « amour » dessus, et je trouve cela si charmant, si distingué que je n'arrête pas d'y revenir. J'y colle mon nez, encore et encore, jusqu'à ce qu'elle ne sente plus du tout. Je passe les doigts sur la gravure pour m'approprier un secret encore plus mystérieux. Il me la faut absolument. Alors je m'approche de ma mère, et tout doucement je lui prends la main et je lui dis :

— Mère, ce petit savon sent merveilleusement bon, j'aimerais beaucoup l'avoir.

Mais elle, elle continue de discuter, sans même la regarder, sans rien dire en fait, alors je le lui répète et sans s'arrêter, elle me répond :

— Nous en avons déjà, Léontine.

Moi, je sais ce que ça veut dire, elle ne change jamais d'avis, ma mère. On pourrait s'accrocher à son bras, pleurer, mourir qu'elle s'entêterait dans sa voie. J'y retourne, je suis bien contrariée comme tu peux l'imaginer et à nouveau je l'attrape, je la sens, c'est du chèvrefeuille. J'en suis sûre à ce moment-là, car, vois-tu, c'est ma fleur préférée. J'y frotte encore les doigts et je me dis que tout de même, c'est bien dommage, à peine rentrée que mes mains ne sentiront plus. Donc, que faire ? C'est instinctivement que je réagis. J'enfourne le savon dans ma poche. Ma robe est si légère qu'elle se déforme. On dirait de la mousse. Tu aurais vu les toilettes qu'elle me faisait faire, de l'organza, du tulle, de la chantilly qui se plie et se déplie entre les doigts. Elle est lestée, tirée par cette ancre que je suis la seule à palper. Timidement d'abord, elle dévoile de la peau. Juste un ou deux millimètres puis avec de plus en plus d'effronterie, elle frise ma gorge. Et pourtant personne ne me voit. De toute façon, quand ma mère rentre dans une pièce personne ne me voit jamais. Je la rejoins, comme si de rien n'était. Je parle un peu haut, je parle un peu fort, les joues me chauffent, mais quel plaisir, quel plaisir, de jouer mon propre rôle. Je le joue mal ; je balbutie, et mes doigts se collent, graissés à force de frotter l'ovale. Mais savoir qu'ils ne pourront jamais deviner, que jamais ils n'oseraient même me demander ; c'est grisant. Voilà que nous partons, merci à vous, à très bientôt.

À la maison, je pétille de partout, je n'en reviens pas, j'ai l'impression, je ne sais pas, que quelque chose a changé. Ça ne t'est jamais arrivé ? C'est comme si ma vie commençait enfin. Le savon ? Je l'ai rangé avec les autres, ce n'est pas ce qui compte. Ce qui compte, c'est l'ivresse, l'excitation, la peur et la confiance liées l'une à l'autre sans que l'on ne puisse déceler où l'une débute, où l'autre s'achève. C'est si merveilleux, si délicieux que je n'arrive pas à y croire. Comment ai-je pu attendre tant d'années avant de prendre conscience de ce penchant ? Le soir même, je supplie ma mère de la raccompagner dès le lendemain. Je dois vérifier. Elle accepte, un peu piquée que sa seule présence ne me suffise plus.

Nous convenons de visiter les galeries marchandes. Elle doit offrir un de ces petits riens à ma tante. Son anniversaire approche, ou bien sa fête, je ne me rappelle plus. Pour l'occasion, je me farde en femme. Mais, n'adulant pas le résultat (j'ai l'air constamment ahurie avec ces grands yeux), je m'embroussaille les sourcils. Voilà, de l'âme, du caractère pour découvrir qui je suis vraiment. On arrive, je m'ennuie. Elle parle, encore et toujours, je regarde ses dents, deux planches qui se creusent chaque mois un peu plus. Je lui lâche la main pour faire un tour. Je rumine sur ce qu'elle m'a dit sur la route :

— Ne te maquille pas, tu ressembles à une vieille putain. Je préfère ta fraîcheur.

Elles n'y connaissent rien, les mères, n'est-ce pas ? Je continue, je cherche ma proie. Je ne vois pas ce qu'il peut lui plaire ici. Déjà, les rouleaux de tissu puent, c'est une horreur. Je ne sais ce qu'ils utilisent comme teinture, mais ils devraient arrêter. Mais là, autour des étoffes, des falbalas, des soieries qui brillent comme sorties du nid d'une pie, je le vois. Un foulard. Le foulard. Crème, beige, rose, un peu violacée, la couleur est indéfinissable. Je tends le doigt, si discrètement, sans que personne ne me voie. Lorsque je le touche, il s'irise, et là, quel spectacle ! Ma mère s'éloigne encore, j'en salive. Le tissu me glisse entre les doigts, l'évanescence d'un filet d'eau. Mes poils se hérissent, imagine ! Il faut faire vite ! Car elle toussote, et quand elle toussote, la porte n'est jamais loin. Je leur jette un dernier coup d'œil. Rien. Ils ne se doutent de rien. Elle ne se doute de rien. Rien, rien, rien, rien, rien. Je ne suis rien. Je le plie entre mes doigts, je sifflote. Dans la poche, merci bien.

Je renais, la petite Léontine meurt. C'est insuffisant. La vie est insuffisante. Ma vie est insuffisante. Je ne vais pas me contenter d'une promenade, traînée par ma maman. Je ne vais pas me contenter de ces barreaux, même s'ils coûtent mille francs, je ne vais pas me contenter de ces caresses maternelles. Je n'en peux plus. J'en veux plus. Devant le miroir, je noue le foulard autour de mon cou. Il est doux, si doux qu'on dirait les doigts de maman. Il me serre, souligne la finesse de mes traits, mes yeux n'ont jamais été aussi grands, il me serre, j'ai les joues qui se pigmentent, c'est charmant, il me serre, mes yeux débordent, on dirait une enfant, il me serre, je suis rouge, rouge puis violette, il me serre, n'y pense plus, n'y pense plus, ne pense plus à rien.

La révélation. Je veux connaître la nuit. Je veux connaître la ville. Je veux vivre comme un homme, je veux rire, je veux boire, je veux fumer, je veux danser, je ne veux plus être la petite fille à sa mère, la Léontine qui ne sert à rien. Alors le soir même, je me couche tout habillée et, lorsque la maison s'endort, j'abandonne mes draps. Je repense à mes orteils, qui se rétractent quand j'enfile les godillots qui traînent près de la porte. Je sors dans la nuit, la gabardine de l'homme à tout faire sur les épaules.

Et dans le premier troquet, je tombe sur cette femme. Comment faire autrement ? On ne voit qu'elle. Amélie. Elle avait peut-être trente ans. Belle ? Je ne dirais pas cela, elle luit, ça oui, mais belle, je ne sais pas. Elle a une de ces bouches langoureuses que quand tu t'en approches, tu t'y perds. Les hommes s'y perdent en tout cas, c'est ce qu'elle me dit. Alors elle arrive toujours à leur prendre une pièce, c'est comme ça qu'elle vit, enfin, c'est ce qu'elle répète. Moi, je m'en moque, elle fait bien ce qu'elle veut. Tant que je m'amuse. Et avec elle, c'est du rire et de la fête tous les soirs ! Je suis contente qu'une grande fille bien faite comme elle s'intéresse à moi. À cause de ma mère, je n'ai jamais pu me faire une amie, alors une amie comme elle, tu imagines bien ! Un soir, elle me présente son fils, un joli garçon de sept ans, je crois. Bref, la reine du trimard, c'est elle. C'est elle qui m'a tout appris. Comment parler, comment se faire respecter. Crois-tu que j'aurais pu être qui je suis, sans elle ? J'étais une gamine fragile, zozotante, qui se retrouve du suc plein les yeux à la moindre critique – un peu comme toi en fait. Jamais je n'aurais pu survivre à Saint-Lago.

Grâce à elle, je suis une fille du peuple, une fille comme eux. Je deviens vraie, tangible, palpable, pas comme ces spectres que nous étions. Oui, c'est ce que sont les bourgeois, des spectres, des apparitions, de l'éther qui se volatilise quand on s'approche d'un peu trop près. Deux mondes inviolables, incommunicables. Je suis la seule de Paris à partager les deux. Je suis transversale, dans le monde des vivants, dans le monde des morts – lequel est lequel ? Qu'importe ! Je visite les deux. Le matin, je suis la demoiselle, qui hoche la tête « oui mère, bien sûr mère », et parfois, pour la faire ronronner, un petit « je vous aime mère », glissé dans le cou. Le soir, je deviens Léontine la parlotte. C'est ainsi qu'ils m'appellent parce qu'apparemment je ne me tais jamais.

De plus en plus poreuse près de ma mère, je l'observe en silence. Souvent dehors, jamais chez elle, sauf le soir. Toujours une nouvelle babiole en tête. Des petites courses, comme elle dit. Elles coûtent le triple de ce que rapporte la cuisinière dans ses paniers, mais ce sont des petites courses. Trois fois rien, elle dit ça tout haut, pour rassurer qui, je l'ignore. Des spectres, je te dis, des spectres qui parle à d'autres spectres, qui parlent une langue cryptée, que je feins de comprendre pour qu'on me fiche la paix. Pour qu'elle me fiche la paix. Non maman, pas ce soir. Les jours passent, de plus en plus vite comme ils le font dès qu'on s'habitue à quelque chose.

Un jour, je reçois un billet d'Amélie. Elle me dit de la retrouver plus tôt ce soir-là. J'hésite un peu, parce que si maman s'aperçoit de mon absence, je vais être mûre pour la cueillette. Mais bon, depuis qu'il y a la petite de la cuisinière, elle est assez distraite. Elle lui a d'ailleurs proposé de rester le soir. Une bouche de moins à nourrir pour la pauvre femme, tu comprends. Je l'ai vue dans son lit le matin, toute rose, tout endormie. Moi, ce jour-là, j'accepte l'invitation d'Amélie, je prends juste garde à bien rembourrer le lit.

Lorsque j'arrive, elle est là, la pipe au bec, un barbu à ses côtés. Y a toujours un barbu, un tondu, un moustachu dans le coin quand elle est là, les yeux pleins de miettes, à espérer qu'elle veuille bien écouter sa vilaine rengaine. Je m'assieds, je le chasse, on peut plus parler tranquille de nos jours, tu y crois, toi ? Bref, Amélie commande à boire, et plus que d'habitude. Sa main tremble lorsqu'elle attrape son verre, elle me fait répéter ce que je lui dis, je vois qu'elle est ailleurs. Je lui demande ce qui la tracasse.

— Léontine, je suis mal. Y a le Eudes, qui me tourne autour. Il m'a prêté un peu y a quelques mois.

— Combien ? Je peux t'aider, tu sais...

— Non, bien trop. Pas de la petite monnaie. Il me reste qu'à mettre le petit au tapin...

Là, elle soupire et s'enfonce dans son siège. Cul sec, on recommande. Il fait chaud, j'enlève ma veste. Le serveur louche sur ma chemise de nuit, tant pis.

— Le tapin, de suite les grands mots ! je lui glisse quand il nous laisse.

— Eh ! se contente-t-elle de répondre en se frottant la paupière.

Je hausse les épaules. Que veut-elle que j'y fasse, moi ? Je la regarde du coin de l'œil, croquer le bout de sa pipe. Je ne me trompe pas, elle me lorgne elle aussi. Sa belle pupille dorée vacille, je sens bien qu'elle attend quelque chose.

— Tu sais bien que je ne peux rien y faire !

Je tente l'embrouille, on tente tous l'embrouille dans ces cas-là. Toi, je suis sûre que t'es la reine de l'embrouille quand tu t'y mets, t'as une bouche on dirait que le bon Dieu l'a faite pour minauder.

— Oui, je comprends ma petite lionne, je comprends... fait-elle.

Elle pose ses lèvres sur le rebord du verre, je regarde le mien. Il est vide. J'y vois mes yeux, mes narines. On dirait ceux de maman.

— Parce qu'il y a bien quelques sous chez moi, mais ma mère ne serait jamais d'accord...

— Et elle aurait bien raison !

Elle remplit son verre et sa langue claque quand elle le repose sur la table. Je regarde ses cheveux voleter sur son front, ils retombent, c'est joli.

— C'est qu'il y a des frais fixes, si ce n'était que moi, tu sais bien, mais il y a toute une faune qui dépend d'elle.

— Oui, les employés. Il faut les faire vivre...Ne t'en fais pas, ma jolie, on va se débrouiller. On se relève les manches, on déboutonne un peu le col, c'est la vie, il va bien l'apprendre lui aussi...

Son sourire est splendide, je la quitte. Dans la rue, j'ai la nausée. Je l'imagine, le gamin. Avec eux. C'est redoutable pour ma nuit. Elle est gâchée, gâchée, je préfère rentrer. J'ouvre la porte, j'entends les pleurs, les gémissements, je ne sais pas trop. C'est dans sa chambre, comme tous les soirs quand je suis de retour. Je me bouche les oreilles, ça ne marche jamais. Je me couche, je dors, adieu.

Tu sais ce que j'entends le lendemain ? Je me suis levée tard, ça m'apprendra. Je vois ma mère avec la cuisinière, elle pèle des carottes, ça sent le sucre, le sucre, je déteste les carottes. La petiote est vernie, ma mère l'inscrit sur l'héritage. Elles parlent de pourcentage, elles comptent ensemble, et elle compte bien, la Bretonne ! Elle double la rente de sa fille, en ajoutant et le samedi et le dimanche aux nuits. L'héritage de mon père, tu y vois, toi ? Ce n'est pas possible, il ne serait jamais d'accord. Il est mort, oui, on fait tout dire aux morts, mais là, je le sens, il m'imprègne, il me le dit, ce n'est pas possible. Je regarde la gamine dans les jupons de sa mère, elle a les yeux immenses d'en avoir trop vu. Quatre ans, qu'elle a, quatre ans. Faut que ça cesse.

Le soir, c'est décidé, j'en parle à Amélie, je lui dis qu'elle est sauvée, je te sauve, ma mamelle, que je lui dis, elle rigole, elle rigole, elle est belle quand elle rigole. Elle luit, mais différemment, tu vois, c'est sincère, ce n'est plus pour attirer tous ces bœufs, c'est de l'intérieur, c'est profond. Je lui explique que la semaine prochaine il y a le repas du centenaire de je-ne-sais-plus-quoi, ma mère y va. C'est d'un ennui, ces soupes mondaines où ils lèvent leur verre à qui mieux mieux. Elle n'aura qu'à me rejoindre, on craque le coffre, le Eudes est remboursé, et elle, elle arrête les emprunts abusifs, c'est entendu ? Bien sûr, c'est très fin ce que je lui propose, de la dentelle, de la dentelle qui ne peut que marcher, elle tape sur la table, j'ai encore sa salive sur la joue.

Le jour prévu, j'ai envie de tout annuler. J'ai mal dormi, je me suis réveillée au moins six fois, à trembler comme une démente, je cherche ma mère, non c'est vrai, elle est avec la petiote. Tout va bien se passer. Tout va bien se passer. Je bois de l'eau, on se sent déjà mieux. Sept heures, je me lève. Je croise la gamine dans le couloir, toute débraillée, la pauvre. Je vois maman, encore nue, elle déjeune dans son lit, engloutit les petits fruits, se lèche le coin des lèvres. Faut que ça cesse. La journée passe si lentement, si lentement. Je pourrais dire la vérité, mais les yeux de la petite, ces grands yeux sombres pendant que sa mère détrousse les poireaux, ils savent que je sais. Elle tétouille une lamelle du légume. Non, tais-toi, tais-toi. J'ai mal au crâne.

La nuit dégrade le jour. Je me tais, j'attends.
— Mère embrassez-moi, saluez-les tous de ma part. Des écrevisses ? Vous avez bien de la chance !
Je ferme la porte, vingt heures. Amélie arrive. C'est d'un chic, elle me dit, d'un chic... Ce quartier, je n'y ai jamais mis les pieds, me chuchote-t-elle. Allons, allons, ne traînons pas. Là quand elle s'approche du coffre, elle me bouscule un peu, elle est tout excitée, et je sens son haleine, la vapeur d'un thé, ça m'imprègne, ça m'inonde. J'ai la tête lourde, comme pour ma première sortie. Elle tripote le cadenas, la combinaison que je lui donne l'ouvre aussitôt. Il paraît énorme dans sa petite paume, un crabe métallique crevé, les deux pinces en l'air. Forfait, Mesdames, je déclare forfait ! Elle éclate de rire, et là, tu sais ce qu'elle fait ? Elle m'embrasse ! Je suis étonnée, je suis muette, et comme ce n'est pas suffisant, comme ce n'est pas assez surprenant comme situation, voilà que ma mère apparaît.

Je ne l'ai pas tuée, non. Ce n'est pas moi. Je te le dis que je n'ai rien fait, ce n'est pas possible, de tout le temps me demander. Écoute, et surtout tais-toi, je vais y venir. Elle est devant moi, et je n'arrive pas à comprendre ce qu'elle pense. Les mères, on ne sait jamais ce qu'elles pensent jusqu'à ce que ce soit trop tard. Là, est-ce trop tard ? Je n'en sais rien. Elle a les yeux qui brillent. De colère, de tristesse ? Eh ! Je ne suis ni devin ni druide, je sais juste qu'elle est secouée. Bien entendu, je me suis décollée d'Amélie, je l'ai même poussée, peut-être que de l'angle d'où elle est, elle n'a rien vu.

Elle est pâle, elle est grave, ses yeux n'ont jamais été si beaux, tu sais, ce vernis mélancolique qui les agrandit parfois, qui les rend comme deux pendules, tactactac, le temps passe et ma fille s'éloigne… Dans la pénombre, elle ressemble à la petite maman de mon enfance, la jolie maman, celle qui tressait mes cheveux, celle qui n'appelait jamais la bonne pour me nettoyer si je me vomissais dessus, qui prenait le temps de me déshabiller elle-même, tu imagines ses doigts chauds dans la nuit, la petite maman qui se dévêtait à son tour, qui se collait à moi à minuit, et qui me demandait si je l'aimais, oui mère, bien sûr mère ; puis la voilà vieille à nouveau, et je ne sais pas, elle me dégoûte, elle m'agace ; ça sent le vomi, ou bien le musc, cette odeur acide, cette odeur de l'insupportable. Ses dents se déchaussent quand elle me croque, sa peau qui se plisse sous mes doigts. Je vous aime maman, mais je préfère dormir seule.

— J'avais oublié… soupire-t-elle.

On ne saura jamais quoi. Parce que voilà que tout s'accélère et qu'elle se jette sur Amélie pour attraper le cadenas.

— Amélie, qu'est-ce que t'as fait ? Amélie ?

— Elle est juste assommée, elle est juste assommée…

Non, je ne l'ai pas tuée. Je te l'ai dit, tu ne comprends rien ! Ce n'est pas vrai ! Tu es comme tous les autres, comme les sœurs, comme les gardes, comme tous ceux qui nous tournent autour, à l'affût de la moindre faiblesse ! Je préfère encore quand ils venaient me chercher en pleine nuit que ton regard, là, ce regard qui dit je sais tout, alors qu'il ne sait rien. Va, je te dis, ne me touche pas ! Ne me touche pas !

J'entends pleurer, on dirait moi, on dirait moi, mais ce n'est pas moi, je ne pleure pas, pourquoi, je ne sais pas. Pourquoi je ne pleure pas ? Ma mère est morte et le temps ne se déchire pas. Amélie est déjà loin. Un gamin de moins à faire le tapin, c'est ce que je me dis, je ne pensais pas qu'ils l'attraperaient si vite. Le petit ? Il va bien, je crois. C'était pas le sien, de toute façon...

Pourquoi ils m'ont arrêtée si ce n'est pas moi qui l'aie tuée ? C'est parce que j'ai entendu pleurer. Des couinements nocturnes. J'y vais, je cherche, c'est dans sa chambre. C'est elle. La fille de la cuisinière. Au fond du lit, enrubannée de partout, quel drôle de cadeau, elle pleure encore, chut, c'est fini. Chut... Là, petite poupée déjà vieille, cheveux tout doux, chut, ... Elle me regarde avec ses yeux, ses yeux de petite putain, qu'est-ce que je devais faire, qu'est-ce que t'aurais fait, toi ? Ces deux mares, elles sont déjà viciées. Elles sont déjà viciées... Allez, va, tu ne souffriras plus... On est sœurs, toi et moi, je lui dis, on est sœurs. Allez, va, n'aie pas peur... Je ne l'ai pas tuée, je te dis. Je l'ai libérée...Et si tu continues de me regarder comme ça...

XXIV

Sœur Marie sentait son haleine. Une haleine de grappe trop mûre, chauffée par le soleil, sucrée et écœurante. Elle avait bu. Avant même que son incompréhension ne s'ébauche – où avait-elle trouvé du vin, comment avait-elle pu s'enivrer sans que personne ne le remarque, etc.– la main de Léontine s'agrippa à ses joues. En approchant son visage du sien, elle pressait la pulpe de sa chair jusqu'à ce que ses lèvres se décollent et s'arrondissent.

— Tu te prends pour une sainte, tu te crois meilleure que nous ?

Pourquoi n'arrivait-elle pas à bouger ? Elle retenait son souffle pour ne pas sentir celui de Léontine. Mais le couloir tanguait, comme si elle était déjà saoule. Cette sensation, elle l'avait expérimentée, quelques mois plus tôt. Pour la première fois de sa vie, elle avait connu ce goût amer, qui reste en bouche, s'engouffre dans l'arrière-palais et empourpre les lèvres. Ce liquide qui assèche et râpe la langue. Elle n'avait bu qu'un verre, et pourtant, les mots étaient sortis sans s'articuler, ses joues se consumaient, son col lui démangeait. Alors qu'il s'approchait, elle avait repensé à la portée de souris. Toutes devaient être mortes, maintenant, remplacées par leurs filles, leurs petites-filles, leurs arrière-petites-filles, comme dans l'Ancien Testament où les lignées s'établissent sur plusieurs pages sans qu'un seul nom ne happe le regard. Elle avait frémi à cette idée, et le père Paul, lui, était reparti.

La rêverie éclata quand l'autre la gifla. Reprenant ses esprits, elle répliqua, mais comme dans un cauchemar, ses coups n'avaient aucune force, entravés par le peu de latitude que sa position lui permettait. Elle essaya de se dégager, mais Léontine, qui lui tenait toujours le visage, enfonça ses ongles dans sa peau. Elle la sentit éclore sous ses griffes. *Nous sommes si fragiles*, pensa-t-elle, *si insignifiants que l'on nous troue comme du papier.* Cette image lui enleva toute révolte et elle s'abandonna aux coups dans une soumission mélancolique.

Léontine lui arracha sa guimpe. Sa main, à présent, se cramponnait à ses cheveux. Elle l'entortilla autour des mèches du dessus. Une emprise si serrée que sœur Marie sentit leur bulbe s'extirper du cuir chevelu. Elle ne tentait même pas de tirer dans le sens contraire. Les claques tombaient aveuglément, atterrissant parfois sur ses oreilles, parfois sur son menton ou sa joue. Leur régularité aurait davantage évoqué à un badaud une étreinte, tant elle se laissait faire. Mais la rage de Léontine ne s'atténua pas et la religieuse se retrouva à genoux.

— Et là, il est où, ton Dieu ?

Elle ne répondit pas. Elle fermait tant les yeux qu'ils s'enfonçaient dans ses orbites. Le noir blanchissait, dans des formes géométriques étranges.

— Prie !

Elle secoua la tête en guise de réponse. Par chance, les larmes ne coulaient pas.

— Supplie-moi ! Demande ton salut !

Sa tête s'agitait encore et la main de Léontine se crispa. Que pouvait-elle faire de plus ? Plus rien ne l'atteignait. Elle n'était qu'une souris, une souris comme les autres, une souris triste, une souris qui suinte de chagrin, elle pouvait bien suinter, elle ne serait jamais rien de plus qu'une souris. Au mieux, un nom dans un vieux livre que plus personne n'ouvrirait. Elle se mit à rire, un rire désespéré. Puis, reçut un coup au sommet du crâne. La dernière chose qu'elle vit fut un talon venir vers elle, et une gerbe écarlate jaillir sur l'ourlet de sa jupe.

Le noir total,
Opaque telle une soutane,
Qui brille ensuite (clignement d'œil ?)
Il luit comme la redingote d'un cafard.

Apparaît le fourmillement multicolore
Comme quand on s'appuie sur les yeux,
Trop fortement jusqu'à la douleur insidieuse
Qui se propage dans tout le crâne.

Où est-elle ? Nulle part, partout, elle l'ignore,
Tout ce qu'elle connaît, c'est la lumière
Qui augmente, qui s'accélère,
Qui la broie et la fend en deux.
En trois ?

Priez pour moi, priez pour moi,
Et vous, est-ce que vous priez pour moi ?
Je prie pour vous deux, je prie pour vous trois
Je prie pour vous toutes

Couverte de son ombre, tu es,
Couverte de son ombre.
La voix s'éloigne.

XXV

Le souvenir devint net comme la réalité. Un an et demi plus tôt. Le lit. La chaleur des draps, qu'elle avait dédaignée. Les ombres qui défilaient sous la porte. Immobile. Ses cheveux s'emmêlaient à l'arrière de son crâne. Elle ne mangeait presque plus et ses dents s'entartraient pourtant. N'était-ce pas le cas de son âme aussi ? Toute coquetterie lui paraissait désuète, la marotte d'un autre temps. À cette allure, elle allait quadrupler son âge avant la fin de l'été. Mais cela lui était égal. Plusieurs jours, plusieurs semaines étaient passés, depuis la crise dans la chapelle. C'était ce que l'aumônier lui avait dit. « Le diable est là », murmurait-on. Les rires se ratatinaient, les sourires étaient inquiets. Elles étaient les proies parfaites, chuchotaient les plus jeunes. L'une d'elles s'était même évanouie, réclamant sa mère. Elle avait quitté les lieux le soir même, déjà rassurée. La supérieure était venue la menacer. Si son mal continuait, ils feraient appel à un exorciste. Et elle allait bien finir par en sortir, de son lit ! Puis suppliante, elle trépignait. S'il venait à se savoir dans les foyers les plus privilégiés que leurs filles n'étaient plus en sécurité, que les De Castel avaient déjà retiré la leur, et que les Fournillac comptaient faire de même, qu'allaient-ils advenir d'eux ?

149

L'aumônier, lui, ne croyait pas à ces histoires de possession. De jeunes gens comme elle, qui se rendaient malades à trop prier, il en avait vu. Et beaucoup trop ! Le Seigneur n'aimait pas le zèle, dit-il en lui tapotant le nez. Il ne fallait pas se flageller, personne n'était parfait, et surtout, le Père tout-puissant pardonnait. Il répétait les mêmes phrases, qui la réconfortaient de moins en moins. Et les jours s'égrenèrent ainsi. On la sortait du lit une ou deux fois par mois pour empêcher que les draps ne rancissent, et après lui avoir renversé une jarre d'eau fraîche dans l'espoir de la réveiller, on la recouchait, encore trempée, encore grelottante. On conspirait à sa porte. Il fallait que cela cesse !

Un matin, elle entendit frapper. C'était le père Paul. Il rentra sans qu'elle ne réagisse, puis s'assit sur le lit, près de ses pieds. Elle le regarda faire, sans dire un mot. Elle se sentait vide, comme les autres jours. Un rai de lumière passait à travers la fenêtre, et néanmoins, les couleurs de la pièce ne lui avaient jamais paru aussi ternes. Les rideaux jaunes, d'ordinaire si beaux, n'étaient qu'une flaque bilieuse qui s'égouttait sur la tringle. Même les yeux du prêtre pâlissaient. Et pourtant, elle trouvait son regard encore plus pénétrant que d'habitude.

— Vous nous faites une belle crise de foi, ma Sœur, dit-il en lissant les plis du drap.

Dans la cour, le coq poussa son cri matinal. Sœur Marie, face à ce bruit si réel, sentit sa gorge s'assécher. Elle était étrangère au monde, étrangère à elle-même. C'était la même sensation que lorsqu'elle était enfant, cette sensation d'un désespoir si profond que rien ne pouvait l'y tirer ; ni les histoires de son père, ni le bruissement des feuilles dans le verger, ni les tartes aux prunes que la petite Claire, la servante de sa mère, lui apportait dans sa chambre et qui s'émiettaient sur sa langue sans qu'elle n'en discerne ni la douceur ni l'amertume, l'une équilibrant pourtant l'autre à la perfection. Le deuxième chant du coq, plus bref, s'étouffa dans un raclement minéral.

— Les gens aussi spirituels que vous souffrent plus que les autres...

Que pouvait-elle répondre ? Pouvait-il deviner qu'il en était la cause ? Que son âme, son esprit et son cœur avaient beau se tordre en tous sens, aucun n'arrivait à légitimer cette inclination nouvelle ? Le ton détaché qu'il avait employé souillait sa douleur.

— Oui, je souffre. Je souffre parce que le terrestre est si bas, le spirituel est si haut, et je ne sais lequel je dois suivre.

— C'est que votre orgueil vous a d'abord guidé, et étriqué par la suite. Si vous vous rendez ainsi malade, c'est parce que vous rejetez l'homme en vous.

Elle le dévisageait, les sourcils froncés, sur le point de répondre, mais il ne lui laissa pas le temps.

— Et pourtant ne vous a-t-il pas créé à son image ? Accepterait-il que vous souffriez ainsi par sa faute ?

Elle ne répondit pas. Ses mains s'étaient réunies entre ses jambes. Elle parcourait ses phalanges, comptait chaque os de ses jointures. Toujours sans dire un mot, elle le regarda s'approcher. Elle avait honte de pleurer devant lui. Mais au moins, une émotion la traversait enfin. Les larmes étaient imparfaitement absorbées par le coton. Elles s'accumulaient avant d'inonder les innombrables nœuds. Elle passa le doigt sur l'une des tâches, grise par rapport au tissu blanc, comme si elle cherchait à l'effacer. La même tumeur que celle qui l'avait grignotée dans la chapelle lui dévorait la poitrine.

Pendant quelques secondes, elle était aussi belle qu'une bulle prête à éclater. Alors, peut-être pour l'empêcher de se dissoudre devant lui, le père Paul la prit dans ses bras. Elle se rappelait le feutre un peu râpeux de veste, sa poitrine qui se gonflait lentement pour s'amollir immédiatement, mais surtout, une odeur ambrée comme celle du ciste, mélangée à une autre, fumée, braisée, celle du tabac il lui semblait, qui lui donna l'impression de se blottir dans l'âtre d'une cheminée. Elle se rappelait les larmes qui coulaient dans le col du prêtre. Elle était si près qu'elle pouvait les voir napper ses minuscules pores. Elle s'en contraria – quelle expérience plus désagréable que des larmes qui se glacent aussitôt sur la peau ? D'un autre côté, elle se fascinait de cette fusion, de ces champs miniatures que sa tristesse irriguait.

De longues minutes, il la serra de plus en plus fort, jusqu'à ce que cette étreinte l'empêche de reprendre complètement son souffle. Elle sentait son pouls se révolter. Cependant, elle aurait voulu se pétrifier. Elle aurait voulu qu'un volcan, quelque part, fulmine pour les conserver des millénaires dans cette position. Et si un ange sombre à ce moment était venu l'enlever, elle aurait tendu les bras, docile (« J'ai vécu », lui aurait-elle dit telle une vieillarde satisfaite). Toutes ces images tournoyaient dans sa tête, et elle pressentait qu'elle atteignait là un sommet mystérieux de sa vie. Une acmé si parfaite qu'elle ressemblait déjà à un souvenir. Au bout de ce moment qui paraissait éternel, elle se sépara de lui. Ce faisant, elle leva les yeux pour arracher un indice de ce qu'il pensait, mais il détourna les siens.

— Vous savez, je souffre, moi aussi, soupira-t-il. Mais je sais que Dieu, dans sa miséricorde, croit et pardonne.

Ces mots qui, quelques jours plus tôt, lorsqu'ils étaient sortis de la bouche de l'aumônier ne l'avaient nullement atteinte lui firent pousser un gémissement. On entendait dans la cour des éclats de rire, des chamailleries enfantines. C'était l'heure de la promenade.

— Je vais vous laisser. Je sais que bientôt, vous serez complètement rétablie.

Il se leva lentement, cilla encore plus doucement, puis partit. Sœur Marie, elle, posa son orteil au sol. Ses chevilles grincèrent de surprise, et elle manqua de tomber. Mais au lieu de cela, elle put s'approcher de la fenêtre et tirer le rideau pour mieux voir le jeune prêtre s'éloigner.

— Pardonne… avait-elle susurré.

XXVI

Combien de temps était passé ? Une minute ? Une heure ? Elle ouvrit les yeux, et sentit le sang sur sa langue. Un caillot s'était formé à l'orée de son palais, qu'elle essaya de recracher, mais qui coula sur son menton. En l'essuyant, elle se toucha le reste du visage. Elle pouvait entendre le rire des filles à l'intérieur de l'atelier. Des applaudissements, en rythme avec ce qui lui semblait être le couplet d'un chant. Son nez, miraculeusement, avait été épargné. En revanche, sa lèvre inférieure était éclatée. Une escalope éventrée, anesthésiée par la douleur. À cause de la coagulation, elle n'arrivait pas à ouvrir complètement la bouche. Elle devait se ressaisir.

Léontine était déchaînée. N'était-ce pas elle qui entonnait les refrains ? Elle entendait le barrissement des tables qui raclent le sol. Comment avait-elle pu supposer qu'elles venaient du même monde ? Elle repensait à ce qu'elle lui avait dit. Sa mère et elle... Comment cela pouvait-il ? Et malgré cela, quand elle parlait d'elle, elle souriait. Elle l'avait bien vu ce sourire, un sourire de fillette, fossette et contentement, ce n'était pas une hallucination. Non, une mère n'aurait pas pu... Elle avait probablement mal compris. Et puis jusqu'à ses quinze ans ! Qui se laisse faire jusqu'à ses quinze ans ? Sûrement pas Léontine, en tout cas. Elle refusait d'y croire.

Pourtant…Son regard au moment où elle la frappait… Elle le reconnaissait. C'était le regard qui gémit. Le regard ravagé de ceux qui rejettent tellement leur souffrance que si par malheur elle revient un jour, une déflagration emporte tout ce qui les entoure.

En tentant de se redresser, elle s'imagina à sa place. Elle frémit à l'idée que sa propre mère puisse la tourmenter ainsi. Peut-être, finalement, s'était-elle montrée dure envers celle-ci… Elle revit son visage quand elle était partie. Il était tout tordu, elle l'avait d'ailleurs trouvé repoussant. Depuis, elle n'y avait plus pensé. Ou alors avec tant de colère que le souvenir se fragmentait.

Elle se leva et fut surprise de la facilité avec laquelle elle se retrouva sur ses jambes. Il fallait se dépêcher. Devant la porte de l'atelier, elle hésita. Il lui semblait que les filles dansaient sur les pupitres. Elle ne voulait pas vérifier. L'air lui réchauffait la lèvre ; elle n'aurait qu'à se concentrer là-dessus quand elle ferait face à la supérieure. Elle borda le mur, son index signant son passage sur les parois friables. Sa tête s'enfonçait dans sa coiffe. Elle aurait aimé pouvoir la refermer comme des pétales au crépuscule.

Ce fut alors qu'elle entendit un cri. Quelqu'un, derrière elle, venait de l'appeler. Elle serra les mâchoires et se retourna. Il s'agissait d'Henriette. En voyant son visage, les mains de celles-ci s'agitèrent.

— Ma sœur ! Que vous est-il arrivé ?

Elle haussa les épaules. L'autre accéléra pour se retrouver à son niveau. Elle tendit la main vers elle, mais celle-ci recula.

— Ouille… chuchota-t-elle. Ce n'est pas beau à voir.

La religieuse s'impatienta. Mais immédiatement, elle regretta son attitude. Alors, un peu radoucie, elle promit de se laisser soigner.

— Sans faute ?

Elle hocha la tête et continua son trajet. Une douleur était née derrière son orbite, et en l'espace de quelques secondes elle s'était propagée dans tout son crâne. La porte de la supérieure n'était plus qu'à quelques mètres. Si elle tendait chaque muscle, chaque tendon de son corps, elle y était déjà. Elle la voyait, elle l'entendait. Elle l'entendait... Avec qui parlait-elle ? Elle se baissa pour regarder dans le trou de la serrure.

C'était l'homme. L'homme de la dernière fois. Il se tenait droit, presque raide à côté de sœur Marie-Christine. Sa barbiche semblait frémir. Il portait de fines lunettes argentées, qui pourtant ne l'empêchaient pas de plisser les yeux. Ses cheveux, encore sombres pour son âge, se clairsemaient sur les globes. Il paraissait engoncé dans son costume trois-pièces, élimé aux coudes et aux genoux. La mère supérieure le dépassait d'une bonne vingtaine de centimètres. Sœur Marie la vit se pencher vers lui, mais, à cet instant, peut-être parce que le grincement de la porte l'avait trahie, elle la remarqua. Ses sourcils se rejoignirent au sommet de son nez. La sous-prieure s'humecta les lèvres. Celles-ci s'excoriaient encore, comme les ailes d'un papillon.

— Docteur, je vous libère ! fit sœur Marie-Christine en ouvrant la porte.

Sœur Marie recula. Devant la contrariété de celle-ci, et la surprise du médecin, elle ne put s'empêcher de mordre l'intérieur de sa joue.

— Il faudra faire examiner cela, dit-il en la pointant du doigt.

— Nous nous en chargerons, assura la supérieure.

Il hocha la tête d'un air entendu et quitta la pièce. Sœur Marie-Christine attendit que l'homme disparaisse dans le couloir. Lorsque ce fut le cas, elle avança vers elle.

— Que me voulez-vous ?

Sœur Marie raconta tout : les filles qui s'en étaient prises à Victoire (Victoire, répéta-t-elle – elle l'avait oubliée, et son estomac s'entortilla sur lui-même en y repensant), la colère de Léontine, les chants dans l'atelier, le sang, l'obscurité.

— Il faut faire appel aux gardes, avait-elle conclu. Il n'y a pas d'autres solutions.

La supérieure se racla la gorge, ce qu'elle prit pour une approbation. Son impression fut confirmée quand elle la vit enfiler sa guimpe par-dessus son bonnet et la rejoindre dans le couloir.

XXVII

Le matin, quand Pierre ne s'était pas encore assoupi, il écoutait Georges s'échauffer. C'était qu'il avait beaucoup à lui apprendre. Le pauvre n'avait pas connu Saint-Lago avant ! Depuis l'arrivée de la supérieure, beaucoup de choses avaient changé. Plus de gaudriole, plus de sérénade nocturne, plus aucun de ces petits privilèges qui rendaient leur métier supportable. S'il avait su, il aurait accepté le poste en caserne qu'on lui avait proposé au début de sa carrière, il n'y avait pas si longtemps d'ailleurs. Il avait refusé, car qui aurait été assez fou pour signer alors qu'il n'y avait que des avantages à Saint-Lazare ? Il y avait bien un ou deux marmots dont la paternité n'avait pas été établie quoiqu'ils fussent nés bien après l'inculpation de mesdames, mais à part ces quelques imprévus déplaisants, rien ne pouvait le détourner de cette vie. Jusqu'à l'arrivée de sœur Marie-Christine, donc.

Dès qu'il l'avait vue, il avait senti qu'elle allait leur compliquer l'existence. Jusqu'alors, les religieuses ne les avaient jamais importunés. Il fallait les voir, les plus vieilles, leur offrir une part de tarte avec les yeux qui brillaient ! Et les plus jeunes ? Ah, ça, ça n'avait pas changé… Celles qui se pliaient à quelques malices étaient douces comme de l'agneau, nacrées et charnues de partout, et puis elles disparaissaient (l'amour, le vrai, n'est-ce pas, mon Pierrot ?), les autres daubaient au bout de quelques années, et cuisinaient de bons gâteaux pour qu'on les remarque. Dieu était peut-être jaloux, c'était surtout qu'il n'avait point de goût. Et pour ceux qui en avaient, on disposait du vivier le plus fourni de Paris, et peut-être même de France ! Mais un jour, donc, elle était arrivée. Il y avait eu des bruits, paraissait-il, structure et mesure, qu'elle répétait et depuis, interdiction formelle de fraterniser (fraterniser ? Avec les gars, ils s'étaient regardés. Elle avait de ces idées, la Marie-Christine, mais ils avaient compris que c'était seulement un joli mot pour cacher le quotidien morne qui les attendait).

Et ça, sans parler du médecin, qui les remplaçait pour fureter dans les jupons, le fripon ! Et le pire, c'est qu'il le faisait sans appétit ! Lui, à sa place, il faudrait l'y déloger ! Mais monsieur le docteur, non. Il l'avait vu faire, une fois. Il se lavait même les mains ! Et quand il se dandinait avec sa mallette, droit comme s'il portait un corset ! Sortir ses flacons, ses outils de sorcier pour inspecter les chairs. Des doigts métalliques, des écarteurs de côtes à désosser un cyclope ! Mais c'était qu'aujourd'hui, tout se mécanisait ! Ah, bonhomme, il fallait en avoir peur des femmes, et même une certaine répugnance, pour faire ça... L'avait-il déjà entendu, avec la supérieure ? Oui, Madame, bien Madame, avec joie Madame, ça devait lui râper la langue à force !

— Tout le temps dans ses jupes, à se demander ce qu'il y trouve ! Du vieux crépi qui s'égratigne, je lui laisse-moi ! fit-il en crachant au sol.

— Messieurs, je vous dérange peut-être ?

C'était justement elle, accompagnée de la jeune religieuse. Georges se leva d'un sursaut, et après avoir enfoncé sa casquette sur son crâne, se mit au garde-à-vous.

— Non, Madame ! Absolument pas, Madame ! Et j'ajouterais même que c'est toujours un plaisir exquis que de vous avoir près de nous, Madame !

Les sourcils encore sévères, elle leur fit signe de la suivre. Ce ne fut qu'une fois dans le couloir qu'elle reprit la parole.

— Je ne sais pas dans quel monde fantaisiste vous étiez coincés, Messieurs, mais pendant ce temps, une sœur s'est fait attaquer, et une émeute a éclaté. Les deux hommes accéléraient le pas. Pour Pierre, cela se faisait sans trop d'effort, mais Georges s'arrêta deux fois : en haut des marches pour reprendre son souffle, et devant la porte de l'atelier pour s'essuyer le front avec un mouchoir qu'il sortit du fond de sa gabardine. Il se moucha, se tamponna les joues avant de le renfoncer dans sa poche. Sa femme lui avait bien conseillé de reprendre rendez-vous avec leur médecin, mais il avait estimé qu'il faisait un peu d'asthme, voilà tout. De la viande rouge, des cajoleries quand il le souhaitait, sa pipe près du feu le soir, en somme, tout ce qui fortifiait un homme viendrait à bout de ce mal.

— À force de n'être entourée que de femmes, je finis par respirer comme elles ! avait-il conclu en lui embrassant la joue.

Lorsqu'il entra dans l'atelier, il fit face à ce qu'il imaginait de l'enfer. Les prisonnières hurlaient, s'agrippaient aux poutres, déformées. Les mains applaudissaient, robustes. Jamais il ne s'était fait la remarque, mais un visage féminin qui riait devenait d'une laideur extraordinaire. Le nez gonflait, la bouche dévoilait les dents (rarement parfaites), les plis se creusaient, les pupilles disparaissaient, et si en plus, elle se mettait à basculer la tête, on pouvait alors compter les poils de ses narines ! C'était d'ailleurs pour cette raison qu'il fermait les yeux en coquette compagnie quand les choses s'enflammaient.

— Un peu de tenue, Mesdames, marmonna-t-il en pétrissant sa casquette.

XXVIII

Les détenues dévisageaient sœur Marie. Pendant quelques instants, et devant la frénésie de l'atelier, elle avait oublié que son visage était en sang. À peine la supérieure avait-elle ouvert la porte qu'elle repartit dans son bureau, et la poignée, en heurtant le seuil, en fit sursauter plus d'une. Plusieurs se pressèrent vers le centre de la pièce. Léontine grimpa sur le lutrin. Debout, elle singeait un prêche, les bras en croix. Victoire attrapa son jupon et commença à le tirer pour la faire redescendre.

— Regarde la petite nonne ! Pourquoi tu as fait ça ? C'est minable, tu m'entends, minable. Tu deviens comme les gardes, maintenant ? s'exclama-t-elle en pointant Georges du doigt.

Le cou de celui-ci se rétracta dans son col. Les filles attendaient une réponse. Alors, tout en la repoussant du pied, Léontine descendit de son perchoir. Elle lui tourna autour comme une oie belliqueuse.

— Tu oses me toucher ? Mais comment peux-tu ? Avec tes mains poisseuses ? Toutes collantes ?

Victoire essaya de reculer.

— Tu sais qu'on les brûle, les femmes comme toi, par chez moi ?

— Par chez toi ? Arrête ! Pas à moi ! Tout le monde sait qui est ta mère !

Léontine blêmit. Ses lèvres se contractaient. Ne trouvant pas ses mots, elle se jeta sur l'autre. C'en était trop. Les gardes les séparèrent, mais leurs mains s'agitaient encore. On avait beau lui encercler la taille, la robe de Léontine, telle la mue d'un serpent, la libérait peu à peu, dévoilant pour l'instant ses épaules, mais prête à tout instant à en révéler plus. Chaque centimètre de peau qui apparaissait empourprait celle du jeune Pierre. Sœur Marie s'approcha.

— Léontine, il faut que tu t'excuses !

— Mais c'est hors de question, ma pisseuse.

Son sourire la défiait, elle était ravie de l'avoir contrariée. Pourquoi était-elle si fatigante ? Pourquoi tout était-il si laborieux ici ?

— Je vais faire comme si je n'avais rien entendu si tu t'excuses maintenant.

— Je préfère la lécher, au moins, on sera clair. Vous faites de nous des putains, comme s'il n'y en avait pas assez ici ! Alors, autant faire les putains...C'est vingt la passe, vingt la passe !

Georges fouilla dans ses larges poches, et d'un geste précis, flanqua un coup de matraque dans ses côtes. Léontine bascula vers l'avant, sans le quitter du regard. Cela ne le perturba en rien, car il passa son doigt le long de son bâton. Elle comprit le message, et tout doucement, présenta ses excuses.

— Je n'entends pas !

Et maintenant, voilà Victoire qui s'y mettait ! Elle faisait signe à Léontine de s'approcher. Quand elle fut à ses côtés, elle se tapota la joue pour réclamer un baiser. Celle-ci alors, contre toute attente, l'attrapa par la taille et l'embrassa à pleine bouche. Victoire se dégagea d'abord avant de se laisser faire. La sous-prieure et les gardes se dévisageaient, stupéfaits. Ils voyaient leurs joues se bomber et se creuser au rythme de leur langue. Georges restait pétrifié, mais Pierre hocha la tête.

— Bon, bon, fit-il en tirant sur la manche de l'une d'elles.

Les deux se décollèrent, et se regardaient l'œil abruti comme si elles venaient de se lever d'une sieste. Georges se racla la gorge puis redressa son képi. Une main s'agrippa à celle de sœur Marie. C'était Henriette.

— On va nettoyer tout ça ?

Elle la suivit sans discuter. À vrai dire, cela la soulageait même que quelqu'un, enfin, s'occupe d'elle.

Depuis ce jour, Léontine et Victoire devinrent inséparables. On les retrouvait parfois en bien curieuse posture. En tout cas, c'était ce que sœur Marie entendait auprès des religieuses. Rouges comme des enfants qu'on surprend, avait dit sœur Marthe, et elles s'étaient toutes mises à rire. Sauf elle. Quelque chose la dérangeait, mais elle ne savait pas exactement quoi. Des couples de femmes, elle en avait vu depuis son arrivée, et elle avait même commencé à s'y habituer. Non, ce n'était pas cela. C'était peut-être le regard de Victoire quand elle s'était abandonnée dans les bras de Léontine. Elle avait tendu son cou vers elle. C'était une abdication totale, absolue. Sacrificielle ?

Elle en avait entendu, des histoires, sur elle. Des rumeurs fâcheuses, de celles qui nimbaient plutôt les hommes. Mais surtout, qui ne lui correspondaient en rien. Elle qui était si douce, si aimable avec les filles... Elle peinait à concevoir son crime. Quant à Léontine... À la voir mener cette vie décousue et erratique, vociférer puis embrasser, parler à certaines heures sans discontinuer, talocher celles qui la regardaient d'un air qu'elle estimait mauvais, c'était à se demander si elle ne souffrait pas d'une de ces maladies de nerfs. Oui, Léontine vivait une vie étrange, une existence qu'elle n'arrivait pas à saisir. Voilà les raisons pour lesquelles elle trouvait cette union contre nature, et pas dans le sens que l'entendaient les autres sœurs.

XXIX

Un midi, alors qu'elle mangeait en compagnie de Marcelle, Berthe, Henriette et Marianne, elles furent rejointes par Blandine. Elle portait son fils sur sa hanche, comme à son habitude. Marianne renifla quand elle s'assit, mais le sourire d'Augustin la désarma.

— Je peux ? demanda-t-elle en tendant les bras vers sa mère.

— Tant que cela me libère, sourit celle-ci.

Le repas reprit. Il s'agissait d'une soupe de pois qui faisait froncer le petit à chaque bouchée. Les cuillères, pour une fois, épargnaient la faïence. La table des sœurs se vidait. Sœur Madeleine ralentit le pas vers cette étrange congrégation, mais sœur Marie la rassura de la main.

— Elles sont en observation.

Puis d'un air entendu, elle ajouta en se tapotant la paupière.

— Les yeux de l'Éternel sont en tout lieu.

La religieuse hocha la tête et s'éloigna, le pas confiant.

— Vous en avez toujours une en provision ? demanda Blandine.

Les autres éclatèrent de rire, si bien que sœur Madeleine leur jeta un dernier regard avant de quitter le réfectoire. Sœur Marie leur fit signe de se calmer. Et ce fut à cet instant qu'apparut la belle femme aux yeux polychromes. La pointe de ses pieds transparaissait et laissait deviner un cuir bordeaux, orné de pierreries sanguines. Sa jupe, une épaisse éruption veloutée, entravait chacun de ses mouvements. Elle l'avait ceinturée d'une grosse boucle dorée, dont l'attache, certainement mal refermée cliquetait lorsqu'elle avançait. Ses mains, deux lys blancs qui semblaient bourgeonner pour la première fois, restèrent immobiles, avant de se faufiler dans ses manches.

— Mes hommages, Valentine, fit Henriette, rapidement imitée par les autres détenues.

Si elle n'étirait son assurance comme une bobine infinie, la sous-prieure aurait juré voir une hésitation chez la femme. Mais avant qu'elle ne puisse mieux y réfléchir, celle-ci ouvrit la bouche, puis la referma. Devant l'étonnement de la tablée, elle se retourna et reprit sa route. Sous le tintement de ses pas, elles la regardèrent s'éloigner.

— Il paraît qu'elle connaît personnellement Monsieur Oui-Oui... glissa Blandine.

— Non ? demanda Marianne.

— Hé... C'est une actrice. Tu sais ce qu'on dit...

— Mais, arrête donc...l'interrompit Berthe. Toutes les actrices ne sont pas des cocottes...

— Tu n'as pas vu sa chevalière ?

Berthe haussa les épaules. Sœur Marie était la seule à terminer son assiette. Elle s'appliquait à ne pas laisser la moindre goutte verte.

— Je te le dis, moi, continua Blandine. Ça sent l'opéra, ça pue les arrières-loges, ça empeste la droiture toute-puissante de...

— Chut, elle repasse, fit Marianne.

Les trois s'inclinèrent en souriant. Valentine souleva un sourcil satisfait, et après avoir ralenti, dévoila avec mollesse sa cheville en fléchissant le genou en leur direction. De son soulier, on pouvait voir la naissance de ses orteils.

— En tout cas, elle ne ménage pas ses effets... dit Henriette quand elle repartit. C'est à se demander si un garde n'était pas dans les parages.

— Tu as vu, comme ses cils papillonnaient ? fit Marianne.

— Vous avez terminé ? interrogea sœur Marie en se reservant du pain.

Le calme était revenu. Seules certaines détenues levaient de temps en temps le nez de leur soupe. Quelques tables plus loin, elle voyait Léontine. Elle clignait des yeux comme si elle souffrait de conjonctivite. La religieuse se retourna. À peine croisa-t-elle ses pupilles que Victoire replongea son nez dans son assiette. Léontine sauçait la sienne, imperturbable. Pendant un instant, sœur Marie crut reconnaître ce regard. Elle triait dans sa mémoire à la recherche du souvenir exact, en vain. Ce n'était pas la copie d'une action ponctuelle. Non, il s'agissait plutôt de la répétition de la même image, qui à force de se produire, devient un magma indéchiffrable. C'était l'une de ces impuretés que l'on croit avoir oubliées adulte alors que toute notre personnalité, toute notre vie en dépendent.

Ces promenades. L'origine de la honte. Sa mère, quand son père s'absentait. Elle avait tenu sa main tout le long du chemin. Elle se rappelait sa paume si douce, si chaude alors que la sienne était froide et moite. Elle se disait qu'elle aussi, quand elle grandirait, elle ne transpirerait plus des mains. Qu'elle aussi serait une grande dame, qui ne suinterait pas ses émotions par tous les pores. Elle la tendait, si douce, si chaude et le monsieur l'embrassait. Elle voyait l'empreinte humide de ses lèvres, et elle s'horrifiait qu'on salisse sa mère. Alors elle souriait, elle riait même, pour faire comme eux et lorsqu'on lui demandait d'attendre, elle s'asseyait sur le petit fauteuil tapissé de soie et regardait la lézarde du mur derrière elle.

Les bruits commençaient. Parfois, elle se disait qu'elle devait se tromper. Après tout, on imagine des choses qui n'existent pas. D'autant plus dans la solitude et l'angoisse. Et n'y avait-il pas moments plus propices à la solitude et l'angoisse que ceux où elle se retrouvait sur le petit fauteuil en soie ? Mais souvent, ils s'intensifiaient, gondolaient ses tympans, s'élevaient de plus en plus. Elle voyait presque la glotte de se mère se contracter, et pour ne plus être là, avec son doigt, elle grattait la lézarde, d'abord un tout petit peu, puis de plus en plus. Et quand les deux sortaient, sa mère à peine décoiffée, et le monsieur, les manches remontées, il éclatait de rire en voyant les pellicules du mur recouvrir le siège, recouvrir le sol, recouvrir ses cheveux. Sa mère, quant à elle, lui agrippait le bras.

— Je t'avais dit de ne pas recommencer !

Et son visage se lissait immédiatement pour saluer l'homme, et du même regard que celui de Léontine, ajoutait :

— À la semaine prochaine !

XXX

Le soir même, les deux prisonnières disparurent. Les gardes ne s'affolèrent pas. Les religieuses non plus, d'ailleurs. Il était fréquent que des détenues se volatilisent. Qui ne voudrait pas fuir à leur place ? Mais il ne fallait pas s'en faire. Aucune n'y était parvenue. Dans le dédale des cryptes, elles hurlaient comme des chatons qui réclament leur mère. Alors, après quelques heures, quelques jours parfois, on cédait. Sœur Marie restait pensive. Cela pouvait être une fuite, en effet. Mais sans savoir pourquoi, elle n'arrivait pas à envisager totalement cette possibilité.

La suite lui donna raison. Quelques heures plus tard, alors qu'elle se rendait dans sa chambre, elle vit un attroupement près de l'entrée de l'isoloir. Depuis qu'Adélaïde en avait été libérée, personne ne s'y rendait. Comment avaient-elles eu la clé ? Elle l'ignorait. Mais en les entendant braire, elle s'énerva et en poussa plus d'une sur son passage. Devant les échafaudages, alors qu'elle ne comprenait pas encore quel spectacle pouvait bien les divertir autant, elle joua du coude et du genou pour accéder aux cellules.

Elle les vit et resta pétrifiée. Léontine, de dos, se tenait à califourchon sur Victoire. Tout ce qu'elle parvenait à distinguer était le soubresaut de ses cuisses. Ses mains s'affairaient dans les plis des jupons de l'autre. Leurs murmures sourds et les frottements lascifs la firent rougir. Elle recula. Les autres prisonnières la huèrent. Certaines lui pinçaient les bras, la taille.

— Alors ! Vous ne les rejoignez pas ?

— Ça vous échauffe le sang ?

Leurs canines luisaient d'avoir trop ri. Les regards aiguisés n'attendaient qu'une réponse, qu'une révolte pour s'abattre sur elle. Mais soudainement, leurs visages se défroissèrent. Un cri les avait toutes fait sursauter. Avant même de comprendre d'où il provenait, au moins trois paires de mains la poussèrent vers la cellule.

— Allez voir, allez voir, murmuraient-elles, radoucies.

Elle fut accueillie par le rire de Léontine :

— Elle m'a cherchée, la gougnotte, elle m'a trouvée !

Pendant quelques instants, sœur Marie pianota dans le vide, avant de se jeter sur le lit. Victoire, le visage impassible, la regarda essayer d'arrêter l'hémorragie. Le sang clapotait entre ses doigts, un filet chaud et épais qui jaillissait du flanc. Elle n'arrivait pas à le tarir, ni avec ses mains ni avec les draps. Léontine s'approcha de la porte, mais très vite, des prisonnières lui bloquèrent la sortie.

— Eh bé, se contenta-t-elle de dire d'une voix pâteuse.

Alors qu'elle commençait à brandir son arme, un simple éclat de verre, les autres se poussèrent, les paumes levées. Il ne fallut pas plus d'une minute pour que le couloir de l'isoloir se déserte, sous les supplications de la sous-prieure.

— Appelez à l'aide, appelez à l'aide !

Personne ne répondit. Elle entendait des bousculades et des récriminations. Peut-être que Léontine était tombée sur un garde. Ou bien, les détenues s'étaient réunies pour la rattraper. Tout ce qu'elle savait, c'était que cette agitation tranchait avec le calme de la cellule.

— Ma sœur ? demanda Victoire.

Elle lui attrapa la main. Elle était livide. Une odeur désagréable avait envahi la pièce. C'était une odeur terreuse et salée, une odeur terriblement humaine, celle d'un corps qui expulse ce qu'il peut une dernière fois. C'était le parfum des marges. Le parfum de celui qui naît. Le parfum de celui qui meurt.

— Puis-je vous demander quelque chose ?

Sœur Marie serra sa main plus fort. Son cœur battait comme cela n'avait jamais été le cas auparavant. Elle refusait de voir quelqu'un mourir. Pourtant le regard de Victoire qui s'opacifiait peu à peu l'empêchait de la quitter.

— J'ai besoin de parler. J'ai besoin de vider mon cœur. Avant de mourir, j'ai besoin que quelqu'un m'écoute. Je ne veux pas que l'on me pardonne, juste que l'on m'écoute. Et peut-être que si cette personne m'écoute, ne m'excuse pas, juste m'écoute, il me sera plus facile de partir.

Alors, avec les dernières forces qu'il lui restait, elle se confessa.

Victoire

Les filles comme moi, on pense qu'elles ne devraient pas exister. Je le sais. Vous, ma Sœur, par exemple, vous le pensez, vous ne pouvez que le penser, n'est-ce pas ? Ici, elles font toutes ça, elles froncent le nez, je les dégoûte disent-elles. La nuit, voilà une autre affaire, mais le jour, lorsque la lumière dévoile tous les reliefs d'un vice, elles décampent sur mon chemin. Les bonnes sœurs ? Ce sont les mêmes ! Quand il y a du monde, elles se rétractent comme l'huître sur laquelle on verse du citron, quand il n'y a personne, j'en connais une ou deux qui se laisse remettre la mèche derrière l'oreille. Enfin... Tout ça pour dire qu'il ne faut pas croire... Que je suis la seule ici...ou ailleurs ! Pourtant, je n'ai pas toujours été comme ça, vous savez ? J'ignorais même que cela existait, ma Sœur.

Adolescente, je n'étais pas aussi sensible, aussi exaltée que les autres filles que je côtoyais. À cette époque, je n'éprouvais pas d'inclinaison particulière pour les chevaliers, pour les comtes, pour les princes. Mais je n'en ressentais pas non plus envers elles. J'étais vierge comme la vêle qui continue sa route sans s'en appesantir. Je n'avais envie ni de me marier ni d'avoir d'enfant. Je crois que j'imaginais vivre ma vie de jeune fille éternellement ; et finalement, quand on est bien née comme moi, n'était-ce pas accessible ? Ne pouvais-je pas rester le nez dans les livres, entre deux âges, la nuque courbée jusqu'à ce que mes cheveux blanchissent et que mes parents, las, abandonnent le projet que je transmette autre chose que mes idées ? Tant pis, mon frère ferait leur fierté en prolongeant leur nom. Et moi, je serais l'épouse docile et brave de la solitude.

Mais je rencontrai Eugénie. Ce fut ma mère qui m'en parla la première fois. Il s'agissait de la fille d'une de ses amies. Elle voulait les inviter à boire le thé, une vilaine marotte qu'elle s'échinait à perpétuer chaque dimanche. Et je la vis et ce fut comme voir le diable en personne. Oh ! Mais un diable au visage si doux ! Des yeux de fauve, qui se plissaient jusqu'aux tempes, ourlés par les roseaux les plus vivaces, les plus luisants, comme si elle se les humectait pour qu'ils brillent. Et son nez ! Au premier abord, on aurait pu croire qu'il était ingrat, mais c'était une œuvre inaccessible aux regards inexpérimentés. Il commençait, et tout de suite il se busquait, mais si légèrement, si poétiquement, que tout ce que l'on souhaitait en le voyant, c'était d'y passer son index pour qu'il s'envole. Et la pointe potelée, qui remontait quand elle riait ! Mais le plus charmant, ma Sœur, c'était sa bouche, car voyez-vous, elle avait cette bouche si rare, si pleine, si ronde, dont la perfection se rompait lorsqu'elle souriait. Ses deux incisives trébuchaient dans ce joli pli, et ne faisaient qu'ajouter de la grâce à son visage.

Nous avions déjà dix-sept, dix-huit ans, mais point mariée, ni l'une ni l'autre. Les hommes, dans mon quartier, désertaient le jour, pour ne trotter que le soir ! Enfin, c'était ce que disaient nos mères lorsque nous jouions au pouilleux. Moi, j'observais Eugénie, en diagonale. Je volais un sourire, un frémissement de nez, de cil ; qu'importe, nous n'étions jamais seules. Jusqu'au jour où ma mère, bien mal avisée, vint à dire, alors que je menais le jeu, et que leurs mains ployaient sous les cartes.

— Victoire, tu devrais lui faire visiter le grand parc, les cerises sont mûres.

Elle ne pouvait pas me rendre plus heureuse, même en barrant le nom de mon frère sur l'héritage pour y inscrire le mien. Je me levai, faisant presque basculer ma chaise.

Il fallait emprunter le canal. En attendant le bateau, Eugénie feignait de regarder l'eau. Il avait plu la veille, les vaguelettes boueuses se fronçaient. Je ne voyais qu'elle, le reste était flou, et pourtant transparent. Chaque minute était un délice. Un moment, elle se retourna pour me dire quelque chose, et je fus témoin d'un accident articulatoire. Une larme de salive lui coula au menton. Qu'aurais-je donné pour être sa main ! Du vert, du bleu, du brun, nous étions déjà de l'autre côté. Qu'avait-il pris à ma mère pour nous envoyer là-bas ? Seules, qui plus est ? Était-elle naïve au point de ne pas voir la beauté d'Eugénie ?

Nous étions à la mi-mai, les couples se pressaient vers le sous-bois. Nous les suivions, je sifflotais. Mon index faisait osciller mon ombrelle. Elle marchait, en silence. À quoi pensait-elle ? Elle souriait, une de ses dents sortait – *bonjour, vous, je ferais bien plus ample connaissance avec vous.*

— C'est par là-bas, dis-je, la guidant vers le centre de la forêt.

S'y enracinait un cerisier dont le tronc était large comme celui d'un chêne. Avec ma famille, nous y allions quand j'étais petite. Une balançoire y était accrochée pour les enfants. Je m'en souviens encore. Des batailles interminables. Ma mère ne nous grondait même pas lorsque mon frère et moi interrompions le pique-nique, les vêtements rougis par les fruits. Il m'en faisait avaler ! Sans parler des noyaux, qu'il me crachait dans les cheveux. Enfin... Ce jour-là, une petite se balançait justement. Les boucles qui bordaient son front étaient irréelles. Elle chantonnait, Eugénie l'imita. Elle était si belle que je ne savais si je voulais l'embrasser ou lui arracher le visage. Elle s'avança vers le tronc, saisit une branche ; le fruit juta le long de son doigt. Il pleuvait des cerises, je m'en pris une sur le coin de l'œil. Son autre main tenait le panier, elle avait ôté ses gants pour ne pas les souiller, et ses ongles, si nacrés, si brillants reflétaient la lumière qui passait entre les feuilles. Elle attrapa le fruit le plus beau, le plus mûr, le pressa, par réflexe et une goutte diaphane en transperça le cœur. Ne me défiait-elle pas du regard quand elle le porta à sa bouche ? Je n'avais pas le temps d'y réfléchir, un bruit sourd me fit sursauter. Je me retournai. La gamine pleurait, elle était tombée.

— Allons faire une pause, glissa Eugénie.

Je n'étais pas fatiguée, mais je la suivais. Le calme. J'installai la nappe, et cette odeur d'humus, bestiale, me donnait mal au crâne. Cela devait se voir, car elle m'invita près d'elle et posa ma tête sur ses genoux. Je sens encore son souffle dans mes oreilles. Elle chantonnait et ses doigts distraits se perdaient dans mes cheveux. Il faisait chaud. Elle dénoua ses bas, enfin, c'était ce que je croyais. Ma sœur, elle sentait fort, elle sentait bon. C'était l'odeur du diable, vous dis-je. Je ne savais pas ce qu'il se passait, je devenais un chiot qui fouisse, aveugle, guidé par sa main. C'était laiteux, c'était humide, ça me chatouillait le nez, je ne savais plus ce que je faisais, jusqu'à ce qu'elle se hérisse de toute part. Et que déjà, je regrette.

Sur le chemin du retour, je ne la regardais pas. Voyez-vous, je vous le redis, je n'étais pas une fille comme ça. D'ailleurs, avant de la quitter, je lui dis, je lui répétai, et savez-vous ce qu'elle me répondit, ma Sœur ? Elle s'approcha de mon oreille et elle me souffla « moi non plus » ! Elle était si près que je sens encore la vapeur de son soupir. Elle resta quelques instants, c'était un peu étrange, jusqu'à ce qu'elle me croque le lobe. Alors je reculai, ça faisait mal, tout de même. Qu'est-ce qui lui prenait ? Je me frottais, un peu fâchée et elle, elle riait, elle riait comme une fillette, et je regrettais déjà un peu moins. Le panier était plein, on en perdait sur la route, pourquoi pas ? On y retournera, de toute façon, m'assura-t-elle. Sur le chemin, elle me dit qu'elle souhaiterait me montrer comment faire de la liqueur. Comme ça, je penserais à elle, même quand je serais seule, ou mal entourée. En présence de ma mère, me glissa-t-elle, ou encore de mon grand sot de frère. Elle riait, elle riait encore, et moi, je l'imitais. Elle était si belle que je me disais, que peut-être que moi aussi, je l'étais un peu, un tout petit peu. On arriva enfin, j'étais essoufflée. Elle s'essuya les mains sur un torchon, demanda deux bocaux, un pour elle, l'autre pour moi, et nous voilà en train de les remplir. Il n'y aura jamais assez de place pour l'alcool, mais tant pis. Tant pis. Ce sera quand même bon, c'était ce qu'elle me disait. Et elle m'en servait un verre, puis deux, même si les cerises n'avaient eu le temps de ne rien faire. Avant de rejoindre nos mères, elle m'embrassa à nouveau, et j'étais tant soufflée de ce cran que j'en renversai partout. Ce furent les semaines les plus belles, les moins réelles de ma vie. Encore aujourd'hui, je me lève parfois, et je ne sais si tout cela n'était pas un rêve. Mais trop vite, je sens le savon qu'elles font mousser pour la toilette, ce savon qu'on se demande si vous ne le fabriquez pas avec nos cendres.

J'aurais voulu... J'aurais préféré…J'aurais préféré mourir alors, cela aurait été moins douloureux, oui. Elle m'aurait caressé les cheveux, et je me serais endormie la tête sur ses genoux. Si j'avais pu choisir, si j'avais su, c'est ce que j'aurais fait. Maintenant, je dois vous dire de quoi je suis coupable. Oh, vous me condamnez sûrement déjà, mais la suite…Je vais essayer de vous la dire, le plus simplement possible, bien que moi-même je n'y comprenne rien. Je ne me reconnais pas, il s'agit d'une autre. Oui, une autre m'a remplacée.

Alors voilà, c'était un vendredi. Elle m'avait invitée chez ses parents, qui s'aveuglaient bien, comme les miens, de notre amitié. Elle me dit assied-toi, alors j'écoutai et je m'assis, mais si j'avais su... Ma sœur, si j'avais su...Je lui réclamai à boire, elle s'affairait, je sentais bien qu'elle était nerveuse. Sur la table, il y avait un gros bouquet, si parfumé, que j'en avais le vertige.

— Il te plaît ? me dit-elle.

Ma foi, oui, il était joli, mais je n'étais pas venue pour parler botanique. Je lui demandai pourquoi elle me faisait asseoir comme un vieil oncle ; je m'ennuyais ! Alors, elle ouvrit la bouche. Fiancée, elle me l'annonça comme ça, je suis fiancée, Victoire, je suis fiancée, tu t'imagines, c'est fantastique, tout s'est enchaîné si vite, regarde la belle nappe, je viens de la faire broder, elle est belle, n'est-ce pas, je savais que tu t'en réjouirais, fiancée, c'est fou, n'est-ce pas, je choisis quoi, les roses, c'est d'un ennui, mais les freesias, ça coûte un bras, ah lala (là, elle s'assit, et elle s'éventa), hier encore, je n'étais qu'une pauvre fille, et maintenant, fiancée, tu y crois toi, tu pleures de joie, c'est adorable.

C'était l'orage, je ne sais plus.
Je ne sais plus comment je suis rentrée.
Je crois que je souriais.
Je l'ai félicitée, peut-être.

Cela faisait déjà des semaines et je ne me levais plus, je ne mangeais plus, je ne me lavais plus. Je sentais la chèvre, oui la chèvre tarie de son énergie, la chèvre maigre qui ne tient plus sur ses pattes, la chèvre qui ne sert plus à rien. Les minutes duraient des années, le temps était gris, gris et opaque comme mon visage. Toute la journée, je me répétais que j'étais laide, si laide. Et bête, bête et triste.

Mon frère me l'avait bien dit, quand j'étais petite, que j'étais si laide, si bête et si triste, que toute ma vie je serais seule. Et les journées tournaient, comme ça, tournaient comme des fillettes joyeuses et belles, et moi, je restais chez moi, je ne vivais pas, non, vivre, parfois, c'est trop dur.

Mes parents ne remarquaient rien. Faut-il y croire ? Pour eux, ma mélancolie ne différait point de ma timidité naturelle. Et d'après ma mère, je cherchais à attirer l'attention dans ces moments de félicité. Car voyez-vous, mon frère s'était entiché de son côté d'une demoiselle, et l'on sentait l'odeur des fleurs jusque dans ma chambre ; je n'étais donc pour eux qu'une envieuse qu'il fallait laisser en espérant que le sang circule à nouveau pour lui réchauffer le cœur.

Et puis un matin, je décidai qu'après tout, j'avais bien le droit de la revoir. J'y allais la semelle légère, je me disais qu'elle pouvait bien se marier, je l'aimais, et quand on aime, on ne souhaite que la félicité, le rire, la joie de l'autre. Et puis surtout, si elle se mariait, un beau jour, elle se lasserait, et moi, fidèle amie que j'étais, je serais là, tapie dans un coin de son âme. Pouilleux ! J'aurais son cœur, et lui le quotidien. L'haleine matinale, les ronchonnades, le bas troué d'où dépasse un orteil racorni, je lui laissais, moi ! J'étais prête à partager et je me trouvais bonne, si bonne, si généreuse que personne, ni les sages ni les justes, ne pouvaient me reprocher quoi que ce soit. J'y allais, je m'étais faite belle, comme avant. Les épingles me tortillaient les boucles sur la tête, et ce n'était pas grave si elles me rentraient dans le crâne !

Elle m'accueillit, avec de grands yeux, plus grands encore que dans mon souvenir.

— Que fais-tu là ? me dit-elle. Il vient à dix-sept heures ! Nous dînons avec les parents pour les derniers préparatifs.

Je lui demandai une cerisette, elle me fit asseoir et alla en chercher. Je regardais le salon, décoré avec un mauvais goût certain. Du lilas et du rose. Du lilas et du rose partout. Qui associe le lilas et le rose ? Elle revint, sa traîne en gaze voletait après elle.

— C'est pour lui que tu t'habilles comme ça ?

J'attrapai le bocal, c'était le même jus, le même, mais les cerises déjà pâlissaient, et la liqueur avait bien diminué. Je l'imaginais en servir à l'autre, et je bouillonnais, ma sœur, parce que ces cerises, elle me les avait fait croquer un peu partout, et je trouvais cela fort, je trouvais cela beau, ce goût de cerise sur sa peau, mais imaginer la même chose avec lui, non, c'était trop, c'était dégoûtant ; et le verre poissait mes doigts avant que je ne le porte à mes lèvres. Elle saisit l'un des fruits au fond du bocal, et le mâchonna en me regardant.

Et là, je ne sais pas ce qu'il me prit. N'étais-je pas possédée ? Par elle ? Je ne sais pas, je brûlais de rage, de désir, qu'en sais-je, à part le feu qui s'enracinait. Je me disais qu'elle se foutait de moi, qu'elle devait payer, que c'était elle ou moi. Enfin tout et son contraire, les âneries qu'on se répète dans ces moments-là. On récite intérieurement le répertoire entier de la haine, pour se donner raison. Je souffrais tant ma sœur, comprenez-vous, je souffrais tant. Il y avait tant d'idées, tant de pensées différentes en moi, que je n'étais pas responsable, je n'étais pas moi-même, j'étais vingt femmes, vingt femmes enragées. Elle criait et elle pleurait, et moi j'avais crié, j'avais pleuré tant de soirs depuis son annonce qu'à ce moment-là, je me disais que ce n'était que justice.

Je m'engageais en elle, elle pleurait encore, ne cesserait-elle pas ? C'était pénible de la voir se cacher les yeux, elle ne m'aimait donc plus ? Elle reniflait, c'était sale, elle se mouchait au sol, comme une misérable. N'aimait-elle plus ça ? Elle aimait tellement quelques semaines plus tôt, ne se souvenait-elle pas ? Je lui ordonnai de se souvenir. Quand je mordillais, là, à son endroit préféré, cela ne lui rappelait-il pas la clairière ? Voilà qu'elle hurlait maintenant. C'était elle, pourtant, qui avait voulu qu'on s'y arrête la première fois ! Elle ne faisait que pleurer, moi je n'y pouvais rien, ma Sœur, c'était presque râpeux, alors que c'était accueillant comme les plis d'un lit fait du matin, je n'y comprenais rien. Pourquoi elle pleurait, pourquoi elle criait...

Jusque-là, c'était sentimental, mais quand elle me mordit le bras, je vous le dis, ça m'agaça franchement. Je l'assommai, elle était censée se retrouver vaseuse comme après une sieste, docile, mais éveillée. Bon elle, elle gardait les yeux fermés. Et là j'y plongeai. Plus de temps pour la poésie, elle ne se rappelait pas ? Tant pis ! Et puis, c'était la dernière fois, alors tout ce qui avait pu me faire rougir, tout ce que je n'osais imaginer, j'y allais, et j'y allais vite, parce qu'avec le Pouilleux qui devait arriver, je devais me dépêcher de la déflorer comme un homme, et de la lui rendre, sourire aux lèvres, de celles qui viennent donner des recettes et deviennent la tantine des petits.

Enfin, je ne vais pas vous détailler plus en longueur ce qu'il se passe, je pense que vous devez avoir une idée. J'ai honte, vous savez, très honte. Je ne sais pas ce qu'il m'a pris, j'étais saoule d'elle. Et une fois qu'on commence, qu'on goûte au mal ; on ne peut pas s'arrêter, on l'engloutit. Ou plutôt l'inverse. Elle mangeait le sol, les fesses à l'air, et maintenant que j'avais fini, que je n'étais plus d'humeur, j'étais bien embêtée. Je regardais le coton déchiré, il y avait même une ou deux larmes de sang, et je ne savais que faire. Est-ce que le loup, une fois repu, regrette ? En plus, elle n'écoutait rien. Je lui demandai, d'abord tout doucement, de se lever. Je lui dis qu'il ne fallait pas se mettre dans ces états, elle avait toujours été très émotive, vous savez, ça me plaisait, mais là, eh ! Je la secouai un peu, qu'elle se réveille, qu'elle se rhabille. J'y étais allée un peu fort, mais c'était parce que je l'aimais tellement. Allez, il fallait qu'elle se lève maintenant. Elle refusait toujours. Elle était au sol, son jupon comme une fleur piétinée, et là, je ne sais pas, le sang retourna dans le cerveau, peut-être ? Je pris conscience de ce qu'il venait d'arriver, et je m'agenouillai, je pris son petit pied dans ma main, je lui dis :

— Eugénie, Eugénie, tu m'entends, Eugénie, je regrette, je regrette, je ne sais pas ce qu'il m'a pris, Eugénie, réveille-toi, s'il te plaît, je vais pleurer, regarde, je ne sais pas, je t'assure, il va arriver, allons, ma belle, ma petite Eugénie, rhabille-toi, par pitié.

Je regardai l'horloge, dix-sept heures moins le quart ! Que faire ? Qu'auriez-vous fait, vous ? Imaginez ! Imaginez vraiment ! Vous êtes à ma place, devant une horreur inconcevable ! Comme quand on se propulse d'un rêve à un autre. Le premier se dissipe, il n'en reste que les contours, et l'on peine à comprendre ce que l'on fait dans le second. Eh, ça aurait pu vous arriver ! L'amour c'est du poison, c'est écœurant. C'est sucré d'abord, puis amer, comme ces satanées cerises... Si j'avais su, bon sang, ces cerises, je n'y aurais point goûté. Alors, répondez ? Eh bien, vous ne savez pas ? Je vais vous dire, moi, ce que j'ai fait ! Je n'ai pas choisi la voie la plus simple ! Non, car je suis restée. Je suis restée auprès d'elle. J'allais peut-être me cacher, couiner comme un chien coupable quand il rentrerait, mais j'étais là, à lui caresser les pieds, et je sentais que dans mes mains ils se réchauffaient !

Dix-sept heures. Il était là. Il me regardait, il m'interrogeait, je ne répondais pas, je ne lui devais rien. Il se tirait les moustaches, je ne répondais toujours pas. Il s'approchait, il s'approchait, elle ne le regardait pas. Elle ne regardait rien.

— Victoire, qu'as-tu fait ?

Oui, voilà. Il faut que je vous confesse quelque chose. L'homme devant moi s'appelle Victor. C'est que nos parents avaient beaucoup d'imagination, et qu'en nous voyant dans le berceau, entrelacés, ma mère ne trouva rien de mieux que de nous lier à jamais par nos prénoms. Avant que je ne rencontre Eugénie, toute ma famille était au courant de ces fiançailles à venir, toute sauf moi, à l'évidence. Et quand ma mère nous proposa d'aller cueillir des cerises, c'était uniquement dans le but d'huiler les relations entre deux futures belles-sœurs...

Vint le moment où il me flatte du bout du pied, je me poussai, les mains levées. Du calme, du calme !
— Qu'est-ce qu'il se passe ?
Je ne disais rien. Il voyait le jupon, le sous-jupon, le sous-sous-jupon, tous soulevés, tous chiffonnés. La belle gaze, déchirée. Victor le lettré, Victor le sachant, Victor le cogneur. Eh bien ? Qu'allait-il faire de plus ? S'il en parlait, tout le monde saurait. Ces choses-là, on préférait les garder pour soi, non ? Il fit cinq pas, se gratta le menton. Je me relevai. Haussement de sourcil, craquage de doigts, il acquiesça.
— Je ne veux plus te voir.
C'était un marché raisonnable. Près de la porte, il m'appela. J'avais déjà la main sur la poignée. J'aurais pu partir. Mais j'y retournai, rien que pour la voir une dernière fois.
— Elle est morte.
Il se moquait de moi ? Il se moquait de moi ! C'était une ruse, un piège, il avait changé d'avis, il préférait payer le prix de la honte ; qu'en sais-je ? Elle était blanche, elle était belle, mais elle était blanche. Elle était très blanche. Elle était blanche comme je dois l'être maintenant. Qu'ai-je fait ? Qu'ai-je fait ? Elle n'était pas blanche quand je suis partie ? Non, elle ne l'était pas. Ou bien si ? Voulait-il que je paie à ce point ? Je n'en sais rien, ma Sœur, je n'en sais rien. Je lui demanderais, là-bas, si... je la vois.

XXXI

Victoire s'agita. Sœur Marie avait déjà entendu que les mourants, après s'être libérés du poids de leurs péchés, s'apaisaient comme des enfants qui s'endorment dans les bras de leurs mères. Minute après minute, leurs traits se déplissent, leurs doigts se desserrent, leurs mâchoires se décrispent. Ils s'apprêtent à accueillir le repos, bercé par le Seigneur. Devant la prisonnière, elle se demanda si l'on ne lui avait pas menti. Les yeux de Victoire rougissaient parce qu'elle refusait de les fermer. Elle crachotait du sang que la religieuse essuyait au fur et à mesure sur son menton, en serrant les dents. Mais ce qui la secouait par-dessus tout, c'était les plaintes qui sortaient de sa gorge, requiem douloureux d'une femme qui doute et qui a peur.

— Ma Sœur, tenez-moi, tenez-moi. Tenez-moi, je ne veux pas, ma Sœur, je ne veux pas. Va-t'en, va-t'en ! Tenez-moi...

Cela continua de trop longues minutes. Victoire s'accrochait à ses bras, sifflait, crachait comme si elle cherchait à éloigner un animal. La mort était à l'affût dans l'obscurité.

— Va-t'en ! Va-t'en !

— Qu'y a-t-il ? Dites-moi, Victoire...

Mais celle-ci ne répondait pas. *Elle n'est plus là*, pensa-t-elle, *elle est déjà partie*. Entre deux claquements de langue, elle demandait miséricorde. La religieuse regardait à droite, à gauche, derrière la grille, elle tendit même le cou pour voir dans le couloir ; la menace s'était blottie dans l'invisible. La respiration de Victoire devenait laborieuse. Le sang séchait déjà. Au bout d'un moment, elle poussa un cri franc, une exclamation étonnée, et son visage s'éteignit. Sœur Marie l'appela, essaya de redresser sa tête, en vain. Alors, elle s'agenouilla et récita une courte prière. Elle sentait l'odeur métallique sur ses doigts, dont la peau lui tiraillait à présent. Son souffle s'était accéléré quand celui de la prisonnière s'était arrêté. Les draps, d'un rouge presque brun dévoilaient son flanc opalin. Ne verdissait-il pas déjà ? Elle détourna les yeux pour ne pas voir ceux sans vie. Le vernis de la cornée s'était envolé pour ne laisser qu'un gris mat, presque ardoise, comme l'est celui d'un nouveau-né. Elle se redressa, fit le signe de croix. Jamais elle n'aurait imaginé ce matin-là assister à la mort d'une femme. Jamais elle n'aurait cru que Victoire aurait pu commettre le crime qu'elle venait de lui raconter. Elle aurait peut-être mieux fait de rester allongée, à regarder le plafond s'émietter, les toiles se construire fil par fil, la fenêtre s'illuminer et s'éteindre dix fois, cent fois, mille fois, jusqu'à ce que la prison n'existe plus, jusqu'à ce que la vie ne soit plus.

Lorsqu'elle entendit le rire, elle eut l'impression qu'il ne l'avait pas quittée. Léontine. N'était-ce pas elle, justement, qui se dissimulait dans le noir ? N'était-ce pas elle que Victoire redoutait de voir ? Léontine était la mort. Elle était son visage, beau et impitoyable. Elle était ses mains injustes. La voilà qui hurlait maintenant. Sœur Marie abandonna l'isoloir, et la lumière du couloir la força à fermer les yeux. Les deux sœurs n'étaient pas de trop pour la maintenir la prisonnière. Elle se débattait comme elle pouvait, mais la plus vieille des deux la tenait fermement par les cheveux. Quand elle la tendit aux gardes, celle-ci parvint à s'extirper et se jeter sur Georges. Il la frappa sur la tempe et elle tomba à terre.

— Relève-toi, gueula-t-il en lui donnant un coup de pied.

Au lieu de cela, elle se remit à rire. Il recommença, dans le ventre cette fois-ci. Le visage de Léontine s'aplatit au sol. La sous-prieure remarqua, lorsqu'il la souleva, un minuscule éclat blanc sur l'une des dalles. De l'ivoire de femme.

— Elle va bien dormir ce soir ! brama-t-il en remontant son pantalon. Allez, Mesdames, vous êtes sauves !

Les religieuses se dissipèrent, Sœur Marie y compris. Georges, quant à lui, fit un signe de tête à l'autre garde, et les deux tirèrent le corps vers l'isoloir. En même temps, il polissait ses mots. Il s'était enfin décidé à parler à ses collègues des réflexions qu'il menait depuis quelque temps. Il posa la prisonnière inconsciente près du lit où gisait Victoire.

— Té... Un laideron de moins... marmonna-t-il.

Puis, après avoir réordonné sa moustache, il caressa la joue de Léontine.

— Un visage parfait... Je n'y ai point encore goûté. Trop sauvage, ajouta-t-il en soulevant son jupon.

Un silence accueillit cette dernière remarque.

— Va donc faire le guet si tu veux une miettoune, fit-il en décrochant la boucle de sa ceinture.

Moins d'un quart d'heure plus tard, dans l'aquarium, Georges éructait. Plus rien n'allait. L'insécurité constante, et maintenant, l'impunité ? Avec leur miséricorde (qui, soit dit en passant, ne remplissait l'assiette de personne), elles les menaient vers le même sort que Victorine !

— Victoire, le corrigea un jeune, assis près de l'étagère.

Qu'importe ! Parce qu'à la fin du mois, après qu'ils aient risqué leur vie cent fois pour la sécurité de la nation, était-on miséricordieux envers eux, envers leurs femmes, envers leurs enfants ? Non. Ils mangeaient maigre, comme tout le monde ! Ils mangeaient du chou, sans lard, alors qu'on devrait réquisitionner pour eux tout le lard de France ! Parce qu'il ne fallait pas croire, si elles commençaient à s'entretuer... Les suivants, c'était eux ! Que diraient leurs veuves, leurs orphelins ? Y aurait-il écrit sur leur stèle « mort pour la patrie » ? Non. On les rabaissait, on les méprisait.

— Mais votre travail, mes chers collègues, est essentiel !

C'était le travail d'une vie, et une vie pour le travail. Il fallait protéger ceux qui protègent la patrie. Ses lèvres luisaient d'avoir buté sur cette dernière phrase. En se les humectant, il pointa du doigt un collègue qui se redressa sur sa chaise.

— Notre sécurité n'est pas négociable !

— Non, Monsieur.

— Alors, unissons-nous, mes chers collègues. Car nous sommes les murs de Saint-Lazare !

XXXII

De l'autre côté de la prison, une réunion différente avait lieu. Sœur Marie, dans le bureau de la supérieure, ne savait où se mettre. Depuis qu'elle vivait à Saint-Lazare, ce fut la première fois qu'elle ne la vit pas nettoyer l'un de ses meubles. Au lieu de cela, elle se tenait face à elle, le doigt saillant, les lèvres desséchées de colère.

— Comment avez-vous pu les laisser sans surveillance ?

— C'est moi qui les ai retrouvées, si je n'avais pas été là...

— Une femme de plus serait morte ?

Sœur Marie serrait les mâchoires. Elle sentait ses incisives chevaucher sa lèvre. Sa langue se rétractait au fond de sa bouche.

— Par votre faute, ils vont reprendre le dessus ! aboya la supérieure.

— Les prisonnières ?

Sa voix vacillait. Elle s'étonna même de l'entendre.

— Les gardes ! Les gardes, qui connaissent si bien M. le Préfet, et qui vont et viennent dans les couloirs le soir. Les gardes qui, s'ils en croisent une, la mènent à l'isoloir, et neuf mois après, un sacrifié hurle de désespoir !

Pendant qu'elle parlait, la sous-prieure haussait les épaules sans savoir si c'était de frustration ou de peur. Un réflexe, un hoquet de l'âme. Mais elle restait silencieuse. Ses dents bloquaient la moindre protestation.

— Si par votre faute, les choses redeviennent comme avant, nombreuses seront celles qui voudront vous montrer leur insatisfaction. Des éclats de verre comme celui que vous venez de me décrire dans les poches ! Et j'ai cru comprendre qu'il ne sera nullement possible pour vous de revenir dans votre abbaye.

Elle alla vers son bureau et ouvrit un tiroir.

— C'est écrit dans votre lettre de recommandation.

Se courbant pour mieux y voir, elle fouillait dans une pile d'enveloppes, et en tira une dont le cachet avait bavé. Elle en sortit la feuille, l'approcha de son nez et passa le doigt dessus en répétant :

— Pas de réaffectation. Pas de réaffectation. Savez-vous ce que cela signifie ?

Le bonnet de sœur Marie glissa sur sa tête. Elle le laissa plisser sur son front.

— La perpétuité ! La perpétuité pour vous ! Et pas de remise, pas de rabais, non, ma petite. Les murs de Saint-Lazare seront habitués à votre visage, croyez-moi ! Ils le verront friper avant le soleil !

En disant ces mots, elle pointa son doigt en direction de la fenêtre. La religieuse redressa sa coiffe, cramoisie, puis partit en claquant la porte. Des miettes de l'encadrement atterrirent sur sa guimpe. Arrivée dans sa chambre, elle attrapa la cruche au coin de la pièce, prête à la briser contre le mur. L'anse dans la main, elle inspira profondément. L'arrête en faïence lui coupait la circulation. Elle repensa au morceau de dent de Léontine. *Il y a eu assez de casse*, se dit-elle en reposant le pichet à côté d'elle. Elle était fatiguée de l'agitation, fatiguée des morts, fatiguée des ordres. Quoi qu'elle fasse, elle ne pouvait empêcher la prison d'essorer le bien. Et finalement, n'était-ce pas aussi la vie qui tordait le bon, le juste en nous ? Elle se glissa dans les draps glacés. La supérieure ne savait rien. Rien du tout. Chaque soir, au coucher, elle fermait les paupières en essayant de se rappeler chacun des traits du père Paul. Elle commençait avec sa fossette, le plus évident de ses charmes. Puis les lèvres, assez charnues pour un homme. Quand, au bout de quelques minutes, le visage émergeait, il fallait maintenir cette image. Et c'était un effort permanent. Ses traits ne se diluaient-ils pas dans ceux d'autres, son nez ne se bosselait-il pas pour mimer celui d'un garde, ses yeux ne bleuissaient-ils pas pour ressembler à ceux d'une détenue ? Elle tirait de toutes ses forces sur ses souvenirs pour en extirper un parfum, un sourire, quelque chose de lui, l'ombre de son regard, la torréfaction de ses doigts, mais n'y parvenait pas. Les quelques fragments que sa mémoire lui cédait n'étaient que des reconstructions, des projections qu'elle avait faites, des souvenirs de souvenirs, des fantasmes de jeune fille. Le simulacre du passé. La réalité, elle, se dérobait.

Après sa guérison, elle ne l'avait vu que rarement. Contrairement à l'aumônier qui s'était illuminé lorsqu'elle avait traversé l'église, contrairement aux filles, qui avaient chuchoté sur son passage, le père Paul n'avait rien laissé paraître. Il avait continué son prêche, marquant seulement une courte pause pour que les bancs retrouvent leur calme. Le reste du temps, il se trouvait dans son bureau. Le dimanche, l'écho de sa voix ne faisait que résonner davantage dans ce vide qui lorsqu'elle était dans ses bras, s'était estompé, jusqu'à disparaître totalement. Elle ne comprenait pas. Elle ne comprenait pas cet éloignement si soudain. Avait-elle mal interprété ses mots ? Ses gestes ? Elle refusait d'y croire. Mais si cet affadissement des passions pouvait les libérer l'un et l'autre, elle acceptait la sentence.

Il vint un matin, et elle le trouva moins beau. Alors, elle se pensa sauvée. Elle ne le regardait plus du coin de l'œil, et chaque jour passant, cette source inconnue et effrayante se tarissait un peu plus. Au bout de deux semaines, elle n'éprouvait presque plus rien quand elle le voyait. Dieu l'avait écoutée. Il avait absorbé les miasmes impurs qui traversaient son cœur, redressé ses vacillements, compris ses prières. Le soufre qui fumait en elle s'éteignait. Et pourtant, elle se fourvoyait comme le mourant qui prospère quelques jours avant le trépas.

XXXIII

La prison, après Noël, fut prise d'un assaut de lettres qui n'épargna presque personne. Les détenues et même les religieuses recevaient des missives qui les gorgeaient de contentement pour la semaine. Quelques jours plus tard, alors qu'elle rentrait dans sa chambre, Sœur Marie en trouva une sur son lit. Elle reconnut immédiatement le papier, rugueux au toucher, mais surtout l'écriture écumeuse. Un sourire aux lèvres, elle l'ouvrit.

Lorsqu'elle lut les premières lignes, les hésitations cursives, le « comment allez-vous » qui lui paraissait familier et distant à la fois, elle se laissa glisser le long du lit. Mais à la fin de sa lecture, ses dents se blottirent derrière ses lèvres, décidées à ne plus se montrer pendant très longtemps. Elle tomba complètement au sol, replia le papier, et le posa à côté d'elle. Elle n'arrivait pas à le croire. Le vieil aumônier était mort. La lettre n'était pas très claire, et le père Paul était bien désolé de le lui apprendre. Elle regardait le mur face à elle. La projection du crépuscule en révélait toutes les irrégularités, les crevasses, les bulles de chaux qui avaient dû s'y former quand on l'en avait tapissé. Que ressentir ?

Le vieil aumônier était mort. Mort. Mort. Mort. Mort. Mort. Mort. Mort. Elle répéta le mot et eut l'impression qu'il avait une consonance maternelle. N'était-ce pas elle qui l'appelait ? N'était-ce pas la même, celle qui vient la nuit, les bras ouverts ? Ce mot l'avait tant effrayé, et maintenant qu'il était là, palpable, gravé, elle ne ressentait rien. Rien du tout. Non, Madame, non Monsieur, rien, pas même une larme, pas la moindre gouttelette qui salerait sa lèvre. Il ne serait plus jamais là, elle n'entendrait jamais plus sa voix, sa voix qui s'effaçait déjà... Elle ne verrait plus ses mains planer de la plus hasardeuse des manières, elle ne le verrait plus lamper sa soupe le soir, elle ne le verrait plus battre la mesure avec son doigt quand quelqu'un fredonne. Mort.

Au diable, la mort ! Elle grimpa sur le lit. Au diable, la vie si courte, c'était la prison qui les entravait tous, oui, tous ! Au diable le père Paul, comment allait-elle, comment allait-elle, comment pouvait-elle aller bien ? Au diable son visage, ses pommettes, hautes, solides, ses dents, sa fossette, ce petit creux qu'elle aimait tant, elle allait lui montrer, elle allait lui montrer à la mort, ce qu'elle en faisait, ce qu'elle en avait à foutre d'elle, elle allait lui montrer, la bosse, la bosse qui se pressait sur elle, qui ondulait comme une vague, une vague qui allait lui éclabousser le flanc, elle allait voir, la salive qui se réchauffait, qui coulait dans ses cheveux, elle allait voir, le regard qui l'évitait, *regarde-moi*, elle allait voir, *regarde-moi*, pourquoi il ne la regardait pas, elle s'offrait, il se dérobait, elle ne voyait rien, la mort, elle la défiait, la mort, cette lettre blanche, elle ne la quittait pas des yeux en malaxant, en enfonçant, en ponçant, mais rien, ça ne voulait pas, tout ça pour rien, tant pis, on se rhabille mademoiselle !

Encore à moitié nue, elle se redressa. La lettre avait fini par tomber par terre. Elle versa de l'eau dans la cruche et se lava les mains, en évitant de croiser son reflet dans la fenêtre. Après s'être rhabillée, elle ramassa le papier, son poignet se colorant presque autant que son visage. Elle ne savait pas ce qu'il lui avait pris. Elle s'excusa intérieurement puis, sentant que ce n'était pas suffisant, elle s'agenouilla pour prier. Elle implora le pardon, et l'obscurité croissante de la pièce lui donnait l'impression qu'on le lui refusait. Les volets étaient tirés, les nuages assujettissaient le ciel, mais pour elle, la noirceur des murs et du lit ne pouvait qu'être la punition de son inconséquence. Alors elle supplia de plus belle. Ses paumes s'avançaient vers l'avant, tout son corps se courbait comme s'il voulait se confondre avec le sol. Il se mit à pleuvoir. Elle se mit à sangloter.

XXXIV

Le matin suivant survint un évènement qui modifia la vie de la prison et celle de sœur Marie définitivement. Alors qu'elle venait de laver sa coiffe et qu'elle essorait son sous-bonnet au-dessus de la cuvette, un cri l'alerta. Cela avait débuté par un affolement, qui, depuis la salle commune, s'était boursouflé pour engendrer une véritable panique. Après une nouvelle crise, le petit Augustin ne reprenait pas ses esprits. C'était en tout cas ce qui lui avait semblait comprendre en traversant le couloir, son bonnet dégoulinant sur la tête.

Quand elle arriva, ce qu'elle vit assécha presque immédiatement sa coiffe. Blandine, le visage dénudé par la peur, contournait son lit. Elle suppliait qu'on appelle le médecin. L'infirmière. Les gardes, aussi. Que quelqu'un vienne. Que quelqu'un vienne ! Berthe se précipita vers sœur Marie, tira sur son bras. Sur les draps, le petit se contorsionnait comme jamais, son thorax lévitant presque. Elle voyait ses côtes bloquer son souffle, son plexus battre follement, sans effet. Une cage de chair et d'os qui palpitait péniblement. Ses bras se recroquevillaient, ses jambes s'enroulaient. Au bout d'une ou deux minutes, le coin de sa lèvre blanchit.

Elle le mit sur le côté, comme la dernière fois, mais les contractures empirèrent. Blandine s'arrachait les cheveux.

La religieuse pouvait voir tous les pigments de sa bouche, un dégradé de rouge qui grelottait en même temps que celle de son fils. Elle prit les deux coins opposés du drap et les serra pour maintenir l'enfant. Ses lèvres avaient cessé de couler, seules ses pupilles divaguaient. Elle le souleva et le cala sur son épaule. Le souffle du petit, ténu mais régulier, réchauffait le creux de son cou. Là, devant toutes les femmes qui la dévisageaient, elle se mit à prier. Le regard perdu dans les chignons, elle ne s'attardait sur aucun, trop effrayée d'y lire sa propre terreur. Elle pria si fort qu'elle n'entendait plus aucun son, plus aucune voix. Elle pria si fort qu'elle ne remarqua pas la petite main qui s'était glissée sous sa guimpe pour s'entortiller autour d'une de ses mèches. Elle pria si fort qu'elle ne vit pas l'admiration dans les yeux des prisonnières.

Toutes les femmes s'étaient mises à prier. Les mains fusionnaient sous les mentons, les yeux se plissaient dans une ferveur désespérée. Sa voix planait au-dessus des autres. Et lorsqu'elle cessa, les autres cessèrent à leur tour. La chambre commune n'était que silence. Le petit avait les paupières toujours closes, mais un faible sourire habillait ses lèvres. Sœur Marie lui caressait machinalement les cheveux. Elle discutait avec Blandine, avec Marcelle, elle ponctuait chaque phrase d'un rire gêné, mais ne pouvait s'empêcher de basculer sa tête en arrière pour examiner l'enfant. Au bout d'une vingtaine de minutes, le médecin arriva. Les femmes s'écartèrent sur son passage. Il posa sa mallette de cuir et l'ouvrit. La sous-prieure pâlit en voyant ce qu'il en sortit. Il s'agissait d'une sorte de corne métallique, de la taille d'un grand vase, dont le socle s'aplatissait. C'était la première fois qu'elle faisait face à un tel objet. Allait-elle devoir assister à une saignée ?

— Mesdames, n'ayez crainte, ce stéthoscope va me servir à écouter son cœur, prévint-il d'une voix douce, bien qu'éraillée.

Il tapota ensuite sur le lit pour qu'elle y allonge Augustin. Les prisonnières les entouraient à présent, le même masque sur le visage : sourcils soulevés, bouche invisible, narines stoïques. L'inquiétude tranchait l'air. Le docteur, en s'exécutant, fixait droit devant lui. Ses traits étaient concentrés, elle n'aurait su dire à quoi il pensait.

— Les convulsions ont commencé avant ou après la chute ?

Blandine le regardait. Il avait reposé l'appareil dans son sac et massait maintenant l'abdomen de l'enfant.

— Avant, répondit sœur Marie. N'est-ce pas, Blandine ? Il tremblait avant ?

— Oui, docteur. C'est toujours la même chose. Il gesticule, il tombe par terre. Ensuite, il écume, puis parfois, enfin, souvent, il mouille son pantalon.

Le médecin hochait la tête. À cet instant, Augustin commença à ouvrir les yeux.

— Tu as bien de la chance, petit bonhomme, lui dit-il. Tu as un ange qui veille sur toi.

Sœur Marie sentit ses pommettes s'arrondirent. Malgré la gravité de la situation, elle ne put s'empêcher de sourire.

— Est-ce grave ? demanda Blandine alors que l'homme s'agitait sur le fermoir de son sac.

— Pas si vous le surveillez comme vous le faites. Pour l'instant, c'est tout ce dont il a besoin.

Il salua ensuite les femmes, s'inclina devant le petit, puis disparut. À peine réussit-elle à se détacher de l'enfant que quelqu'un souleva sœur Marie du sol.

— Ave Maria ! entonnèrent Berthe et Marcelle.

Elle voyait ses pieds flotter en l'air. Mal à l'aise, elle essayait de trouver son équilibre sur les épaules des deux femmes : l'une dodue et moelleuse, l'autre lui rentrant dans l'arrière de la cuisse. La salle basculait sous les applaudissements. Le vertige lui serrait la gorge. Ses joues picotaient, elle aurait tout donné pour qu'elles cessent de la faire tourner, pour qu'elles cessent de l'acclamer. Elle n'arrivait pas à poser ses yeux sur la moindre fille. Seul l'éclat de leur rire, blanc, jaunâtre, gris. La nausée revenait. Elle frotta l'oreille de Berthe, son autre main protégeant sa bouche. Les deux arrêtèrent alors leur danse et la reposèrent. Elle les remercia en tanguant. Puis, elle sourit à Blandine, mais celle-ci ne quittait pas son fils du regard.

XXXV

Sœur Marie se retournait dans son lit. Elle n'arrivait pas à s'endormir. Du côté du mur, le meurtre de Victoire et tous les moments où elle aurait pu l'empêcher. Ce baiser trop soudain, ces entrevues ostentatoires. Tout indiquait cette issue, et elle n'avait rien fait. De l'autre côté, la mort de l'aumônier qui la hantait chaque soir depuis qu'elle l'avait appris. Et ces applaudissements. Ces acclamations. Leurs yeux luisant d'espoir, leurs bouches scandant son nom, comme celui d'une divinité obscure, protectrice des enfants, protectrice des malades, protectrice de la prison et des pécheurs. Elle aurait souhaité se laisser aller à ces caresses de l'orgueil, au tambourinement des hommes qui en élisent un parmi les autres. Mais ce soir-là, elle avait honte de ne pas leur avoir dit la vérité : elle était comme elles.

Elle avait été séduite par ces langues élogieuses, les mêmes qui quelques jours plus tôt l'insultaient. Les mêmes femmes qui l'avaient jetée dans la cage de Léontine. Elle s'était laissé porter, soulevée sur un trône imaginaire, mais ni les filles ni elle ne méritaient cette liesse. Cette joie les dégradait. Elle salissait les morts, salissait l'inquiétude. Le regard de Blandine. Aucun soulagement ne s'y lisait. Toujours la même peur, la même terreur qui la déchiquetait de l'intérieur. Un répit, mais pour combien de temps ? Pour combien de temps encore devrait-elle se coucher, sur la pointe du sommeil ? Pour combien de temps encore caresserait-elle la joue de son fils en craignant que ce soit la dernière fois ?

Sœur Marie devait prier. Elle devait prier pour elles, pour eux. Elle devait prier pour s'unir à lui, elle devait prier pour se rassurer, elle devait prier pour effacer ces jours ferrugineux. Comment faisaient-elles, les filles, sans lui ? Comment pouvaient-elles ne pas croire, ne pas espérer un monde meilleur, un monde plus grand que ces murs absurdes ? Son estomac s'irrita quand elle s'agenouilla. Pendant quelques secondes, elle se mit à la place de Marianne, et la pensée inverse se présenta à elle : comment croire ? Elle saliva, la respiration brusque. Il fallait qu'elle rejette ces idées. Elle feuilleta sa bible pour retrouver le Livre de Job, s'assit sur ses talons pour le lire. Son doigt frotta sa phrase préférée, si bien que le papier se mit à briller : « Si nous accueillons le bonheur comme un don de Dieu, comment ne pas accepter de même le malheur » ?

Elle la récita jusqu'à ne plus rien entendre, jusqu'au silence total, le silence qui broie. Le silence plein de jugement. Le silence d'un père déçu. Il ne pouvait qu'être là, à l'observer. Qu'allait-elle faire ? Le savait-il seulement ? N'écrivait-il pas la suite, aveuglé, aveuglé comme elle, aveuglé de trop voir, jusqu'à ce qu'ils s'effacent tous, et que cela recommence pendant des années, des siècles, des millénaires ? Des générations de souris, auxquelles il ne s'attachait plus de peur de les voir disparaître, et de ne retrouver chez l'arrière-arrière-arrière-petite-fille qu'une vague tâche de la première. Le sang mélangé, lavé de toute individualité. Elle n'était rien, et rien alors n'avait d'importance.

Est-ce qu'il l'entendait ? Est-ce qu'il la concevait ? Était-elle autre chose qu'une esquisse sortie de sa tête, un croquis grossier et bruyant, humide et gras, était-elle sa fille, comme les autres ? Mais si l'on avait tant d'enfants, c'était comme si l'on n'en avait aucun. Elle frottait le sommet de son crâne au sol, les paupières écarlates, quand elle l'entendit. Ce n'était pas une réelle apparition, comme celles dont on lui avait parlé. Pas de lumière, pas de drapé blanc, bleu, ou d'or, pas de mains mi-offertes, mi-suppliantes, pas d'œil douloureux, pas de bouche entrouverte. Non, rien de cela. Juste une phrase, un soupir féminin dans l'oreille, qui aurait pu n'être que le froissement de sa coiffe.

— Leur mère à toutes, répéta-t-elle doucement.

Elle se releva. Elle n'aurait su l'expliquer, mais elle se sentait apaisée. Elle s'assit sur son lit et regarda, un peu honteuse, les taches au sol. Avec ses manches, elle les essuya les unes après les autres. Il ne restait plus aucune preuve de ses doutes, et le calme était complètement revenu lorsqu'elle crut discerner du bruit provenant du couloir.

C'était Léontine, elle en était convaincue. Mais comment pouvait-elle l'entendre de sa chambre ? Elle se dirigea vers sa porte, tendit son cou. Ce n'était pas vraiment un cri, plutôt une sorte de sanglot. Ou de juron. Elle attacha sa guimpe du mieux qu'elle put et attrapa la lampe à côté de son lit. Elle ne savait pas pourquoi elle y allait. À vrai dire, elle ne le voulait pas réellement, mais elle avait le pressentiment que c'était un devoir. Et puis... Ce chuchotement, ne lui avait-il pas donné la voie à suivre ?

Au fond du couloir, elle vit une ombre se projeter. Elle se colla à la paroi du mur, retenant son souffle. L'homme sifflota, mais ne passa pas devant elle. Elle soupira. Pourquoi ne pas revenir sur ses pas ? En plus, elle ne s'était pas soulagée depuis longtemps, et justement, une pesanteur commençait à lui... Non, non, c'était idiot. Elle voulait voir Léontine, elle irait voir Léontine. Et si jamais on la surprenait, elle n'avait pas à se justifier. Était-elle une religieuse ou une prisonnière ? Un pas après l'autre, elle arriva rapidement devant la porte de l'isoloir. Maintenant, elle en était sûre, le bruit venait bien de là. Elle s'y engouffra. La dernière fois qu'elle y avait été, elle n'avait pas eu le temps de le détailler. Et puis avec toutes ces femmes qui criaient, qui riaient... C'était un couloir aussi étroit que sombre, semblable à celui d'une étable. Mais au lieu de mugissements, elle entendait des pleurs. Elle avançait en tentant de ne pas frôler le mur crasseux, un mélange de gras allant du jaunâtre au brun, dans un camaïeu de teintes bilieuses. À sa gauche, des échafaudages de bois l'empêchaient d'être en contact direct avec les grilles des cellules, pourtant vides. Elle voyait Léontine assise par terre, une petite silhouette qui hoquetait et qui s'agrandissait au fur et à mesure qu'elle s'approchait. Quand elle fut presque devant sa cellule, celle-ci se leva brusquement et se précipita vers elle.

— Alors, contente ?

Elle ne répliqua pas. Que pouvait-elle répondre devant la haine de la prisonnière ? Si elle ne savait pas reconnaître des larmes, elle aurait juré qu'il s'agissait plutôt de la même écume que celle d'un dogue menaçant. La pointe de son nez, soulevée par le croisillon métallique, offrait une vue plongeante sur ses narines. Sœur Marie s'y était perdue, bercée par les membranes qui se gonflaient. Les yeux de Léontine se remirent à couler. Sans savoir exactement pourquoi, elle posa sa main contre la grille, et de la voix la plus douce, lui chuchota :

— Nous te pardonnons, Léontine, nous te pardonnons.

— Voilà ce que j'en pense de ton pardon !

La larve gluante avait atterri entre ses sourcils. Mais elle avait connu pire. Patiemment, elle sortit de sa poche un mouchoir.

— Tu sais ce qu'ils vont décider ?

Pas besoin de répondre. Elle pressentait la suite.

— La capitale, mon Général ! Et ça va être du propre, du bel ouvrage, clair, net, précis, ma petite dame ! Tout ça pour une ribaude, une gougnafière dégueulasse. Cette société est dégueulasse !

Sœur Marie pensait qu'elle allait se faire insulter à son tour, mais au lieu de cela, Léontine se remit à pleurer.

— Je veux une fin décente, c'est tout ce que je demande, fit-elle entre deux sanglots.

La voir palpiter de douleur ainsi l'ébranlait. Elle aurait aimé ne rien ressentir, ne pas être affligée. Ne pas se sentir responsable. Sa gorge se serrait. Elle tentait de bloquer ses pensées, qui ne faisaient que revenir. Cette femme allait mourir. Elle, elle n'arrivait pas à avaler sa salive, alors que cette femme allait devoir prendre une dernière inspiration, regarder la lame, fermer les yeux, probablement se dire « c'était donc ça ? », alors que non, ce n'était qu'une pensée avant la fin, qu'une réassurance avant le silence total. Elle ne sentait plus ses pieds, ses jambes fourmillaient. Il semblait que chaque veine du bas de son corps s'était rétractée pour conduire le sang dans sa tête, où les pulsations de son front la rendaient nauséeuse. Elle parvint à s'accrocher à l'échafaudage pour marcher. Mais s'arrêta pour vomir. Elle n'arrivait plus à respirer. Des morceaux s'étaient coincés dans son nez. Elle entendit le rire de Léontine, et vit par-dessous son aisselle qu'elle se tenait le ventre, prise d'une hilarité incontrôlable. Le désespoir, sans doute, se dit-elle en s'essuyant la bouche. Elle observait entre ses pieds la flaque, mélange de mie désagrégée et d'un liquide ambré et malodorant.

Sans plus attendre, elle s'enfuit. En gravissant les marches, sous les jappements de Léontine, elle eut l'impression de s'extraire des profondeurs terrestres.

XXXVI

Désorientée, elle ne savait où elle était. Sa rétine s'était habituée à l'obscurité, et le contraste était difficile à vivre. Elle parcourait le couloir en regardant ses pieds, lorsqu'elle percuta quelque chose. Elle n'avait jamais rien vu d'aussi lumineux, et pendant un instant, elle crut que c'était la Vierge, la même que celle qu'elle avait entendue dans sa chambre. Elle recula, aveuglée.

— De son œil, de son œil, répétait la femme.

Sœur Marie se frotta les paupières. Maintenant habituée à la lumière, elle comprit qu'elle venait de bousculer une prisonnière. C'était une femme encore jeune, mais à la chevelure déjà blanche. Elle était belle, si ce n'était ces grands yeux, tellement pâles qu'on aurait dit qu'ils étaient vides. Son nez était droit, ses pommettes hautes, elle avait un long cou, si fin qu'il aurait pu se rompre à tout moment. Elle essayait de lui parler, et, puisqu'elle n'y arrivait pas, ses yeux s'arrondissaient de seconde en seconde. À la voir ainsi, les mots bloqués dans sa gorge, on aurait cru que ses clavicules l'enserraient comme deux barrières. Puis, après quelques minutes, elle prit une profonde inspiration et une phrase sortit enfin :

— De son œil, il m'a vue, il m'a vue, vue, je vous dis, de son œil, fit-elle en pointant le doigt sur elle.

Sa chemise flottait, uniquement boutonnée à la base, et un téton pointu apparut quand elle se gratta la tête. La religieuse, bien qu'aussi rouge que si on l'avait recouverte d'extrait de cochenille, la prit par le bras pour l'amener à l'infirmerie. La femme se laissa faire. Sa main ne cessait de trémuler. La paume était moite, presque collante, comme celle d'une enfant. Elle répétait sa litanie, sans reprendre son souffle. Sœur Marie avait hâte de la confier à quelqu'un d'autre. Elle pressa le pas, remonta sa robe dans les escaliers pour ne pas trébucher, et en peu de temps, elles se retrouvèrent devant la porte rouge et blanche.

Elle entra sans frapper. Une odeur acide l'accueillit, soulevant son diaphragme. Elle vit sur le bureau le corps de Victoire, d'un bleu minéral. Ses cheveux avaient blanchi. La couleur de ses lèvres s'était totalement fondue dans la pâleur de son visage. Ses paupières se creusaient déjà, sa peau s'affaissait. Souriait-elle ? Oui, un rictus l'habillait, la paralysant. Le médecin se hâta de la recouvrir.

— Bonjour, ma Sœur, je ne vous ai pas entendue, dit-il en souriant.

Elle fixait encore le drap, puis pencha la tête en direction de la femme.

— Ah ! s'exclama-t-il. Ma petite Louise, comment vas-tu ?

Le visage de celle-ci se détendit, ses yeux s'éclairèrent comme cela arrive lorsque l'on reconnaît une personne. Elle lâcha son bras pour s'approcher de lui.

— Ah ! Docteur, si vous saviez…

Les sourcils du médecin se soulevèrent, il s'essuya les mains sur son tablier, prêt à l'écouter.

— Hier soir, on a mangé encore du chou, et vous savez que moi, le chou, ça me tourne le ventre. Oui, ça, enfin, j'étais dans mon lit, je me tournais, je me retournais. La lumière, la lumière, elle est vive, là, non ? Je n'avais demandé rien à personne, c'est pas bien d'embêter les gens, n'est-ce pas, comme vous me l'avez dit, et moi j'écoute, hein ? J'écoute... Bref, je vais derrière le paravent, quand là...

La sous-prieure les observait. Lui hochait toujours la tête avec affabilité. Les mains de la femme s'étaient immobilisées, avant de se tordre en tous sens.

— Il est revenu ! J'ai vu son œil, oui, de mes yeux, je l'ai vu !

Et tout son être se remit à trembler. Elle repartit dans son discours, secouant la tête, clignant les yeux d'une manière décousue. Il alla vers la desserte, et attrapa un petit flacon. De son autre main, il saisit une seringue.

— Louise, je vais t'aider, mais pour cela, tu vas devoir t'apaiser.

— Vue, vue de son œil !

— Ma Sœur, relevez sa manche s'il vous plaît. Louise, je vais être obligé de te faire une piqûre.

Plus bas, il expliqua que l'infirmière s'était occupée des traitements ce jour-là.

— Loin de moi l'idée de rejeter la faute sur une autre, commença-t-il en plantant l'aiguille dans le bras de la prisonnière. Mais il faut savoir que ces inconvénients arrivent en cas de sous-dosage. Si jamais je ne suis pas là, il faudrait lui administrer le contenu de ce flacon. Celui-ci, au risque que son état empire.

Sœur Marie sentait le corps de Louise se détendre.

— Là, fit le médecin, en l'aidant à s'allonger.

— Merci docteur, glissa-t-elle, la bouche et les yeux à demi clos. Je me sens bien mieux. Je ne le vois plus, il ne me voit plus, tout est parf...

Elle s'assoupit avant de pouvoir terminer sa phase. La religieuse monta le drap et le cala sous ses aisselles.

— C'est prévenant, commenta-t-il. Vous savez, son état s'est dégradé depuis qu'elle est ici.

— Ah.

Sœur Marie avait raté la pointe de sa question. Elle se répéta donc pour montrer son intérêt. La démence, avait-il dit, avait cet inconvénient de ne jamais se stabiliser. Enfin, c'était ce que les médecins disaient avant, pour ne pas donner de faux espoirs aux familles.

— Aujourd'hui, avec ce que nous apprenons, nous pourrons bientôt aider les gens comme elle. Qui n'ont malheureusement rien à faire ici...

— Et pour le petit Augustin, n'y a-t-il vraiment aucune autre solution que de laisser faire ?

L'œil clair et un large sourire aux lèvres, il se retourna. Elle l'entendit s'agiter sur la desserte. Puis, il s'immobilisa, et se jeta sur elle, une bouteille à la main.

— Le bromure ! cria-t-il dans son excitation.

Elle sursauta, et en profita pour s'adosser contre le lit.

— Un sédatif très puissant. Il y a de plus en plus d'articles à son sujet. Je n'aime pas le terme de miracle, ma Sœur, mais dans les faits, dans les faits, ce petit bijou...

Il s'arrêta de parler pour embrasser le flacon.

— Ce petit bijou peut sauver le petit. Je ne voulais pas en parler dans la chambre commune, comme tous les sédatifs, il peut être détourné de son usage premier, et ici, comme vous l'imaginez, nous sommes dans le royaume du détournement. Mais s'il se remet à convulser, ma Sœur, promettez-moi de me l'amener. Ces expérimentations pourraient...

— Le même type d'expérimentations que celle sur votre bureau ? le coupa-t-elle.

XXXVII

Lorsqu'elle se glissa dans les draps, elle repoussa la fin de la discussion au plus profond de son âme. Elle avait honte de s'être montrée sèche, mais elle refusait de laisser Augustin entre des mains qu'elle ne connaissait qu'imparfaitement. La réponse du médecin l'avait rassurée. Pour le tiers d'un salaire supplémentaire, il avait accepté d'être le légiste de Saint-Lazare. La solution la plus simple, comme disait son père...

Cette escapade nocturne lui avait fait penser à une autre qui datait de plusieurs mois avant son arrivée dans la prison. Alors que le soleil avait commencé à se coucher, elle avait ressenti le besoin de sortir de l'abbaye. L'air autour d'elle s'épaississait, humide et nerveux. Elle tira les rideaux, et la tringle gémit de sa voix argentée. Les pieds tâtonnant pour ne pas qu'on l'entende, elle quitta sa chambre, son couloir, son abbaye.

L'obscurité des pierres avait laissé place à l'ouverture de la campagne. Cette liberté nouvelle, si flamboyante était plus effrayante que les ténèbres qu'elle abandonnait. Marchant sans savoir où elle voulait aller, elle se retrouva dans le champ d'à côté. Ce dont elle était sûre, c'était que jamais elle ne s'était sentie aussi présente. Sa main glissait sur les graminées. Leurs grappes s'émiettaient entre ses doigts. Face à elle, le ciel s'embrasait, avec au centre un soleil carbonisé comme jamais. Était-ce la fin du monde ? Si elle se concentrait suffisamment, n'entendrait-elle pas le souffle des trompettes venir la chercher ?

Elle resta là, à regarder la fin du jour pendant de longues minutes, secouant ses mains dans le vide à la recherche de tiges qu'elle dénudait aussitôt. Le ciel s'était ensanglanté. N'était-ce pas elle-même qui l'avait éventré ? N'agonisait-il pas par sa faute, comme un père honteux de la débauche de sa fille ? C'était Loth, violé par les siennes, c'était David, qui ne pouvait poser ses yeux sur Tamar, c'était son père qui était mort sans qu'elle n'ait pu poser les siens sur lui. Ils grondaient, ils grondaient tous après elle, avides de sa parole, assoiffés d'une promesse qu'elle était pourtant incapable de leur faire. Elle essaya de prier, mais sans conviction. Elle implorait, mais sans réponse. Alors elle s'énerva, les invectiva. De quel droit se permettaient-ils de la juger ? N'étaient-ils pas, eux aussi, des pécheurs ? Ne connaissaient-ils pas eux aussi le goût miellé des hésitations, des frôlements, des baisers imaginaires ? Le père Paul était pur, le père Paul était bon. Jamais il ne la perdrait. N'avait-elle donc pas le droit de rêvasser ? Mais ils la traitaient comme une coupable. Coupable de ce qu'elle n'avait point fait !

Elle tomba à genoux. Son col l'enserrait, véritable emprise de tissu. N'était-ce pas eux qui l'étranglaient ? Ses doigts se perdirent dans les nœuds, et lorsqu'elle arriva à les détacher, son souffle ne reprit pas son rythme habituel. Elle posa la coiffe à ses côtés puis cramponna ses poings sur ses genoux. Le plissage de sa robe ressemblait à l'écorce d'un arbre. Elle enracina alors ses doigts dans le sol. La terre ne l'accueillit pas comme elle l'avait souhaité ; ses ongles butaient sur les cailloux. Elle regarda ses mains dont les extrémités noircissaient.

Puis, elle les leva au ciel. Les graminées ondulaient, répandant leur parfum, le même que si les tiges avaient été confites. Son nez la démangeait, ses yeux s'asséchaient. Le rouge du ciel se cuivrait à présent. Le crépuscule lui-même mourrait, murmura-t-elle. Elle retira son bonnet, son sous-bonnet. Puis elle ébouriffa ses cheveux aplatis. Elle se leva, et, d'abord timidement, elle tendit une main pour fendre le courant chaud. C'était agréable. Elle fit de même de son autre main. Ferma les yeux. Elle avait l'impression de flotter en l'air. Alors, prise d'une joie qui ne lui ressemblait pas, elle se mit à tournoyer sur elle-même, les paupières toujours closes. Ses dents bordaient ses lèvres, curieuses de sentir ce vertige elles aussi. Les yeux du ciel commençaient à s'ouvrir. La nuit était presque totale à présent, le bronze devenait une chair bleuie.

Essoufflée, elle s'arrêta. Ce fut alors qu'elle le vit. Le père Paul, à quelques mètres d'elle. Il la regardait. Depuis combien de temps était-il là ? Il s'approcha et s'agenouilla à ses côtés. Alliant empressement et mollesse, il attrapa sa main. Sœur Marie, l'œil stupéfait, la retira. Elle ouvrait la bouche pour la refermer.

— S'il vous plaît.

Il répéta cette phrase, doucement, tout doucement, jusqu'à ce que cela devienne un soupir. Alors, elle se laissa tomber à ses côtés, et tremblante, lui offrit sa main. Il se jeta dessus et l'embrassa, se frotta le visage, les cheveux, toute la tête. Quand elle parvint à la retirer, elle remarqua qu'elle était humide.

— Mais ? Vous pleurez ?

Il ne répondit pas. Le visage pâle, il se leva. Il rattrapa sa paume et la baisa une dernière fois. Puis tourna les talons.

— Attendez, fit-elle.

La salive lui collait les doigts. Elle n'entendait plus rien, sauf son cœur qui lui flagellait les oreilles. Elle se rapprocha de lui, si près qu'elle sentait l'odeur de son cou. Elle regardait au loin, par-dessus son épaule pendant que sa main trouvait son chemin, comme à la recherche d'un petit animal. La nuit était tombée. Tissu rêche, chair gonflée, peau qui se plie et se déplie. Ses doigts s'agitaient, non sans peur. Elle leva les yeux pour le voir. Quand il eut terminé, il émit une exclamation surprise, comme un éternuement. Sœur Marie, toujours sans rien dire, s'essuya sur sa robe.

XXXVIII

Quelques semaines passèrent, et l'air, épais comme du givre, brûlait. Le matin, sœur Marie se frottait les mains dans la cour, la tête enfoncée dans sa veste, l'un des derniers reliquats de l'ancienne sous-prieure. Elle avait tardé à la revêtir. Dès son arrivée, elle l'avait trouvée dans le placard de sa chambre, mais n'avait même pas osé la toucher. C'était, paraît-il, un cadeau de Valentine pour remercier sa prédécesseur de sa bienveillance. Quand les températures devinrent négatives, elle tergiversa de plus belle. Puisque l'état les leur refusait, pourquoi s'en priver ? Il fallait les voir, avait dit sœur Marthe en émiettant son croissant, les messieurs de l'administration, parapher le budget, rayant deux ou trois lignes au passage, les laissant dans le dénuement le plus total ! En touchant le manteau, elle hésitait encore. Pourquoi pas, finit-elle par soupirer. Dans le reflet de la vitre, à cause de l'obscurité hivernale, son visage ressortait. Elle se surprit à caresser le tissu, songeuse. Qu'en penserait le père Paul ?

Alors qu'elle surveillait la cour, expirant l'air le plus chaud possible pour réchauffer ses doigts, le calme l'interloqua. Il était vrai que depuis l'isolement de Léontine, la prison n'était plus la même. Son absence la décontenançait. Cela devait faire bien un mois qu'elle n'avait pas entendu sa voix. Après avoir mâchonné un morceau de pain rassis qui traînait dans sa poche, elle se demanda si Léontine y avait droit. Il était sec à lui faire saigner les gencives. Mais elle ne pouvait se plaindre. Chaque matin, elle se réveillait dans un lit propre, sans vermine, elle disposait de vêtements frais, et sa gale s'était même calmée, après que le médecin lui ait conseillé de frictionner son corps avec une décoction de sarriette et de vin. C'était, avait-il dit, la thérapeutique de son village lorsqu'il était enfant. Elle avait souri. Elle imaginait bien mal ce scientifique chevronné appliquer des remèdes paysans, pourtant, les démangeaisons avaient cessé.

— Guérir, là est l'essentiel, avait-il conclu lorsqu'elle l'avait remercié.

Elle aussi devait aider les autres. Le lendemain matin, elle décida d'enfourner deux ou trois miches dans sa poche pour retrouver Léontine après le déjeuner. Dans la cuisine, elle remplit un verre d'eau. Que pouvait-elle prendre de plus ? Un couteau pour couper des quartiers de pomme ? Non, sûrement pas... Une cuillère. Oui, une cuillère pouvait toujours servir. À quoi ? Elle n'avait probablement droit qu'au pain et à l'eau. Et puis elle l'imaginait bien perdre son sang-froid et énucléer un garde. Elle la reposa donc doucement sur le coin de la table, puis sortit à gauche, direction l'isoloir.

Elle se cachait à elle-même la raison principale de sa sollicitude. Le procès avait eu lieu, et d'une manière ou d'une autre, elle voulait s'assurer que quelqu'un lui avait fait part du verdict. La prisonnière ne s'était pas trompée. La peine capitale avait été décidée. Trente jours. Trente jours depuis la dernière fois. Le temps passait si vite. Elle avança dans la cellule. Léontine était immobile. Dans l'obscurité, elle avait beau plisser les yeux, elle n'arrivait pas à voir ce qu'elle faisait. Quand elle fut en face d'elle, elle fut prise d'un doute. Priait-elle ? Celle-ci redressa enfin sa tête et sœur Marie crispa son verre tellement fort que le rebord s'enfonça dans sa peau.

Certes, ses joues étaient grêlées, mais cela n'était rien comparé à son front. Une longue fissure dévoilait une bosse de la taille d'une prune, qui en avait aussi la couleur. Glaireuse en son centre, la cicatrice était déjà incrustée de pépites ambrées. D'autres bourrelets suintaient un mélange de sang et de pus séché. Un d'eux, situé juste au-dessus de sa paupière droite, l'empêchait d'ouvrir l'œil. Quel gâchis... Quel gâchis de voir encore une liche de grâce dans ce visage. Léontine se leva et la religieuse dut se forcer à ne pas reculer.

— Je ne savais pas que tu avais la syphilis, lui soufflat-elle en ouvrant la porte.

Léontine émit un faible soupir pour seule réponse. Puis, ses mains tentèrent d'attraper le verre qu'elle lui tendait. Avant qu'elle ne puisse l'atteindre, elle l'aida à le porter à ses lèvres. Quelle différence ! Comme si elle s'assortissait à son délabrement physique, une docilité nouvelle, presque bovine, engluait son regard. En temps normal, elle se serait réjouie d'un tel changement, mais devant ces yeux mornes, résignés, dans lesquels elle ne reconnaissait ni la révolte ni le défi, elle déglutit. Tout ce qui jusqu'alors l'animait avait disparu.

— Comment cela a-t-il pu ? Comment la maladie a-telle pu dégénérer si vite ?

Léontine buvait, et sa gorge devait être terriblement desséchée, car les déglutitions retentissaient dans tout le couloir. Toujours sans la quitter du regard, alors que ses doigts se perdaient dans les plis de sa robe pour chercher les morceaux de pain, elle continua de l'interroger. Pourquoi n'avait-elle pas demandé de l'aide ? Que faisait l'infirmière ? Et le médecin, n'avait-il rien pu rien faire ? Elle s'insurgea, même. Le lit de l'infirmerie l'attendait !

— Pars.

Léontine s'essuya le coin de la lèvre sans la regarder.

— Je ne plaisante pas, si personne ne te prend en charge...

— Pars, j'te dis. Tu crois quoi ? Tu crois que c'est soignable ? Tu crois qu'un Marie-priez-pour-moi, et en route petit ? Allez, va donc, ne te ridiculise pas, ma pisseuse.

— Je t'assure que...

— Casse-toi, je te dis ! s'impatienta-t-elle en balançant son verre. Je sais pourquoi t'es revenue ! La capitale, hein ? Tu crois qu'ils vont dépenser un sou de plus pour moi ? Allez, du vent, j'veux plus te voir !

Elle quitta donc l'isoloir, en marchant à reculons.

Dans sa chambre, elle n'arrivait toujours pas à s'expliquer ce à quoi elle venait d'assister. Comment cela était-il possible ? Comment la maladie avait-elle pu la rancir si vite ? Elle connaissait la syphilis. C'était un mal sournois, doucereux avec certains, implacable avec la plupart, mais en général, c'était sur des années qu'il progressait ! Et là, en quelques semaines, en quelques jours, presque, Léontine ressemblait déjà à une lépreuse... Elle repensait à ses mains. Elles les lui rappelaient tant. Quand sa mère l'avait amenée près du lit, c'était la seule chose qui dépassait du linceul. On avait caché son visage, parce qu'il était méconnaissable. En deux ans, son père ne s'était jamais plaint. Jamais en décachetant ses enveloppes elle n'avait senti le parfum fétide de la maladie. Mais finalement, n'avait-elle pas préféré s'aveugler ? Ne s'était-elle pas dit, d'ailleurs, que ses lettres se biscornaient de plus en plus, que parfois, elle n'arrivait pas même à en saisir le sens ?

Les lèvres du curé dansaient sans qu'elle n'en perçoive le moindre mot. Et sa mère, qui baissait les yeux. Oui, c'était les deux seules choses dont elle se souvenait. Car bien que le bois en eût caché l'horreur, elle ne faisait que penser à ces deux mains, ces deux mains monstrueuses, ces deux mains noires de croûtes ; et prédisait que cette image contaminerait tous les souvenirs qu'elle avait de son père. Elle partit le lendemain, n'écoutant pas les supplications de sa mère. Et quand sur le seuil, celle-ci avait essayé de la retenir, elle pointa son doigt vers le ciel.

— Il sait ! Il sait que c'est de ta faute !

— Arrête, Adélaïde, arrête donc. Il n'en est rien. Je n'y suis plus retournée depuis des années. Tu penses que ton père était un saint ?

La fille agita son bras pour qu'on la laisse partir. Mais la main restait accrochée à son poignet. Glacée. Humide. Son visage avait tant changé. L'inquiétude avait grignoté tous les charmes de sa mère.

— Reviens ! Tu n'as pas à sacrifier ta jeunesse. Tu n'as pas à sacrifier ta vie... Rentre à la maison...

XXXIX

Le midi, elle déjeunait le plus souvent avec Marianne. Sa seule présence la rassurait et affaiblissait tous les bruits alentour. La plupart du temps, elles mangeaient sans parler, comme le font les gens qui n'ont pas besoin de mots pour assaisonner leur repas. Parfois, pourtant, elles discutaient. De leur vie passée, de la prison, des hommes et des femmes, des enfants et des parents. Un jour, sœur Marie, à propos de son mari, lui demanda :

— Pourquoi y être retournée ?

Elle connaissait la réponse. Il n'y en avait pas. Les parents et l'époux choisissaient et elles, elles devaient obéir. Elle pensa à cet instant précis à sa mère. Avait-elle choisi d'épouser son père ? En essayant de se souvenir des indices de son enfance qui allaient dans ce sens, elle n'écoutait que distraitement la réponse de Marianne.

— Je n'avais pas le choix. Quand mes parents ont su que j'étais enceinte... Et surtout, je me disais... Que c'était une erreur. Qu'il n'avait pas pensé à mal, qu'après tout, on en faisait tous, des erreurs... C'est un luxe, vous savez, d'en trouver un de patient, de doux, qui ne bat ni la mère ni l'enfant. Et puis... Je l'aimais.

Sœur Marie reposa sa fourchette sur la table. Elle ne s'attendait pas à cette dernière phrase. Sa désapprobation devait s'inscrire dans ses traits, car Marianne, piquée, l'interrogea :

— Vous n'avez jamais rien ressenti de tel ?

— Je suis humaine...

Marianne avait raison, après tout. Qui était-elle pour la juger ? Elle souriait à présent. Son visage devenait de plus en plus ravissant, avec les blessures qui dégonflaient. L'infirmière n'avait rien pu faire pour son nez. Mais finalement, maintenant qu'elle s'y était habituée, elle avait du mal à l'imaginer sans cette bosse.

— Je n'avais aucun autre choix possible. Mais, à vrai dire, si j'en avais eu, je pense que je serais partie...Mais pour aller où ? Et comment ? Enceinte comme je l'étais...

— Chez vos parents ? se hasarda-t-elle.

La main de la prisonnière s'agita au-dessus de son assiette. La vapeur, souffletée sans pitié, se délaya dans l'air d'autant plus rapidement.

— Je suis sûre qu'ils vous auraient aidée.

— Et comment ? Rentre chez toi ? Oh, ce pauvre Louis, il doit voir sa fille ? Cela aurait été la même chose, les mêmes discours. Le même drame des mois plus tard. La seule différence aurait été que je me serais attachée à ma fille. Et croyez-moi, il m'aurait été encore plus difficile de survivre à sa perte...

Marianne disait vrai. Sœur Marie imaginait toujours qu'elle, dans de pareilles conditions, aurait trouvé une échappatoire. Comme une fillette qui écoute un conte effrayant, elle se disait que ces choses-là n'arrivaient qu'aux autres.

— C'est pour ces raisons que je préfère ne plus parler de tout cela... conclut-elle en sauçant son assiette.

La sous-prieure hocha faiblement la tête. Ses yeux lui brûlaient encore d'avoir trop pleuré. Pas une seule nuit, depuis qu'elle avait appris la mort de l'aumônier n'était passée sans qu'elle n'imbibe sa taie d'oreiller. Elle percevait d'ailleurs une clémence nouvelle de la part des prisonnières. Sûrement avaient-elles senti qu'un manque, qu'une disparition, qu'un drame la brutalisait. De ceux qui délavent la peau, font frisotter les cheveux et trouent le regard. La plupart l'évitaient, par pudeur. Mais pas Marianne. Et elle lui en était reconnaissante. Marianne ne la laissait pas dans ces vêtements inconfortables, dans ces silences qui duraient des années, dans ces repas qu'elle trouvait insipides, informes. Le pire était la nuit, quand elle ne pouvait justement pas être entourée. Le sommeil ne venait pas, mais elle le poursuivait tout de même, se tournant, encore et encore, mettant sa tête sous son oreiller, après l'avoir rembourré à de nombreuses reprises. Il lui décollait immanquablement la mâchoire, lui pressait les osselets. Elle essayait de capitonner son oreille, dans l'espoir que peut-être, le cliquètement de l'horloge n'y résonnerait plus. Mais non, elle l'entendait parcourir le cadran, lui rappelant qu'elle ratait encore son rendez-vous avec le sommeil. Et celui-ci, comme chaque soir, déposerait sur son visage sa pellicule cartonneuse, celle qui caramélise la peau pour marquer chaque expression. La migraine s'ensuivait, et parfois, la nausée.

XL

Deux ou trois semaines plus tard, elle se réveilla, et sa première pensée ne concerna pas l'aumônier. Évidemment, elle le remarqua sur-le-champ, ce qui réduisit ses efforts, mais elle se convainquit que c'était bon signe. Son cœur guérissait, sa peine s'atténuait. La vie continuait, c'était à la fois sa cruauté la plus laide, mais aussi sa plus précieuse obligeance. Si sa première pensée n'impliquait pas le vieil homme, c'était parce qu'elle engageait le père Paul. Un souvenir particulier s'était manifesté, qu'elle n'arrivait pas à classer. Le trouvait-elle agréable ou désagréable ? Elle l'ignorait. C'était un incident qui était survenu quelques semaines avant son départ. En se redressant sur son oreiller, elle soupira. Elle avait l'impression que cela s'était passé dans une autre vie.

Dans son ancienne chambre, donc, elle s'était couchée, tout habillée. En effet, qu'aurait-elle pu dire pour sa défense si on la surprenait dans les couloirs, la nuit, et en chemise ! Qu'allait-elle lui dire à lui ? Un mauvais rêve, j'ai eu si peur ! Elle répéta devant son reflet. Non, c'était ridicule. Elle ressemblait à une fillette. Une souris ! Une souris immense, replète comme un campagnol, velue comme un rat ! Elle s'assit sur le rebord du lit, planta son pouce sous son menton. Oh, et puis, quelle importance ?

Elle n'aurait peut-être rien à dire, il comprendrait bien. Elle se regarda une dernière fois. La lune était pleine. Dans la transparence livide de la vitre, elle avait rarement été aussi belle. Elle pinça ses joues de toutes ses forces, se mordit les lèvres ; presque jusqu'au sang. Voilà, là, elle était parfaite.

Personne ne se trouvait dans les cuisines. Elle s'approcha des miches qui gonflaient près du poêle et ne put s'empêcher d'en décoller un morceau. Fascinée, elle regardait le bras de pâte s'étirer vers elle, comme s'il exigeait qu'elle lui rende ce qu'elle venait de lui prendre. Puis, elle se mit en tête de fabriquer un minuscule bonhomme. Elle recueillit donc de la pâte sur chacune des miches. Pourquoi s'attardait-elle ? Elle n'en savait rien. En formant une boulette entre ses doigts, elle remarqua que son souffle s'était alourdi. Et si quelqu'un la surprenait ? Elle serait forcée de regagner sa chambre ! Elle se glissa près des épices, attrapa deux grains de poivre, les enfonça dans la tête. Quelle heure était-il ? Il se faisait tard, peut-être dormait-il déjà...

— Un peu de courage ! murmura-t-elle, les poings serrés.

Avant même qu'elle ne gravisse les marches, elle était essoufflée. En haut de la dernière, elle abandonna la petite idole molle, qui avait absorbé complètement le poivre. Elle déglutit et replia sa main pour frapper à la porte. Bien que ses doigts étaient froids, elle sentait toujours la chaleur de la pâte. Elle remarqua alors que de la farine s'était incrustée sur ses cuticules. Elle se frotta sur sa robe, s'ébroua pour faire disparaître la poussière blanche. La voix l'invita. Elle entra. Il était là, adossé au mur, un livre en main, comme s'il n'attendait qu'elle. Son genou était replié, il transpirait l'inconfort. Cette maladresse la toucha. En la voyant, il rangea son livre dans la bibliothèque. À peine se retourna-t-il, qu'elle était déjà dans ses bras.

Elle ne savait plus ce qu'elle faisait. Le premier baiser, chaste, s'était dénaturé et ses mains lui désobéissaient pour chercher la moindre parcelle de peau. Impatients, leurs corps s'aimantaient, dans une bousculade désorganisée. Très vite, sans qu'elle n'en comprenne l'enchaînement, elle se retrouva agenouillée à ses pieds. Sa coiffe pendouillait à demi, l'une des petites ailettes se dressait pendant que l'autre regardait le sol, piteuse. Il avait tiré sur son col et l'un des boutons resta entre ses doigts. Du coin de l'œil, elle le voyait briller. Il refusait de le lâcher, son pouce le caressant mécaniquement, parcourant les monts et les vallées nacrés en un frottement, alors qu'il se perdait dans les fibres.

Elle sentait les boucles drues lui chatouiller le nez, son autre main qui ne se décidait pas, qui se posait sur son épaule pour se retirer immédiatement. Ce fut à cet instant qu'il remarqua être observé. Il se retourna.

— Je ne sais pas ce qu'il m'a pris. Redressez-vous, Adélaïde. Redressez-vous, répéta-t-il dans un souffle.

Pourquoi agissait-il ainsi ?

Après être restée immobile, elle essaya de refermer son col, en vain. Une béance nouvelle, implacable, la trouait comme l'est la nuque d'un fusillé. Alors, toujours sans la regarder, le père Paul lui tendit le petit bouton, perdu dans la paume de sa main. Puis, il sortit, la laissant lisser sa guimpe, remettre les plis de sa robe en place, et s'asseoir pour retrouver son calme. C'était la première fois qu'elle était seule dans la pièce d'un homme. Elle se leva, attrapa le livre qu'il avait reposé sur sa bibliothèque. Elle le parcourut rapidement, en saisit un autre, dont le dos avait été arraché.

Elle l'enfonça entre les autres, se retourna. Que venait-il de se passer ? Elle n'en avait aucune idée. Voulait-elle que cela se passe ainsi ? Oui, probablement. Après tout, c'était elle qui était venue le retrouver. La majeure partie d'elle-même savait, la majeure partie d'elle voulait savoir… La majeure partie d'elle brûlait en repensant à ce qu'il s'était passé la dernière fois. Pourtant, une autre partie, plus discrète, quelque part en elle, avait honte. Même là, quand elle s'était jetée dans ses bras, elle n'avait pu soutenir complètement son regard. Il ne se décidait pas à revenir. Où était-il ? Dans les cuisines ? Dehors ? Que devait-elle faire ? Rester ? Étant donné sa réaction, cela lui déplairait forcément… Elle préférait regagner sa chambre. C'était le mieux. Elle détailla une dernière fois la pièce avant de fermer la porte, puis manqua de tomber dans les escaliers. Sa chaussure s'était collée à quelque chose. Après avoir repris son équilibre, elle l'inspecta et la racla à la marche. Le petit bonhomme n'était plus. La pâte s'était incrustée dans les irrégularités de sa semelle.

XLI

— Si tu avais vu Lucienne avant qu'on se fiance !
Georges, en disant ces mots, frappa d'un coup bref sur
la table de l'aquarium, faisant sursauter Pierre, qui à
l'évidence, digérait mal son déjeuner. C'était une de ces
heures marmoréennes de la journée, celles où leur seule
mission était de ne pas s'assoupir.

— Ses joues, de la crème, de la crème bien fraîche, et
d'ailleurs, comme ses... Eh, on n'a pas le droit d'y goûter
avant le mariage, mais on peut tout de même y toucher !

Un rot discret s'échappa des lèvres de Pierre, le libérant
de son inconfort. Il se redressa et bascula sur ses coudes.

— Mais après, ah après... Passé vingt-cinq, vingt-six
ans... Avec les mioches qui les craquellent de partout...
Elle a le pas lourd, ma Lucienne, aujourd'hui. Mais je vais
te dire une chose, mon Pierrot, quand le soir elle reprise les
chaussettes des petits, que je la regarde coincer son aiguille
entre ses lèvres, ou faire un de ces sourires invisibles, tu
sais, ceux qu'elles font on ne sait jamais pour qui, avec
cette grâce toute féminine qu'on dirait des chattes qui
roucoulent, j'ai à nouveau quinze ans, et je me dis que je
ne suis pas malheureux.

— C'est beau ce que vous dites, chef.

— Ah, avec elles, on se croirait poète parfois !
D'ailleurs dans mes jeunes années...

Il fut interrompu par le cri d'une prisonnière. Il beugla à son tour, mais comme la réponse était incompréhensible, il se leva, attrapa sa casquette et sortit de l'aquarium en claquant la porte. Quand il revint, Pierre fut surpris de le retrouver blême.

— Qu'est-ce qu'il se passe ?

— Il y a...

Il s'assit, retira sa casquette d'une main tremblante, et se passa la main dans les cheveux.

— Y en a une qui est en train d'accoucher.

— Et bien ?

— Moi, quand je viens de manger, je ne veux pas voir ces choses-là...dit-il en sortant sa pipe de sa poche.

— Il faut appeler une des nonnes alors !

Georges en craquant une allumette, acquiesça, comme pour remercier par avance le jeune homme de s'en charger. Quand il annonça à Pierre le nom de la prisonnière, celui-ci pâlit à son tour. Mais déjà dans le couloir, il s'était calmé. S'il s'y prenait bien, cela ne serait pas leur problème. Il ne fallait pas prévenir n'importe qui. Les vieilles souhaiteraient probablement être assistées. Mieux valait demander à la sous-prieure. Elle n'était pas là depuis assez longtemps pour y trouver à redire. Et puis, après tout, c'était à elle de gérer ce type d'imprévus.

Quand il vint dans sa chambre, sœur Marie était sur le point de prier. Dans la cour, les étourneaux piaillaient, comme ils le faisaient souvent dans le creux de l'après-midi. Elle avait disposé près de son lit un peu d'encens, dont le bout crépitait. Ces moments de repos, forcément rares à Saint-Lazare, apaisaient chaque crispation de son être. En voyant le garde, elle se redressa. Personne encore, ne l'avait dérangée dans l'intimité de sa chambre. Elle pressentait que quelque chose d'inhabituel était en train de se produire.

— Ma Sœur, nous avons besoin de votre aide. Un accouchement a commencé.

Elle se leva. Après avoir recouvert l'encens, elle se retourna. Qu'attendait-il d'elle ? Elle n'était ni médecin ni infirmière.

— Cela ne relève pas de leur... Le médecin n'est pas là, de toute façon, et l'infirmière va vous rejoindre dès qu'elle le pourra.

— Et vous, qu'en est-il de vous ? En quoi suis-je plus à même de l'aider ?

Il se mit à toussoter. Les volutes de fumée dansaient encore au-dessus de leurs têtes. Le soleil les épaississait, les transformant en nuages cendrés.

— Nous ne voul...Nous ne pouvons l'assister.

En s'approchant de sa coiffeuse, elle soupira. Pierre l'entendit marmonner quand elle versa de l'eau dans la cuvette. Dans son agacement, il la trouvait charmante. Il était fasciné de la voir se laver les mains. Le soin qu'elle y consacrait, la mousse blanche qui glissait entre ses doigts, la douceur avec laquelle elle se frottait la peau, tout l'émerveillait. Elle inspecta ses phalanges, non sans froncer les sourcils (ceux-ci lui donnant d'ailleurs le caractère qu'il manquait parfois dans le visage des femmes), puis ses ongles. Avec une petite canule, elle se les cura en silence. Il aurait pu l'observer ainsi pendant des heures. Mais le filet d'eau éclaboussa la faïence, le tirant de sa rêverie. Il étira sa colonne, se racla la gorge, les épaules en arrière.

— Une dernière chose...

Il hésita. Sœur Marie posa le bloc de savon et le dévisagea, un minuscule pli sous sa commissure. Il s'imagina alors signer du bout de sa langue cet endroit précis.

— La fille que vous allez aider… C'est celle qui…dit-il en se passant le pouce sur les lèvres.

— C'est celle qui quoi ? s'impatienta-t-elle en secouant ses mains.

Les gouttelettes constellèrent l'uniforme de l'homme, qui se contenta de fermer les yeux. Il se ramollit, la fraîcheur calmant son ardeur.

— C'est celle qui a tué votre prédécesseur.

XLII

Le garde s'enracina au sol en disant cette phrase, mais sa voix s'affaiblit sur la pointe. Avant qu'elle n'ait le temps de répondre, il tourna les talons.

— Sur ce, j'ai à faire, dit-il en enfonçant sa casquette.

Sœur Marie le regarda partir, sans un mot. Son esprit, de toute façon fonctionnait au ralenti. La fluidité de ses pensées était entravée par des images qu'elle tentait, en vain, d'annihiler. À cause de la clarté de la pièce, à chaque fois qu'elle fermait les yeux, l'intérieur de ses paupières rougissait. Elle sentait, à l'arrière du crâne, une douleur vive, comme si une aiguille s'était plantée au milieu de sa nuque. Qu'allait-elle bien pouvoir faire ? Et s'il s'agissait de son dernier jour ? L'ancienne sous-prieure, elle, l'avait-elle deviné ? S'était-elle dit, le matin, en posant son pied au sol, aujourd'hui, je vais mourir ?

Essoufflée, elle se passa de l'eau sur les joues. Et se savonna à nouveau, les mains, le museau, le cou, les avant-bras, même les aisselles. Puis, trempée et tremblante, elle sortit de sa chambre. Adossée au mur, elle inspira profondément. Le parfum sec et résineux de l'oliban lui avait donné mal au crâne. Elle voyait flou, sa langue râpait son palais, elle se sentait minuscule. *Une main géante, si elle me voyait, m'écraserait sans pitié,* pensa-t-elle. Mais il fallait y aller. Elle tituba dans le couloir, pieds nus, prête à abdiquer. Ce fut Berthe qui la surprit derrière la porte, crispée comme si ses mâchoires se chevauchaient. Elle lui demanda si elle venait pour les aider, mais la religieuse restait muette. Elle s'aperçut alors que ses vêtements ruisselaient.

— Voyons ma Sœur, que vous arrive-t-il ?

Elle ne disait toujours rien. Alors Berthe lui prit le bras, et la guida, faisant le chemin inverse vers sa chambre. Sœur Marie en était sûre, si elle était restée paralysée, elle l'aurait portée. Et avec la dextérité d'une mère, elle l'aida à se déshabiller. Elle tamponna sa peau avec un linge, puis glissa ses mains dans les manches, sa tête dans le col. Enfin, elle retrouva sa respiration normale. Berthe lissa les plis de sa coiffe avant de la lui remettre.

— Elle a besoin d'aide, et surtout de sentir qu'elle ne va pas mourir. Reprenez-vous, ma Sœur, car avec cette tête, vous lui indiquez le contraire.

— Ce n'est pas pour ça... C'est ce qu'on m'a dit d'elle...

— De Jeanne ?

— Elle est dangereuse...

Berthe éclata de rire. Un rire qui résonna dans toute la pièce et l'incita à se lever.

— S'il m'arrive quelque chose, vous serez responsable, répondit la sous-prieure.

— J'en prends note, et je ferais livrer à vos parents de beaux chrysanthèmes ! Les plus chers de Paris !

Doucement, sœur Marie la suivit jusqu'à la chambre commune. Elle voyait sa nuque, sur laquelle des plissures semblaient lui sourire. Dans la pièce, les femmes étaient toutes attroupées. Il était impossible de voir l'accouchée, Berthe talocha un ou deux flancs, une main encadrant sa bouche :

— Le spectacle est fini !

On assista à un soupir révolté, une hésitation paresseuse, mais la plupart obéirent. Et là, elle la vit. Berthe disait vrai. Jeanne était le contraire de ce qu'elle avait imaginé. Dans son esprit s'était dessiné un être sombre, au regard mort, aux bras velus comme ceux d'un bagnat, à la tenue sale, grasse, qui aurait fait suffoquer quiconque s'en approcherait. Au lieu de cela, accrochée au rebord de la vitre, se tenait une fille rose, petite comme une enfant, à la chevelure divisée par deux nattes clairsemées. Ses deux joues tâchées se crispaient en conservant toutefois une grâce innocente. Sœur Marie, dont le visage ressemblait encore quelques secondes plus tôt à celui d'une condamnée, semblait enfin avoir repris ses esprits. Elle se présenta et demanda aux quelques femmes restantes de les laisser. Celles-ci refusèrent.

— Vous pensez qu'on va l'abandonner ?

— On sait que vous espérez que les choses se passent mal ! Être enceinte, c'est mettre un pied dans la tombe, accoucher à Saint-Lago, c'est y mettre les deux !

— Une bouche de moins à nourrir ! Deux si vous massacrez bien le travail !

— Silence !

C'était Berthe, qui, après avoir aidé Jeanne à se relever, se tourna vers elles. De sa forte voix, elle les fit taire.

— Vous ne voyez pas que vous l'ennuyez ? Victorine, va porter de l'eau, plutôt, et toi, aide-moi à la faire marcher, ça fera descendre le bébé. Et enfin, Rose, au lieu de gueuler comme un singe, va me chercher Henriette, elle, elle pourra nous être utile.

Sœur Marie, dont les muscles se détendaient de seconde en seconde, avait l'esprit perdu lorsque Berthe la pointa du doigt. Il fallait se rendre à l'infirmerie. Elle se leva, et en soulevant sa robe pour ne pas trébucher, obéit.

XLIII

Sœur Marie revint seule, et disposa sur le lit le matériel qu'on lui avait donné. Des instruments que l'infirmière avait fait flamber devant elle, un pot avec ce qui semblait être de la gelée. La femme avait promis qu'elle les rejoindrait lorsque le travail commencerait. Elle lui avait expliqué comment faire dans le cas contraire, et elle avait compris qu'elles allaient très probablement devoir l'accoucher seules. Elle regardait les trois déambuler, Jeanne le visage plissé de douleur à présent. Elles allaient devoir l'accoucher. A-ccou-cher. C'était simple, diviser les choses, toujours les diviser quand on a peur. Avec le père Paul, elle les avait divisés, et cela s'était bien passé, non ? Déjà, installer le lit, c'était simple, chaque matin, elle le faisait, son lit ! Ensuite, coucher la pauvre fille, eh, c'était simple aussi ! Se coucher, respirer. Respirer. Bon, jusque-là, elle saurait faire. Ne restait plus qu'à sortir un être d'un demi-mètre d'un cercle de peut-être dix, douze centimètres de diamètre sans le tuer, ni lui ni sa mère. Simple.

Les choses allaient bien se passer. Tout allait bien se passer. Elle parcourut du bout du doigt le scalpel. Ce n'était qu'un couteau à beurre. Un peu plus sophistiqué, certes. Et tranchant. Elle porta son pouce à la bouche.

— Tout va bien, ma Sœur ? s'enquit Berthe.

Celle-ci sourit comme elle le put, et Berthe fit mine d'ignorer la grimace qu'elle venait de faire.

— Ne vous en faites pas, on va le faire tomber au monde, ce petiot !

La religieuse se repencha sur le matériel. Une pince qui semblait sortir de l'enfer. D'ailleurs, l'infirmière lui avait formellement interdit d'y toucher.

— Surtout pas ! avait-elle dit (ce qui fut la première fois qu'un glapissement de la sorte rassura sœur Marie). Voyons, c'est uniquement le médecin qui peut manipuler ce... Ce forcips ! Ce forceps !

Elle continua de l'examiner en silence. Quel drôle d'engin, tout de même ! Comment cette étrange pince pouvait-elle sauver des vies ? Car c'était ce qu'elle lui avait dit en voyant son visage effrayé. Il y avait encore quelque temps, si l'enfant refusait de sortir, on était forcé de l'extraire en plusieurs morceaux. Même les biens portants ! Et alors, c'était des instruments bien différents qu'il fallait utiliser. Un mugissement la tira de ses pensées. Jeanne. Sœur Marie s'éloigna religieusement de l'ustensile.

— Là, Jeanne, là, tiens-toi là !

Les deux femmes l'avaient guidée jusqu'au rebord de la fenêtre. Elle voyait son souffle tapisser la vitre. Il était si rapide qu'en quelques secondes, le verre était embué. La sous-prieure ferma les yeux et récita une courte prière. Qui choisir dans ces cas-là ? Dans la panique, elle épelait tous les noms de saints qui lui venaient à l'esprit. Quand elle eut terminé, elle fut surprise de voir Henriette à ses côtés.

— Je ne voulais pas vous interrompre, ma Sœur, lui dit celle-ci en se graissant les mains.

C'était donc à cela que servait cette texture gélatineuse ?

— Jeanne, viens là, viens t'allonger un peu, lui dit Henriette en tapotant le lit.

La détenue se retourna, ses grands yeux dociles s'immobilisant. Puis, lentement, elle vint s'allonger, se tenant le ventre comme si elle craignait qu'il tombe.

— On va décoller tout ça, cela devrait t'aider, fit-elle en poussant son genou.

La jeune fille était crispée, car la prisonnière dut s'y reprendre à plusieurs fois.

— Ma Sœur ! Enduisez-vous les mains, et massez-la.

Elle s'exécuta, appliquant la texture sur ses mains malgré son dégoût, pour les poser sur le ventre de l'accouchée. Elle fut étonnée par la fermeté de celui-ci. Elle l'avait imaginé doux et accueillant comme de la mie, mais il lui faisait penser aux flancs des quelques chevaux qu'elle avait pu toucher. Très vite, une bosse se forma, et déforma le tout, aplatissant le sommet, creusant le nombril. Elle aurait souhaité ne pas être là. Sans qu'elle ne puisse se l'expliquer, sentir ce ventre vivre l'effrayait. Peut-être voyait-elle là ses croyances remises en cause, peut-être avait-elle peur de palper l'au-delà, quoiqu'il en soit, elle se contentait de caresses distraites, quand Henriette demanda à Berthe de la remplacer.

— Ne le prenez pas mal, ma Sœur, mais il faut le faire venir, et vite !

Sœur Marie en profita pour aller près de la fenêtre, laissant à Berthe ses frictions nerveuses et autres bourrades. Le soir arrivait. Plus tardivement que la veille. Elle voyait les branches desséchées des platanes, leurs ongles dénudés. *Quel drôle de cycle*, se dit-elle, en observant les femmes. La pauvre fille pleurait maintenant, accrochée au col de Berthe.

— Tu me fais mal, sanglotait-t-elle.

— Je suis désolée, vraiment, fit celle-ci en évitant son regard.

— Elle doit aider ton enfant, expliqua Henriette. Il ne faut pas que cela dure de trop !

La religieuse s'approcha du lit, et attrapa la main de Jeanne.

— Là, regardez-moi, murmura-t-elle.

La gamine plongea son regard dans le sien, les sourcils froissant son visage.

XLIV

— On va prier, d'accord ?

Jeanne hocha la tête, et attrapa le scapulaire qu'elle lui tendait. Alors pendant que les autres s'affairaient sur la sortie de l'enfant, les deux priaient, d'une seule voix, de plus en plus puissante. Les mots ne sortaient plus de leur gorge, mais provenaient du plus profond d'elles, quelque part vers le coccyx. Ils traversaient leur abdomen, longeaient leur colonne, réchauffaient leur visage. Les yeux de Jeanne n'auraient pu s'ouvrir plus, ceux de sœur Marie non plus. Elle lui tenait la main, se prenait de temps en temps un coup de coude ou de genou de la part de Berthe, mais continuait sans se plaindre, ne se retournait même pas. Elles étaient seules pendant que le monde éclosait. Le soleil déclinait. Elles étaient seules, et elle n'aurait rien donné pour être à sa place.

Malgré la bonne volonté des filles, le petit ne venait pas. Sa gorge était terriblement sèche, elle sentait que Jeanne commençait à fatiguer. Et en effet, celle-ci avait basculé en arrière, se retenant maintenant sur ses avant-bras.

— Je n'en peux plus ! Qu'il sorte, cet enfant de…

— Marie, pleine de grâce, le Seigneur est avec … !

Elle ne put achever sa phrase, car elle avait reçu un nouveau coup de coude, qui, cette fois-ci, ne semblait pas fortuit. Berthe avait visé juste au-dessous de son diaphragme. Une main la tira vers l'autre bout du lit. C'était Henriette.

— On ne sera pas trop de trois, lui glissa-t-elle.

La religieuse jeta un coup d'œil rapide sur la scène. Un frisson lui parcourut l'aine. On aurait dit qu'un organe, un foie, un estomac géant sortait de la prisonnière. Elle n'avait jamais vu cela. Elle n'avait jamais vu d'accouchement, mais elle était sûre que cela ne ressemblait pas à cela. Henriette tentait de faciliter la sortie, en vain. Ce qui était devant elle s'apparentait à la fin d'un vêlage, quand la mère expulse le placenta. Elle allait vomir. Elle allait vomir si on la forçait à regarder. Elle dévisageait Henriette, entre deux haut-le-cœur, lorsqu'elle sentit des doigts s'agripper à sa taille. Berthe la souleva du sol, et en quelques secondes, elles se trouvèrent près de la fenêtre.

— Ma petite Marie, il va falloir vous reprendre, et vite !

Son souffle s'enhardit. Elle essayait d'en ralentir le rythme, mais n'arrivait qu'à l'exciter davantage. La salle commune se floutait, elle parvenait néanmoins encore à suivre la scène. Jeanne enfonçait son menton dans sa poitrine. Elle poussait, et elle poussait de toutes ses forces.

— Où est le médecin ? protesta-t-elle. Pourquoi l'infirmière ne vient-elle pas ?

— Tout va bien se passer, calmez-vous. Vous allez nous la rendre plus souffrante qu'elle ne l'est déjà ! Ce n'est pas vous qui êtes en train d'accoucher !

— Encore heureux !

Elle avait répondu sans réfléchir. Sa main, pour accompagner sa parole, s'était posée sur son bas ventre. Ses doigts s'enfonçaient dans la peau, plus dure que d'habitude. Elle avait encore oublié de vider sa vessie... Berthe lui attrapa les poignets.

— On respire, comme elle, calmement. Calmement. Vous n'êtes pas calme, ma Sœur ! Allez, on y retourne ! Et avec un joli sourire !

244

Elle s'exécuta, malgré le poids de ses dents sur ses lèvres.

— Joli, j'ai dit. Bon, ce n'est pas grave, allons-y !

La veine du front de Jeanne saillait. Alors qu'elle n'était pas encore près d'elle, elle sentait son inquiétude. Elle la voyait, elle la palpait. Ses sens étaient troublés comme lorsqu'elle était près de Victoire. Berthe caressa la nuque de Jeanne, et lui fit signe d'aider Henriette. Celle-ci était en train d'écarter l'entrée pour que la chose, quelle qu'elle soit, sorte.

— Tu y arrives très bien. C'est bientôt terminé.

Sans répondre, la jeune fille acquiesça, puis son visage se tordit à nouveau. Henriette leva la tête de ses jambes, et lui demanda encore de pousser. Elle l'encouragea de sa voix forte, puis tira sur la manche de sœur Marie.

— Le petiot arrive, et ma petite Jeanne, il arrive coiffé ! Regardez, ma Sœur, la poche !

Le bébé était sorti. La dernière poussée l'avait propulsé. Elle n'avait jamais rien vu de tel. Entre les jambes de la mère, la poche amniotique recouvrait l'enfant. Comme un œuf de reptile, la coquille fine et transparente s'étirait sous les gestes entravés du nouveau-né.

— Je sais que vous n'aimez pas les superstitions, mais vous savez ce qu'on dit sur les bébés qui arrivent coiffés ?

Elle restait silencieuse à regarder le spectacle extraordinaire de cette matrice externe. En une après-midi, elle avait vu un enfant naître de la plus étrange des manières. Pendant une seconde, elle demanda au Seigneur de la ménager un peu.

— Un enfant qui naît comme ça, il sera prospère toute sa vie.

Henriette s'était approchée pour le libérer. Après avoir attrapé un lange, elle le retourna et perça la poche. Le liquide jaillissait entre ses doigts. La religieuse en reçut quelques gouttes au visage et fut étonnée par la vigueur de celui-ci. Une source organique, un volcan mou qui éructait pour se vider. Un parfum étrange se propagea, basique, légèrement salé, qui lui évoquait l'eau de mer. Elle voyait les joues d'Henriette se creuser. Ses gestes rapides lui firent comprendre. Il fallait se dépêcher. Elle attrapa d'abord les mains, minuscules comme celles d'un rongeur, et tira le petit corps vers elle. La tête restait bloquée. Il préférait encore cette chaleur qui lui rappelait sa mère. Henriette lui tendit deux langes.

— Dégagez-le, ma Sœur, cela lui portera chance.

Alors, elle épongea au fur et à mesure et, sous son regard encourageant, extirpa la tête de l'enveloppe transparente. Sa respiration se bloqua lorsqu'elle vit le visage de l'enfant.

Jeanne

Vers quelle autre issue cela aurait-il pu nous mener, de toute façon ? Les monstres naissent de monstres, qui naissent de monstres, qui naissent de monstres. Lesquels ont commencé ? Est-ce celui qui souille l'innocent sans craindre de vicier sa lignée ? Est-ce celui qui continue sur la même voie – il le sait pourtant qu'il ne faut pas, qu'il ne doit pas... Il n'aimait pas, lui, quand son propre père... Enfin, c'est ce qu'il me confiait, parfois. C'est ce qu'ils disent pour s'endormir.

— Nous, Jeanne, c'est différent, qu'il marmonnait en pelant sa pomme...

Je regrette ce que j'ai fait et si j'avais pu, j'aurais souhaité l'inverse. Oui, j'aurais souhaité qu'il me transperce pour de vrai. Que dans sa rage, il me tue et qu'il paie. Que ce ne soit plus invisible. Que ce ne soit plus inaudible. Quand j'aurai fini de vous raconter, ça ne le sera plus... Le pire, vous savez, le pire, c'est que je continue de l'aimer. Vous auriez dû le voir, avant qu'elle ne meure.

La vie était simple pour tous les trois, si simple. Le matin, il m'arrivait de l'accompagner à la traite. Je le regardais faire, je l'aidais à porter le seau, et souvent j'en renversais un peu sur mes sabots. Je craignais qu'il me gronde, mais il s'attendrissait devant ma maladresse. Il essuyait le lait, pour ne pas que j'aie froid, pour ne pas que je tombe malade. C'était prévenant, vous voyez. Vous voyez qu'avant, c'était un bon père. Ce père-là, jamais il ne m'aurait fait souffrir... C'est la vie, c'est la vie qui malmène. Qui rend mauvais. Non, je vous dis, jamais de colère, jamais de ces tendresses qui incommodent. Il était même plus doux que ma mère. Ma pauvre mère...Quand nous rentrions de la crèmerie pour le déjeuner, un pot de crème dans le panier, je l'enlaçais pour la remercier. Et je courais après sa petite chienne et lui, il disait « regarde notre petit monstre », et elle riait des yeux. Parfois, je me demande si les choses seraient différentes si elle n'était pas morte. Si je ne lui avais pas tant ressemblé.

Dans ses bras, je me sentais en sécurité. Ça vous arrivait, à vous, dans les bras de vos parents, de croquer l'éternité ? Mais la maladie est arrivée et en quelques mois, elle l'a curée. Ils essayaient de faire comme si, mais je les voyais bien, ses pommettes ressortir même quand elle ne souriait pas. Et ses orbites s'approfondir comme si l'on avait pioché dedans. Vous sentez ces choses-là, vous les sentez... Moi j'ai toujours eu un odorat très fin, vous savez. Cette odeur je la connaissais. Ma vieille tante, elle avait commencé à sentir comme ça, en moins d'un an, c'était fini. Je savais que ma mère allait mourir, je ne savais pas quand, mais je le savais.

À la fin, j'avais même peur d'elle, mais je me blottissais quand même dans ses bras, toujours de dos, et je sentais ses râles dans mon cou, et tant que je les entendais, j'étais rassurée. J'attrapais ses mains, si légères, comme les ailes d'un poulet que l'on tire pour lui couper les plumes, et je m'enlaçais avec, en me disant que c'était celles d'un ange. Oui, c'était mon ange, j'avais de la chance, n'est-ce pas, c'est rare d'avoir son propre ange. Le mien ne se retenait plus de rien, papa ne la lavait plus, les draps brunissaient, mais c'était mon ange. On dit que la mort, c'est sale, mais c'est faux. C'est l'avant qui l'est, et plus ça dure, plus ça le devient. La mort, c'est propre, c'est net, ça lessive tout. Et un matin, ses bras ne voulaient plus me libérer. En soulevant la paupière, j'espérais. Avait-elle repris des forces ? C'est beau, l'espoir, vous pensez ? L'espoir c'est refuser de mourir. L'espoir, c'est devenir un cadavre ambulant. L'espoir, c'est... C'est sale. Tout est sale. Ses bras étaient froids. Ses bras étaient raides. Et j'ai crié :

— Je suis coincée, papa, je suis coincée !

Il a dû casser la cage qui m'enfermait, et jamais je n'oublierais le bruit que ça a fait. Non, jamais.

Voilà, c'était fini. Je l'avais bien senti, j'avais raison, n'est-ce pas ? Le deuil. Ça rime avec greuil. Il n'était pas foutu de faire autre chose. Le greuil, ça mélasse, ça s'émiette, impossible d'en tartiner la moindre tranche. Tu as cassé ton quignon que la cuillère ne se vide pas. Le pot ? Il ne l'enveloppait même pas, alors ça bleuissait. Ça duvetait, une couverture minérale. Terreuse ? Oui, un peu. Lui il l'arrosait d'armagnac, alors je parle pour moi... Le greuil, ça grumelle sous la langue. Ça se disloque, ça se fragmente. Je ne sais pas si ça nourrit, enfin sûrement que si, il était encore père, à sa manière, il ne m'aurait pas laissée crever de faim.

Le soir, je le voyais respirer difficilement, tant que sa poitrine, par moments, sursautait. Voir sa mère pleurer, c'est une chose, mais son père, ça, ma Sœur, quand ça arrive, on sait qu'on est dans une de ces périodes, si graves, si rares qu'elles en deviennent majestueuses. Il fallait que je l'aide. Que d'une manière ou d'une autre, j'adoucisse son quotidien. Sinon, j'en étais persuadée, il allait la rejoindre. Alors comme elle n'était plus là, j'ai commencé à faire ce qu'elle ne faisait plus. Non seulement je devais encore l'aider à l'étable, mais en plus, je rentrais plus tôt pour préparer les repas, nettoyer la maison, faire en sorte qu'elle ressemble encore un peu à ce que nous avions perdu... Cela m'arrangeait. Le soir, quand je me couchais, épuisée, je m'endormais si vite que je ne pensais pas à elle, à son visage qui s'effaçait un peu plus chaque jour, à son sourire lorsqu'elle retirait un brin de paille de mes cheveux. Je grandissais et chaque matin m'éloignait de l'enfant qu'elle avait quittée. Mes bras s'allongeaient, ma gorge se gonflait, mes chairs s'amollissaient, je devenais une femme. Quand il m'arrivait parfois de surprendre mon reflet dans une vitre, je sursautais. Tout à coup, elle me semblait être là. Mais il ne fallait pas bien longtemps avant que l'image ne diffère et se détache de l'original. Je devenais belle, je crois. En tout cas, je devenais autre. Alors, il a commencé à se comporter différemment. Je ne sais pas quand cela a débuté, à onze ou douze ans, peut-être.

Le vrai changement est survenu un mardi. Je ne vous raconte pas la terreur qui m'a prise quand j'ai vu le sang ! Papa ne m'avait parlé de rien de tout cela, et mes tantes, d'une part habitaient loin, et n'auraient jamais mentionné de telles curiosités ! Quand je l'ai dit à mon père, terrorisée, donc (je pensais qu'il m'arrivait les mêmes souffrances qu'à ma mère, quoique différentes, il faut bien le dire, mais si l'on craint une malédiction, on en voit le contour dans l'oreille de son chien), il est devenu tout rouge. J'ai d'abord cru qu'il était en colère, j'avais joliment salopé et mon bas, et mon jupon, et, si l'on regardait bien, même la doublure de sa gabardine était brunie. Il paraissait surpris. Mais juste après, il a ri, un petit rire gêné, et il m'a dit :

— Tu es une vraie femme, maintenant !

Il applaudissait et sautillait comme un satyre, et je le trouvais bien surprenant, son comportement, mais comme je ne l'avais pas vu heureux comme ça depuis des années, j'applaudissais et sautillais avec lui. Il bramait des chants que j'aurais honte de vous répéter, ma Sœur, mais je chantais aussi, je ne comprenais pas, après tout. La petite chienne nous tournait autour en aboyant. Le lendemain et les jours suivants, il avait l'œil qui brillait, les mains plus précises quand il s'occupait des bêtes. C'était enfin fini, je me disais. Le malheur reculait, le malheur rappelait ses troupes ! Et pourtant, le malheur et le bonheur sont deux parieurs maniaques, qui ne ménagent aucun effet, pour remporter nos vies ! Si l'un mise sur vous, vous pouvez être sûr de ne pas voir l'autre pendant longtemps !

Donc, le temps est passé. Oh, il n'en a pas fallu beaucoup pour que les choses s'altèrent, vous le devinez bien ! Mais le jour, je dois dire qu'il était encore correct avec moi. On travaillait, et le troupeau était la seule chose qui n'avait pas changé depuis la mort de maman. Au printemps naissaient les petits, je les nourrissais au biberon, jusqu'à ce qu'ils soient assez grands pour les faire cuire ; et maintenant que je voyais tout l'enchaînement, je dois dire qu'elle en avait, du cran, ma mère ! Parce qu'il avait beau taper du poing quand ses amis venaient, c'était elle qui les égorgeait. Et comme je vous l'ai dit, sa vie devenait la mienne. La première fois, ma main tremblait. Je l'entends encore rire dans mon dos.

— Eh bé, petit monstre ! On a peur ?

Alors, comme pour le défier, comme pour lui dire « et toi vieil homme ? », j'ai enfoncé la lame. J'ai senti la vie partir entre mes doigts. C'était la vie que j'avais nourrie, la vie que j'avais aimée, la vie qui bêlait encore et qui m'éclaboussait. Puis, l'œil s'est retourné, c'était déjà fini. Un présage, tout est présage.

Je vous parle là de l'extraordinaire. Pourtant, le reste du jour se déroulait sans me faire trébucher. Je portais les seaux, je lavais le sol, j'épluchais les légumes, je surveillais le troupeau, je soufflais sur les flammes, je remplissais les mangeoires, j'aérais, je répartissais le foin, j'installais la tourte dans l'âtre, je nourrissais les petits, voilà midi qui sonnait, voulez-vous la suite ? Je lavais les assiettes, je rangeais la table, j'allais puiser de l'eau pour les bêtes, je rentrais du bois, je soufflais sur les flammes, je... ? Bien, bien, je continue, je continue.

Donc, ça, c'était le jour. Car la nuit, c'était une autre histoire. Déjà au repas. Comme je vous l'ai dit, je devais rentrer plus tôt pour le préparer. Mais ce n'était jamais assez bien, jamais comme elle, elle faisait ! Il trempait des bouts de mie dans l'armagnac qu'il voulait à tout prix que je goûte. Ça me brûlait la langue, ça me brûlait la bouche, ça me brûlait même les dents ! Et le vin... La nappe n'oubliera jamais, le nombre de fois que j'ai dû la laver ! Il riait en mangeant, en me regardant, il me disait, « on est bien, maintenant ? On est bien... ». Moi je fixais les bouts de pain, coincés entre ses dents et ses gencives. Il mâchait la bouche ouverte, je voyais sa langue essorer le tout. Mais après tout, je me plains, je me plains, mais rien de grave encore. Car le pire, c'était quand je me couchais.

Il attendait toujours quelques minutes, je ne vais pas dire le contraire. Mais jamais plus d'un quart d'heure. Ah, ça, non ! Et là, ça commençait. Flac, flac, flac. Il se malaxait à rendre sourd le Seigneur ! Il était là, près de l'âtre. Je sais bien qu'on n'avait pas de chambre, mais enfin ! Je remontais la couverture sur ma tête. C'était horrible, c'était horrible. Chaque soir. Il ne se cachait même pas, vous vous imaginez ? Si je devais choisir, je dirais que cette période, c'était l'une des pires. L'incertitude, c'est terrible. Parce qu'on ne comprend pas, on n'est pas sûr, on se dit qu'on se trompe peut-être, après tout, j'étais censée dormir ! Et si par malheur, je croisais son regard, c'était de ma faute, je n'avais pas à le surveiller. Lui s'en fichait de toute façon, et même, il accélérait le rythme. Ça luit, ça luit, c'est sale. Tout est sale.

Et donc... Et donc, une après-midi, en fin de journée, alors que j'épluchais les châtaignes que nous avions cueillies, il se jeta sur moi. Je pense qu'il n'aurait pas pu attendre plus, puisque je n'ai pas eu le temps de lâcher ma bogue. Elle aussi, elle m'a transpercée de toute part.

J'avais mal, c'était comme être dévorée, c'était des crocs qui me raillaient la peau, la brûlure de cette salive qui me poissait les cheveux, le tison dont il se servait parce qu'au début, on ne se laisse pas faire. Il m'a tournée, écartée, retournée, resserrée.

— Tout doux, Jeanne, tout doux.

Moi, je ne me débattais même plus. À quoi bon. Je regardais la charpente, parce que voyez-vous, elle était bien jolie, la charpente de ma maison, elle était massive, mais il y avait quelques délicatesses. Ma mère avait accroché des guirlandes de houx, et bien qu'elles se recouvraient de toiles, elles avaient gardé la grâce des années passées, alors je comptais les grelots rouges. Dix-sept en tout, j'ai recompté au moins quatre fois, parce que la seconde, j'étais tombée sur quinze, alors je voulais être sûre...

Je suis restée allongée, lui dormait à côté, je ne sais combien de temps. Le jour n'en finissait pas, avec sa lumière sale, sa lumière qui traverse tout. Et puis l'odeur... Je le regardais renifler dans son sommeil. Et j'avais l'impression d'avoir vieilli d'un coup. Comment pouvait-il dormir après ce qu'il venait de se passer ? Comment pouvait-il dormir après ce qu'il m'avait fait ! Le tison était à côté de nous. Si je tendais seulement la main, je pouvais l'attraper, et alors... Mais je renonçais.

Je décidais que ce serait moi, plutôt, qui devais mourir. Si je n'avais pas été là, peut-être ne se serait-il jamais écarté du droit chemin ? Tous les jours, quand nous allions à la traite, je ramassais des cailloux. Oh, je ne pouvais pas en ramasser beaucoup, il aurait trouvé cela étrange, juste un ou deux. Je me disais que si je remplissais mes poches et que je me jetais dans la rivière à côté de chez nous, il comprendrait peut-être. J'étais décidée, ma récolte était presque terminée. Je calculais dans ma tête, si je le faisais la dernière semaine de novembre, on aurait ramassé les quelques poireaux du jardin, il aurait encore de quoi manger. De quoi s'organiser pour ne manquer de rien. Je disparaîtrais sans regret, j'aurais fait mes devoirs, ma mère m'accueillerait et tout irait bien.

Et donc, j'étais sûre de moi, vraiment, je me disais que c'était la solution la plus simple pour tous. Mais un soir, il invita un ami pour le repas. Ils se sont servis, les bouteilles s'entrechoquaient plus que quand il était seul, ce qui est un exploit. Je leur ai dit bonne nuit, je me suis couchée près d'eux. Ça n'a pas mis beaucoup de temps à bourdonner dans mes oreilles. Je le voyais, agrippé à son verre :

— Elle fait moins bien que sa mère.

L'autre ouvrait les yeux, ses cheveux devaient se dresser sur sa nuque. Je me disais qu'enfin, tout allait cesser. Il continuait.

— Avec sa mère, tu déchargeais vite et bien, elle savait y faire, alors que la petite, c'est comme le faire avec une morte ! Je te la prêterais à l'occasion, t'y verras. Rigidité cadavérique, comme disait le croque-mort quand il m'a pris ma femme.

Les deux ont éclaté de rire, j'étais rouge. De honte, de rage. Comment osaient-ils ? Ces choses-là sont si graves qu'on ne plaisante pas avec, ma Sœur ! Ma Sœur, plaisanteriez-vous, à sa place ? L'autre a accepté, bien sûr, je me suis recroquevillée. J'ai eu de la chance qu'ils soient trop saouls, car l'un et l'autre ont changé de sujet en remplissant leurs verres, et se sont endormis les lèvres ouvertes. Tout ce que je peux vous dire, c'est que son ami n'a pas eu le temps de profiter de son hospitalité.

Quelques semaines ont passé, je devais fêter mes quinze ans. Pour le coup, j'étais une femme, maintenant ! Une femme qui s'arrondissait, même ! Je n'étais peut-être pas allée à l'école, mais je comprenais, sans comprendre. Le pas de nos brebis s'alourdissait bien avant l'agnelage. Alors moi qui souhaitais mourir, je me suis dit tout à coup, que je préférais souffrir que ne point être du tout. Mais que j'avais honte ! Je me sentais encore plus sale, encore plus monstrueuse. Que pense Dieu de tout cela, ma Sœur ? Un enfant qui naît ainsi n'est-il pas déjà maudit ? Lui n'y voyait rien, mais quand on ne veut rien voir, on se crève les yeux, hein ? On se crève les yeux… Ça ne le dérangeait pas, et même, je crois qu'il aimait bien, parce que je m'épaississais, et qu'il grognait quand un genou craquait, alors voilà, même menu.

Même menu. Tous les soirs, il venait, il continuait, ma sœur, tous les soirs, sans exception. J'étais à chaque fois plus éteinte, cela ne devait pas lui plaire, parce qu'il devenait violent à présent ! Il m'étranglait parfois tant que l'obscurité fondait sur moi. Je me laissais faire, vous comprenez, un peu de répit. Mais ce n'était pas suffisant, il s'habituait, il s'habituait à tout. Un soir, il a pris le couteau de cuisine, et il me l'a collé à la gorge. La lame pile sous le menton. Je ne bougeais plus, je ne respirais plus. Il continuait. Il me bavait dans le cou, il me bavait dans la bouche, tu vas t'animer qu'il disait.

Alors je me suis animée. Il était content, hein qu'il était content, le gentil papa, hein, on lui gratouille le menton, il aime bien ça, hein, qu'il aime bien ça. Et quand on glisse sa langue dans sa gueule, il aime, hein, il aime, ça fait des bulles, c'est froid, hein, que c'est froid, non, lui il trouve que c'est chaud, il ne veut pas voir, le gentil papa. Alors comme il ne veut pas voir, on continue, c'est comme maman là, on lui demande, au gentil papa, il aime bien quand on fait comme maman. Et ça, il aime ça, le gentil papa, quand on pose le couteau, hein, pour lui grimper dessus. Il aime bien ça, quand on lui grimpe dessus, hein, quand on lui grimpe dessus, il se laisse faire, le gentil papa, il se laisse faire. Il se laisse faire, il met ses mains sur nos hanches, on bascule ses bras derrière sa tête, ça il aime beaucoup, hein. C'est qui le gentil papa ? C'est qui ? Hein ? C'est qui ? C'EST QUI ?

Sa gorge a accueilli la lame sans résister, comme moi la sienne pendant tant d'années. Chacun sa pénitence, n'est-ce pas ma Sœur ? J'ai les mains pleines de sang, je vais à l'étable, ça ne dure pas longtemps, la liberté. Non, pas longtemps. Un parricide. Perpétuité. Un crime abject, a dit le juge. Je me rends compte que ce que je vous ai dit tout à l'heure, sur l'amour, le pardon, c'est faux, ma Sœur. Je suis désolée. Ce n'est pas un mensonge pour autant, c'est une imprécision. Parce que si pendant une seconde je pense à mon père avant tout cela, c'est comme si je pensais à un autre homme. Mais mon père c'est les deux, les deux en même temps, alors je ne peux pas. Je ne peux pas pardonner.

Voilà pour lui. Et la suite. Vous la connaissez. Vous avez dû vous demander ce que vous faisiez là, en arrivant, ma Sœur. Comme on vous l'a sûrement dit, c'est de ma faute. C'était un jeudi, et sœur Anne, à l'atelier, m'avait ordonné d'aller chercher sœur Bénédicte, la sous-prieure. Quand j'y suis allée, personne n'était là. J'ai juste flâné un peu dans votre pièce, ce n'est pas si grave, non ? Au milieu de la table, elle reflétait la lumière. Une boîte en métal. Je me suis approchée. Elle était pleine de calissons. Je ne sais pas ce qu'il m'a pris, il y en avait tellement, que je me suis dit qu'un de plus, un de moins, elles ne remarqueraient pas. Je n'ai pas vu qu'elle était dans la pièce, elle lisait dans un coin, immobile. Sœur Bénédicte. Les filles, dites-lui comment elle était. Dites-lui les flagellations. C'était la seule, la seule à faire ça, avec son martinet tout écaillé. Henriette, je sais que tu ne pouvais pas dormir sur le dos pendant plusieurs semaines ; et toi, Berthe, tu te rappelles quand tu as dû jeûner pendant quatre jours ? Quatre jours, ma sœur. Je ne cherche pas à me justifier, non. Enfin, peut-être.

Elle s'est levée, avec une rapidité, une souplesse que je n'ai jamais envisagée chez elle. Elle m'a demandé de vider mes poches. La petite navette luisait dans ma paume, à la voir, j'en salive encore, elle était si jolie, avec son glaçage. Immaculée, si délicatement parfumée que c'était comme si une fleur d'oranger germait dans le creux de ma main. La gifle m'a assourdi, mais ce n'était rien, je ne ressentais rien, je la regardais piétiner le calisson. Ses yeux brillaient, et les miens brûlaient. Alors comme ça, je me mettais à voler ? Déjà que j'étais une meurtrière et une intrigante. Elle croisait les bras, la situation lui plaisait, je crois.

Les mots sortaient, rien ne l'arrêtait. C'était de ma faute, qu'elle disait, je l'avais tenté, elle voyait bien comment je faisais avec les gardes, comment je me tortillais, c'était ce qu'elle répétait. Je me tortillais, et moi, je ne savais pas ce que ça voulait dire, mais je comprenais bien que ce n'était pas un compliment. Elle parlait de Loth, elle n'arrêtait pas de parler de Loth, je ne savais pas ce qu'elle me voulait avec son Loth, elle me disait que je l'avais enivré, je ne pouvais que l'avoir enivré… Parce que le juge, c'était ce qu'il avait dit, lors du procès, avec le témoignage de l'ami de mon père. Que j'étais coupable, que j'avais essayé de le séduire à lui aussi. Il me pointait du doigt, et elle aussi à présent. La fureur est revenue.

Je suis désolée. Je sais que ça, je n'aurais pas dû. J'avais gardé les ciseaux de l'atelier dans ma poche. Ça a duré plus longtemps que pour mon père. Elle me regardait, elle était surprise, je crois qu'elle regrettait. Pas pour moi, juste pour elle. Elle devait se dire qu'elle venait de faire une erreur. Moi, la colère passée, je me suis excusée, je lui prenais la main, je lui demandais pardon. Elle, elle ne parlait pas, jusqu'à la fin, jusqu'à ce qu'elle dise son dernier mot, un mot très simple, le mot d'une vie :

— Monstre !

Et je sais que j'en suis un. Je sais que Dieu m'a abandonnée. Aujourd'hui, quand j'ai vu la petite, c'est ce que j'ai compris. Elle aussi est marquée, car elle est le fruit de mes péchés, des siens. Lorsque je grossissais, c'est ce que je me disais. Ce n'est pas ma fille, c'est un monstre. Je ne suis pas sa mère, je suis un monstre. Et les monstres, ils n'ont droit à rien. Rien !

XLV

Sœur Marie, en cherchant ses mots, regardait Henriette se laver les mains ; Jeanne, après avoir raconté son histoire, tentait de se redresser. Du crâne jusqu'à la base du nez, la petite était comme n'importe quel nourrisson. Elle avait la peau violacée, par endroits fine et transparente comme la membrane d'un têtard, encore mousseuse du corps de sa mère. Mais sa lèvre supérieure se lézardait jusqu'au septum, offrant sans pudeur ses gencives à celui qui ne détournait pas le regard.

— Ce n'est pas un monstre... commença sœur Marie. Elle a juste une petite... Elle présente une...

— Jeanne, la coupa Berthe, ta petiote, elle a un bec-de-lièvre, je crois bien.

Sans plus attendre, Henriette prit l'enfant des bras de sœur Marie pour le tendre à sa mère. Le visage de celle-ci pâlit, et elle se leva, manquant de défaillir. Elle scrutait les trois femmes, chacune à leur tour, sans se décider sur laquelle se fixer.

— N'approchez pas ! Ne l'approchez pas !

— Jeanne...

— Ne l'approchez pas de moi, balbutia-t-elle en s'éloignant du lit.

En moins d'une seconde, elle était déjà sortie. Henriette, qui tenait encore l'enfant sous les aisselles, la dévisageait. Celle-ci avait ouvert les yeux et l'observait en retour, avec l'air sérieux qu'ont parfois les nouveau-nés.

— Ça lui passera. Faut la comprendre, ça fait beaucoup en une journée ! Donnez-la-moi, je vais m'en occuper.

Sans attendre de réponse, Berthe saisit l'enfant et le colla contre sa poitrine.

— Voilà, bien au chaud, jusqu'à ce que Jeanne soit prête.

Alors qu'il était en train d'écrire sur son carnet en cuir, sœur Marie sollicita l'avis du médecin. Devant les flacons qui la toisaient du haut de leur étagère, elle lui raconta tout : la jeunesse de Jeanne, comment s'était déroulé l'accouchement, la découverte de l'enfant. Il l'écouta sans l'interrompre, le pouce creusant dans sa barbiche comme s'il allait en sortir un remède. Au bout d'un moment, il inspira profondément et lui demanda :

— Vous, comment auriez-vous réagi ?

Elle fut surprise. Après tout, elle venait pour trouver des réponses, et non pas d'autres questions.

— Je suppose que... Moi aussi... J'aurais été désarçonnée. Mais de là à abandonner l'enfant ?

Le médecin la détaillait. Les hommes la regardaient rarement ainsi. Avec une véritable curiosité. Comme si ce qu'elle disait pouvait réellement l'aider. Alors, elle ajouta :

— Et vous ?

— Je ne sais pas, répondit-il sans hésitation. J'ai déjà vu des mères réagir ainsi sans avoir vécu tout ce qu'a subi Jeanne. Dans la nature, c'est très courant. Il n'y a pas de traitement miraculeux. Tout ce que je peux vous conseiller est de les entourer. La petite se nourrit bien ?

— Oui, elle boit sans rechigner. Pour le reste, Berthe veille sur elle.

Il hocha la tête, puis rouvrit son cahier. Sœur Marie entendait des rires, des sifflements résonner dans le couloir. C'était l'heure du repas.

— Voulez-vous l'ausculter ? Il faudrait peut-être faire quelque chose au niveau de sa…ajouta-t-elle en se tapotant la lèvre.

— C'est déjà fait. La fente est partielle. Si elle respire et se nourrit correctement, je n'ai pas à intervenir. Pas pour l'instant, en tout cas. Je sais qu'au vu des progrès que nous faisons chaque année, beaucoup de confrères pourraient envisager de l'opérer dès maintenant, mais je vous le déconseille.

Quelqu'un venait de faire sonner la cloche du réfectoire. Elle devait se hâter, mais l'intérêt de la discussion lestait son corps.

— Vraiment ? Pourtant, j'ai vu la jeune Josette. Ce qu'ils ont fait pour sa joue est merveilleux !

— La morsure d'un chien est très différente d'une opération de ce type. Je vous demande de me croire. La science ne justifie pas toutes les expérimentations.

Sa voix s'enroua sur ces derniers mots. Il griffonna sur son carnet, puis l'accompagna jusqu'à la porte.

— Sachez voir la beauté de chaque chose.

Un sourire s'esquissa sur ses lèvres. Elle pressentait la plaisanterie qui allait suivre et fronça par avance les sourcils.

— Tel qu'Il l'a voulu.

— Bravo, bel esprit ! fit-elle, rieuse malgré elle.

Dès qu'il la salua, elle se rua vers la cantine en tirant sur sa guimpe. Depuis le sauvetage du petit Augustin, il devenait si facile de se faire réprimander par l'une des sœurs. Celles-ci n'appréciaient que modérément son nouveau succès auprès des prisonnières.

Elle entra dans la pièce, alors que la plupart des filles de la première fournée s'étaient déjà assises. De loin, elle parvenait à voir Berthe, courbée sur la table, à côté de

Marianne. Elle mangeait, ou du moins, essayait de manger, des mèches maussades retombant sur son front. Chaque tentative de guider la cuillère vers sa bouche aboutissait à un échec. Le bébé ne faisait que bouger en geignant, l'empêchant de faire le moindre mouvement. Assez vite, les pleurs attirèrent les curieuses.

— Quel beau regard ! dit l'une d'entre elles, une vieille femme au chignon ébouriffé. Pourquoi la petiote ne s'en occupe pas ? ajouta-t-elle en désignant la table du fond.

Jeanne, assise à la même place que la veille, que l'avant-veille et que tous les autres jours depuis qu'elle avait accouché, mangeait machinalement, le regard éteint.

— C'est qu'elle est spéciale, marmonna Berthe, lapant dans le vide.

La femme avança sa tête, dégagea le lange qui cachait le visage de la petite, et poussa un cri.

— C'est la marque du diable !

Elle recula et agita ses bras. La religieuse se mordit l'intérieur de la lèvre pour ne pas sourire.

— Ne dis donc pas de sornettes ! s'impatienta Berthe, en lui faisant signe de s'éloigner.

— C'est la faute de Jeanne ! Qu'est-ce qu'elle a pu bien faire pendant qu'elle était grosse ? Eh Jeanne ! Jeanne !

— Tu crois vraiment que ça va l'aider ? fit Berthe en la tirant vers elle. Ce n'est pas en lui faisant le catéchisme qu'elle va aller mieux…

La femme, de toute manière, ne l'écoutait plus. Elle s'était dégagée pour retourner à sa place. Elle n'était même pas assise que la nouvelle se répandait déjà.

— Ne vous en faites pas, Berthe. Moi, je la trouve plutôt jolie, dit Marianne en tendant les bras pour attraper le bébé.

Berthe la laissa faire, et replongea son visage dans sa soupe.

— C'est froid ! grommela-t-elle.

Marianne plaça la tête de l'enfant dans le pli de son coude. Elle la regardait, et très vite, son dos se mit à sursauter.

— Que se passe-t-il ? lui demanda Berthe.

Elle ne répondit pas, se contentant d'embrasser le front du nouveau-né. Il n'y avait plus qu'elle et la petite, plus qu'elle et ce regard ouvert, neuf, ignorant tout du mal, tout de la souffrance. Il n'y avait plus que ce ronflement si touchant alors qu'il répugnait les indiscrètes. Il n'y avait plus que cette odeur si douce qui la ramenait au souvenir le plus dur et pourtant le plus beau qu'elle avait connu. Celui qu'elle aurait aimé étendre, qu'elle aurait aimé tirer de toutes ses forces pour qu'il dure, pour qu'il lui survive, pour qu'il prospère en son nom.

XLVI

Sœur Marie comptait les pas dans sa tête. D'un bout à l'autre du réfectoire, elle pouvait en faire une cinquantaine. Pierre surveillait avec elle ce jour-là. Les mains calées sous les aisselles, il la regardait déambuler d'un œil las. Les tables étaient alignées pour y entasser le plus de prisonnières, mais les inimitiés naturelles qui se formaient avaient été négligées. Pour que l'heure du repas ne s'attarde pas sur les travaux de l'après-midi, seuls deux services étaient prévus. Le premier était celui des condamnées, des ouvrières, des mineures ...

— Premier service, seconde classe, avait dit sœur Marthe à son arrivée. Il faut que les autres se préparent. Les actrices, les femmes de ministre (le mal gangrène partout, n'est-ce pas ?) ont besoin de se reposer avant le repas.

L'atelier était le seul lieu de la prison qui accueillait toutes les femmes. Autrement, il fallait éviter le brassage.

— Du vice, du vice, partout du vice, avait conclu sœur Marthe. Où que tu regardes, tu en trouves.

En continuant de compter ses pas, sœur Marie essayait d'oublier ces mots. Mais ce fut un cri qui dissipa le souvenir.

— J'EXIGE RÉPARATION !

Valentine venait d'entrer dans le réfectoire, tirant Henriette par les cheveux. Son œil le plus clair s'était assombri, devenait presque aussi noir que l'autre. Sœur Marie se hâta vers elles. Plus elle s'approchait, plus son regard s'attardait sur les fines mèches qui s'entortillaient autour des bagues de la prisonnière.

— Que se passe-t-il ?

— Cette vieille pie m'a volée.

Elle secoua la tête de l'autre, dont le visage se plissait alors qu'elle tentait d'intercepter ses mains.

— Dis-lui ! Dis-lui ! s'agitait Valentine.

Henriette restait muette. Ses yeux rougissaient et une de ses narines trahissait sa douleur. Sœur Marie essayait de les séparer, et son regard rebondissait d'un visage à l'autre.

— Elle a volé ma crème à la lavande. Comme si ça pouvait adoucir sa vilaine peau !

Son rire résonna dans la cantine. Une ou deux prisonnières l'imitèrent, mais la plupart regardaient la scène, interdites. Pierre s'approcha. Il brama d'abord après Valentine, mais ne constatant aucune réaction de sa part, il semblait attendre la suite. D'ailleurs, celle-ci le pointait maintenant du doigt.

— Vous ne comptez rien faire ?

Il examina le visage de la religieuse, mais ne déterminant pas la marche à suivre dans son regard, il se mit à aboyer contre Henriette.

— Alors ? On pense qu'on peut voler comme ça ? On ne t'a donc jamais appris que le vol, c'est péché ?

La sous-prieure toussota. Elle se gratta la tête, et se pencha vers elle.

— Est-ce vrai ?

— Laissez-là, laissez-là donc dire, on verra où ça la mène !

Sa lèvre luisait. Son visage semblait lui démanger, car de minuscules bouquets sanguins enflammaient sa peau.

— Allez, trêve de parole, je demande des actes, s'impatienta Valentine.

Sa jupe virevolta en l'air quelques secondes après qu'elle ait martelé le sol. Sœur Marie voyait les œillets de la dentelle du sous-jupon, une broderie délicate dans laquelle la pupille ne pouvait que se perdre. Pierre, raide, ne bougeait plus.

— Alors ? À l'isoloir !

Il n'en fallut pas davantage pour qu'il attrape Henriette par le coude et la tire hors de la cantine, malgré ses récriminations. Puisqu'elle ne pouvait le faire changer d'avis, elle les suivit. Il la menait en direction de l'isoloir sans aucune forme de procès, sans aucune vérification auprès de la supérieure ou des sœurs. À quoi servaient-elles ?

Henriette ne protestait pas. C'était à peine si elle accélérait le pas. Sœur Marie, elle, pressait le sien afin de ne pas les perdre dans la sinuosité des couloirs. Pierre avait décidé de prendre un chemin différent – Georges avait dû le renseigner dans le cas où les mœurs de la prison s'assoupliraient. Ils débouchèrent vers une porte écaillée, qui s'ouvrit après un seul tour de clé. Au lieu de se retrouver directement dans l'isoloir, ils étaient dans une petite pièce qui devait servir à fouiller les détenues. En tout cas, ce fut ce qu'elle pensa en distinguant dans l'obscurité un paravent. À cet instant, parce que le souffle de Pierre s'était calmé, elle crut entendre une voix ; et ce n'était pas celle de Léontine. C'était une voix masculine, qui bien que douce, présentait une légère rugosité, comme si une roche s'était incrustée sur les cordes vocales pour en voiler le débit. Que pouvait bien faire le médecin ici ? Au même instant, Pierre craqua une allumette sur l'un des murs. Celle-ci ne mit pas longtemps avant de s'éteindre.

Il alluma le bec à gaz. La flamme vacillait, mais dévoilait l'ensemble de la pièce. Les murs étaient recouverts de tâches diverses. Dans un des coins, des robes et jupes agonisaient, sans doute depuis des mois. Mais le plus curieux se trouvait sur la table. Un assemblage d'outils, de pinces métalliques, de seringues et de flasques à moitié vides, entreposés sans le moindre soin. Sœur Marie après avoir posé son index sur les lèvres, colla son oreille à la porte. Le garde fronça les sourcils. Religieuse ou non, il n'appréciait pas les ordres venant d'une femme. Henriette, elle, bâillait en silence. Seule l'éclosion de ses narines apportait de la rondeur à son visage. Sœur Marie ne distinguait pas ce qu'il se disait. La voix, très basse, était un chuintement androgyne. Si on lui avait demandé son avis, elle aurait dit qu'il s'agissait d'une discussion : des pauses, une inflexion montante, cela ressemblait aux questions qui précèdent un diagnostic. Sa réflexion fut brusquement interrompue. Elle se retourna. Pierre venait de frapper Henriette.

— C'est qu'elle ne fait que gesticuler, se révolta-t-il.

La sous-prieure ne se rappela pas la suite. Ce fut Henriette qui la lui raconta quelques jours plus tard. Apparemment, la flamme s'était reflétée dans ses yeux et sans en comprendre l'enchaînement exact, elle entendit le dos du garde atterrir contre le mur. Il eut beau brandir ses paumes, sœur Marie ne s'apaisa en rien. Cheveux tirés, claques retentissantes, il tremblait comme devant une mère mécontente. Il se faufila vers la sortie, et sans prendre le temps de ramasser sa casquette, partit.

XLVII

La porte de l'isoloir s'était ouverte. Le médecin n'avait rien manqué de la scène. Son visage était impassible, on n'aurait su dire s'il était effrayé ou impressionné.

— Il faut se dépêcher, dit-il.

En parlant, il se hâtait de ranger les flacons et les instruments dans sa sacoche. Il était très sérieux. Il fallait s'attendre à ce qu'un régiment entier arrive dans les minutes qui suivaient.

— Que puis-je faire ? demanda Sœur Marie.

Il désigna la prisonnière d'un hochement de tête.

— Je suis désolé Henriette, mais vous allez devoir accepter d'aller en cellule.

Des voix résonnaient dans le couloir. Les deux femmes se précipitèrent dans l'escalier. Le médecin, maintenant que la table était vide, les imita. Avant que les gardes n'apparaissent, la cellule d'Henriette était déjà verrouillée. Pierre s'impatienta. Se tenant si droit qu'on aurait pu croire qu'il se juchait sur la pointe de ses pieds, il poussa un garde pour pouvoir désigner la religieuse.

— Qu'attendez-vous ? Attrapez-la !

La phrase à peine terminée, il disparut derrière les autres. Seule sa main dardait l'air. À cet instant, Léontine sortit des ténèbres, et se mit à les insulter. En la voyant, ils ouvrirent la bouche. Georges lâcha même un petit cri.

— Quelle gargouille !

Devant les mines décontenancées, le médecin s'avança. Les gardes s'écartèrent, laissant Pierre lui faire face.

— Voyons, de quoi nous parlez-vous, mon cher Pierre ? Qu'a bien pu faire notre brave sous-prieure ?

— Vous le savez ! Vous le savez très bien ! Il ne faut pas me prendre pour un idiot !

Sœur Marie posa sa main sur la grille, là où se trouvait celle d'Henriette. À travers les croisillons, elle pouvait sentir la chaleur de sa peau. Cela la rassurait, tout comme le calme du docteur. Des postillons avaient atterri sur les verres de ses lunettes, mais il ne s'en émouvait d'aucune manière. Elle se demandait même si la colère de l'autre ne l'amusait pas. Ce fut en tout cas l'impression qu'elle eut quand après avoir éclairci sa voix, il répondit :

— Cela est rare, mais parfois l'obscurité tamise les sens… Avez-vous bien dormi, bien mangé ces jours-ci ?

Le garde secoua la tête. Il semblait s'interroger, puisqu'à présent, sa main parcourait son menton. À cet instant, Léontine cracha à travers sa cellule. Georges fit retentir sa matraque contre la grille.

— Va donc, la lépreuse !

Le médecin profita de cette diversion pour flatter le bras de Pierre.

— Vous m'avez l'air si pâle qu'un mort fuirait en vous voyant. Vous devriez vous reposer, mon cher. J'ai fait installer dans l'infirmerie un matelas rempli d'un duvet gascon si fin que Morphée lui-même s'y assoupirait.

Et ce faisant, ne le guidait-il pas doucement, mais fermement vers la sortie ? Ce fut ainsi que chacun quitta l'isoloir, sœur Marie la dernière, non sans avoir souhaité bon courage aux deux prisonnières. D'une manière incompréhensible, ce qu'on appela la bataille de l'isoloir se propagea avant même qu'Henriette n'ait pu en sortir.

Était-ce l'un des gardes qui en parla le premier ? Une détenue qui s'était trouvée dans le couloir à cet instant ? Elle ne le sut jamais. Mais depuis ce jour, plus aucune prisonnière ne passait devant elle sans la saluer.

Le lendemain, son cœur s'interrompit quand elle vit une lettre glisser sous l'embrasure de sa porte. Elle fut déçue en l'ouvrant. Elle venait de la prison. De la chambre de Valentine précisément, qui désirait la remercier. C'était d'ailleurs la seule phrase écrite. Sœur Marie fit donc une toilette rapide avant de toquer à sa porte.

— Vous vouliez me voir ?

La chambre était plus belle encore que celle qu'elle avait visitée à son arrivée. Déjà, elle se situait dans une aile de la prison calme et lumineuse, juste au-dessus de la courette des sœurs. De la mousse masquait les dalles et s'y trouvait la seule fontaine de la prison. C'était un édifice d'où coulaient trois filets transparents qui invitaient à y poser les lèvres, et promettaient surtout une nuit de coliques.

Les bijoux s'entortillaient sur la coiffeuse, impudiques. Un tapis ocre, avec des perles brodées qui se courbaient en de mystérieuses arabesques recouvrait le sol. Mais le plus étonnant était une soierie que Valentine avait fait installer sur son lit. Rien qu'à la voir, les doigts de la religieuse frétillèrent, et elle dut tirer sur ses manches pour s'empêcher d'y toucher. Valentine, sur le rebord de son lit, regardait par la fenêtre. Sa chemise, contrairement à celles des filles, se bordait de dentelles aux poignets et au col. Même, des œillets poinçonnaient son jabot d'une manière si subtile qu'il fallait reculer pour voir qu'ils dévoilaient ses avelines. De la couleur de ses lèvres, elles perçaient l'une et l'autre, séparées par un nœud qui retombait lascivement sur le plexus.

— Je suis heureuse d'avoir obtenu réparation, dit la prisonnière sans quitter la courette des yeux. Sœur Marie n'avait aucune idée de ce qu'elle attendait d'elle. Tout ce qu'elle savait, c'était qu'elle souhaitait repartir. Et, visiblement, cela ne dérangeait pas Valentine, qui attrapa un peigne et commença à crêper ses mèches du dessus. Avant de sortir, elle jeta un dernier coup d'œil dans la pièce. Elle regardait les bouteilles de parfum sur la coiffeuse. Deux ou trois flacons différents, et à côté, deux pots de crème. Dont un à la lavande.

XLVIII

Quand les après-midis s'échauffaient timidement, sœur Marie, au lieu de profiter de cet interstice saisonnier, s'inquiétait de sa santé. Elle avait toujours eu une inclinaison hypocondriaque, mais cette fois-ci, elle était sûre de ne pas se leurrer. Déjà, elle se réveillait toutes les nuits à la même heure, la langue épaissie, ensuquée comme si elle avait nocé la veille. Elle se précipitait vers le pot, mais rien ne sortait. Elle toussait à s'en arracher la glotte, seules quelques larmes atterrissaient dans la tasse replète. Puisque les lumières du couloir s'allumaient, elle glissait jusqu'à son lit et soufflait sur sa bougie, priant pour que personne ne paie pour son réveil.

Puis les douleurs dans sa bouche débutèrent. D'abord, ses papilles s'asséchèrent, rendant sa langue râpeuse comme celle d'un chat. Elle avait soif, et à peine vidait-elle son verre qu'elle renâclait aussitôt. L'intérieur de ses joues s'amollissait sous ses molaires. Ses gencives se ballonnaient, si douloureuses qu'elle s'imaginait les percer avec une aiguille. Elle alla même demander à Blandine si elle pouvait lui procurer des bâtons de réglisse pour se les frotter contre les dents. Elle chiquait donc en permanence, suffisamment anxieuse pour en parler à qui voulait l'entendre, mais pas assez pour demander conseil au docteur ou à l'infirmière.

Une après-midi, alors qu'elle discutait avec Marianne, son nez se mit à saigner. Bien qu'elle ait tamponné sa narine avec zèle, celle-ci coulait sans s'interrompre. On l'aida à s'allonger sur le lit de l'infirmerie et le médecin lui conseilla de regarder le plafond. Il fallait respirer calmement, sinon, elle pourrait s'évanouir.

— M'évanouir ? s'étrangla-t-elle.

Marianne, l'enfant dans les bras, lui caressait les cheveux. Le docteur désinfectait son nez en souriant. Il fit un clin d'œil à la prisonnière.

— Ne vous inquiétez pas, ma Sœur, vous êtes en sécurité, lui répondit-il. Et quand bien même vous vous évanouiriez, vous feriez une bouillotte parfaite pour la petite !

Le rire de Marianne enveloppa les protestations de sœur Marie.

Quelques jours plus tôt, celle-ci avait accepté les explications de médecin quant à sa présence à l'isoloir. Léontine, malgré ses fautes, méritait qu'on la soigne. Maintenant qu'il s'était rassis, son carnet ouvert face à lui, elle l'observait. Elle ne pouvait s'empêcher de se demander s'il espérait vraiment la guérir. Pendant quelques instants, l'idée d'abréger cette agonie lui traversa l'esprit, mais elle la rejeta aussitôt. Elle préféra le prier de veiller sur Henriette.

— C'est entendu. Ne pouvez-vous rien faire pour la libérer ?

— J'en ai parlé à la supérieure. Valentine a été plus rapide que nous, elle a déjà averti le préfet. Henriette doit y rester trois semaines…

La petite semblait sourire en même temps que Marianne. Cela faisait plusieurs jours qu'elles ne se séparaient plus. Non pas que Berthe avait failli à sa promesse, mais en voyant son visage, elle s'était paralysée.

— Veux-tu la garder ? s'était-elle hasardée.

Il était évident qu'elle le voulait. Personne ne lui avait raconté son histoire. Marianne était la discrétion même, mais à son arrivée dans la prison, elle avait compris, comme la plupart des filles. Sa gueule fracassée, sa taille qui flottait, les flaques sur ses aréoles dès qu'un mioche braillait, elle avait croqué les contours de sa vie. Henriette avait eu beau essayé de l'interroger (c'est qu'il ne faut pas les garder, ces secrets-là !), la jeune était restée muette.

Alors, quand elle vit cette famille accidentée en train de se former, elle avait tout simplement reculé. Malgré les piaillements de Valentine, malgré l'odeur fermentée de la soupe, malgré le garde qui crachotait son autorité sur Henriette, les deux fusionnaient sur le banc de la cantine. Berthe avait lancé un regard rapide vers Jeanne. Pendant une seconde, elle avait croisé le sien. Inspectait-elle les réactions de son enfant ? N'y avait-il pas dans son œil une lueur de jalousie ? Non, elle n'en avait pas l'impression. Enfin, elle n'en était pas sûre. Elle s'était gratté le crâne, et, absorbée par la scène de l'actrice, avait oublié les doutes qui venaient de la traverser.

XLIX

Depuis qu'Henriette était à l'isoloir, les cris des nourrissons inondaient la prison. Les mères n'en pouvaient plus. On percevait sur leur visage la rareté du sommeil. Elles erraient dans les couloirs, fantomatiques. Les religieuses, abruties par le manque de repos, les menaçaient de tout et de rien ; de leur enlever leur enfant, ou au contraire de le leur recoller dans le ventre, d'apprendre aux petits la dureté du monde, ou à l'inverse de les cajoler tellement que plus jamais ils ne réclameraient leurs mères. Les gardes, eux-mêmes assoupis les yeux ouverts, sursautaient dès qu'on leur parlait. Seule Marianne semblait réussir à apaiser la fille de Jeanne.

Alors qu'elle s'approchait de son amie une après-midi, sœur Marie fut témoin d'une bien curieuse union entre les deux. Elle ignorait comment, mais Marianne était en train de lui donner le sein, et la petite déglutissait avec régularité. Elle s'assit à leurs côtés, muette d'étonnement.

— C'est miraculeux, n'est-ce pas ? J'ai prié Sainte-Marthe, je savais qu'on allait me venir en aide.

Elle avait déjà entendu des histoires semblables, mais elle avait toujours cru qu'il s'agissait de légendes. En général, les nourrices ne cessaient jamais d'allaiter, si bien qu'elles pouvaient nourrir sans interruption les enfants qu'on leur confiait. Mais parfois, après une longue pause, elles allaient près d'une fontaine, se frottaient avec l'eau qui en sortait, ou alors elles priaient une sainte – Sainte-Marthe, qui était, par le fruit d'un hasard cocasse, son nom ici, mais qui différait selon les régions - et quelque temps plus tard, elles s'émerveillaient de leur montée de lait. Sans déduire que la stimulation du téton, ou l'accumulation des mises au sein y étaient pour beaucoup.

— Sainte-Marthe... répéta sœur Marie, les yeux fixés sur les succions de l'enfant.

— Oui, mais pas comme votre consœur. Jamais elle ne me viendrait en aide, elle. En tout cas, pas si j'ai les mains vides.

Les deux rirent, les yeux brillants d'une joie qui rompait le calme de la prison. Puis sœur Marie se tut. Elle regardait le petit se cramponner au sein de Marianne. Sa lèvre supérieure ne contenait pas totalement le mamelon, mais sa succion était si forte qu'aucune goutte de lait ne débordait.

— C'est miraculeux répéta la prisonnière en se grattant le coin de l'œil.

On lui avait interdit de conforter les croyances superstitieuses des fidèles et en temps normal, elle suivait cet ordre sans protester. Mais en voyant le regard de Marianne, elle lui caressa le bras, et avant de se lever, lui répondit :

— Oui, ça l'est.

Depuis cette discussion, toutes les après-midis, lorsque l'heure rafraîchissait l'air, elle s'asseyait à leurs côtés. Marianne baisait tendrement l'enfant. Elle passait son doigt sur son menton, remontait sur sa bouche, chevauchait son nez, comme si elle recousait miraculeusement sa lèvre, puis finissait toujours par une roucoulade affectueuse, de celles qui contrarient les mines sérieuses des enfants, mais réconfortent leur âme.

— Je vais te dévorer ! Retenez-moi, ma Sœur, je vais la dévorer !

Elle embrassait alors les pieds nus qui se dérobait déjà malgré leur jeune âge. Et sœur Marie les regardait sans rien dire, un sourire félin au bout des lèvres ; ce bonheur à bas bruits la faisait ronronner comme un chat près de l'âtre, qui crépite d'aise en même temps que les flammes le réchauffent. Si on le lui demandait, elle resterait près d'elles des siècles. C'était un bonheur plus discret, moins éclatant que celui qui l'avait étreint dans les bras du prêtre, mais tout de même, que c'était agréable !

— Pensez-vous que je puisse la nommer ?

Les sourcils de Marianne se rejoignaient comme deux mains s'unissant pour prier.

— Parce que, ce matin, je me disais que c'était drôlement triste, de ne pas avoir de nom. Elle devrait s'appeler Lucie. Regardez, c'est vrai ! Elle a les yeux d'une Lucie !

Elle tourna le bébé vers elle en lui maintenant la tête dans le creux de sa jambe.

— Lucie, Lucie ! Oh, ma Sœur, j'aimerais tellement m'appeler Lucie, dit-elle en imitant une voix d'enfant.

Alors celle-ci hocha doucement la tête, et le visage de Marianne s'illumina.

— Oh, merci ! Merci, ma Sœur !

Malgré son sourire, le cœur de sœur Marie s'accéléra. Elle savait que cette liesse était éphémère. Elle ne voulait pas se l'avouer, mais les voir si unies ne pouvait que lui faire pressentir leur détresse quand cela ne serait plus le cas. Jeanne pouvait changer d'avis. Mais surtout, elle les avait entendues, dans la salle des religieuses. Qu'il fallait que cela cesse. Que bien des mères infécondes méritaient plus que Marianne que leur prière soit écoutée. Qu'avec le crime qu'elle avait commis, non seulement la voir se réjouir était indécent, mais qu'en plus, la vie de l'enfant était en danger.

Si seulement elle pouvait les aider… Depuis qu'elle était à Saint-Lazare, elle avait compris. Elle avait enfin compris le but que Dieu lui avait octroyé. Elle devait aider les autres, quitte à désobéir, quitte à prendre des risques. Jeanne était redevenue aussi discrète qu'avant son accouchement. Berthe lui parlait de temps en temps, mais elle ne montrait toujours aucun intérêt pour l'enfant. En fait, elle agissait comme si elle n'avait jamais accouché. Si elle le lui rappelait, elle haussait les épaules et son regard s'opacifiait. Sœur Marie la comprenait. Comment pouvait-elle supporter de cohabiter avec le fruit de son bourreau ? Comment pouvait-elle l'aimer alors qu'elle se détestait elle-même ? Mais même si elle la comprenait, il ne fallait pas que le nourrisson en pâtisse. Si elle ne parlait pas à la supérieure, elle le sentait, ce n'était qu'une question de temps avant que deux vies ne soient brisées.

L

Sœur Marie s'arrêta devant la porte du bureau, gratouilla le coin du mur en réfléchissant. Aider son prochain... N'était-ce pas là le socle de sa vocation ? Mais comment faire ? Comment l'atteindre ? Elle se frottait les lèvres en regardant le tissu blanc dépasser de sa manche. C'était tout de même fou, comment en filant la laine, on parvenait à fabriquer des tissus si fins que... Mais oui ! C'était ça ! Les moutons ! Si elle trouvait une ou deux métaphores animalières, la supérieure applaudirait... Les gens ne comprenaient que leur propre langage. Une pointe de cynisme pour laquer le tout, et au four. Elle n'avait qu'à comparer Jeanne à un coucou qui pond dans le nid des autres, Marianne à une chienne qui allaite des agneaux, et l'adoption serait approuvée.

Il allait cependant falloir se montrer plus agréable que d'habitude. Depuis leur dispute, elle y était retournée à quelques reprises. Et l'une et l'autre s'étaient parlé sans s'écouter, soit le nez collé sur le cuir à faire reluire, soit les yeux perdus dans le ciel, à dénombrer les tâches à faire jusqu'au soir. Elle se courba pour regarder à travers la serrure. La supérieure n'était pas seule. Elle parlait avec le médecin. Sœur Marie se frotta l'arrière du crâne. Que faire ? Revenir plus tard ? Elle vit les mains de l'homme s'agiter. S'énervait-il ? Elle colla son oreille à la porte. Les sons étaient partiellement engloutis, comme si elle avait la tête sous l'eau, mais en se concentrant, elle arrivait à distinguer certains mots.

— Arrêter...Il faut arrêter... Nulle part... Cela ne nous mène nulle part...crut-elle entendre.

Elle posa sa main sur sa bouche. Et si finalement, elle ne s'était pas trompée ? Était-il possible que les deux aient réellement une liaison ? Après tout, le médecin était souvent dans le bureau... Et puis... Elle n'en tenait pas rigueur à sœur Marie-Christine, c'était un homme si bon... Elle regarda à nouveau par la serrure. Il avait reculé, puis leva une main. Très rapidement, elle plaqua le tissu de sa coiffe derrière son oreille pour entendre.

— À deux doigts ! protesta-t-il. J'étais à deux doigts. Laissez-moi deux mois. Deux mois, répéta-t-il.

La supérieure croisa les bras. Sœur Marie dut froncer le nez pour mieux y voir. Il lui semblait qu'elle secouait la tête, mais elle n'était sûre de rien. Le trou ne lui offrait qu'un champ réduit. Si elle voyait distinctement le dos du médecin, seules les mains de la supérieure apparaissaient. Si elle avait pu, elle aurait passé son doigt à travers la serrure pour l'agrandir. Mais tout ce qu'elle pouvait faire était de replacer sa tête contre la porte.

— Je vous en prie !

La voix s'était enrouée. Il était suppliant, il était pathétique. Sœur Marie s'en voulut immédiatement d'avoir pensé cela et, écœurée par sa propre curiosité, se redressa d'un coup. Elle refusait d'écouter un mot de plus. Elle croisa les bras, colla son dos contre le mur d'en face. La vérité, c'était qu'elle était troublée. Ce ton lui en avait rappelé un autre. Involontairement, elle s'était retrouvée des semaines en arrière, et ce voyage inattendu avait saisi et ses joues et son âme.

Le père Paul, depuis leur entrevue nocturne n'avait plus voulu lui parler. Mais un dimanche, après son prêche, il lui avait demandé de l'aider à ranger, et alors qu'elle balayait la pièce, il lâcha :

— Je ne le veux pas, mais je dois résister. Nous ne devons plus nous voir.

Elle n'était pas sûre de savoir comment l'interpréter. Le lendemain, elle l'observait. Ses joues se creusaient de plus en plus. Mais cette gravité nouvelle ne le rendait que plus beau. Le désespoir allait-il le mener à la mort ? Depuis cette nuit, où elle l'avait aspiré, où elle avait dévoilé l'homme derrière le prêtre, elle ne dormait plus. Elle frémissait à l'idée qu'il se soit égaré à jamais par sa faute. Son teint était gris, comme la cendre qu'il semait sur son passage.

Elle devait cesser de le voir. Elle devait cesser de le voir. Toute la journée, ses pas étaient cadencés par cette pensée. Elle avait même écrit une lettre à la supérieure du couvent. Il fallait préparer son départ si la situation ne s'améliorait pas. Mais elle ne l'avait pas envoyée. Elle se trouvait sur son bureau, entre deux autres billets. Le premier pour lui, le second pour l'aumônier. Elle disait sans dire. On y devinait une souffrance que seuls des remords auraient pu causer. À coup sûr, si le vieil homme la lisait, il comprendrait, et avec quelques questions précises, le secret deviendrait rapidement un fait. Chaque soir, elle priait pour son salut, et encore plus pour celui du prêtre. Elle imaginait les flammes cloquer leur peau, et, pendant quelques secondes, l'odeur carbonisée s'immisçait en elle.

Une nuit, alors qu'elle n'arrivait pas à dormir, elle se redressa sur son lit. Elle entendait les phalènes percuter la vitre. Devant ces splendeurs de la nature, tout doute la quittait. Dieu ne pouvait qu'exister. Mais dans ce cas, que penserait-il de ses fautes ? Elle avait commis l'une des plus graves : guider une âme à sa perte ! Une lame de lumière apparaissait sous la porte. Chaque objet ressortait, et même ses mains, pourtant si sombres, se découpaient par rapport au drap. Tout à coup, l'obscurité totale. Deux pieds obstruaient l'éclairage du couloir. La personne piétinait. Qu'attendait-il ? Qu'attendait-il pour faire cesser cette torture ?

De sinueuses secondes engendrèrent des minutes encore plus sinueuses, et celles-ci tardèrent, tardèrent tant qu'elle sentit le coin de ses yeux lui démanger. Elle émergea du lit, se dirigea vers la porte. Et resta ainsi, si près de lui pendant ce qui lui parut durer des heures. Puis, elle se décida à ouvrir. Le père Paul, le visage baissé, n'arrivait pas à reprendre sa respiration. Ses dents enfermaient son souffle. Un babil sortit enfin, incompréhensible. Elle ne savait pas si de le voir dans cet état la rassurait ou l'inquiétait. Elle s'approcha, attrapant par réflexe son scapulaire.

— Merci, s'étrangla-t-il.

La porte se referma miraculeusement. Dans le couloir, l'obscurité voilait les souris qui trottaient. Leurs petites pattes amortissaient chaque pas. L'estomac plein, elles regagnaient leur terrier.

LI

Le médecin passa devant elle, la bousculant presque. Les yeux baissés, le pas indifférent, il était méconnaissable. Seul le nœud de sa cravate était aussi serré que d'habitude. Autrement, ses cheveux, son col, sa barbe capitulaient. La porte était restée ouverte. Derrière, elle voyait la supérieure, maintenant assise à son bureau. Elle égalisait un tas de feuilles. Sœur Marie crispa les mâchoires. Un creux se forma sur ses joues. Son visage devenait masculin, et si elle s'était vue dans une glace, elle aurait reconnu son père comme cela lui arrivait parfois. Elle expira tout l'air qu'elle contenait, puis entra sans frapper. Si elle avait su la vitesse avec laquelle elle allait ressortir, qu'à peine quelques instants après son arrivée elle suivrait le médecin avec le même regard fuyant, jamais elle n'y serait allée.

— Ce ne sera pas possible.

Elle le lui avait dit comme ça, très simplement, alors qu'elle avait terminé de lisser les feuillets et qu'elle rangeait à présent les plumes sur son bureau. Elle utilisa le plat de sa main pour vérifier le parallélisme de chacune d'entre elles. La grise était la plus longue, puis venait une blanche, une rouge (la sous-prieure se demanda à quel oiseau elle pouvait bien appartenir avant de conclure que son éclat ne pouvait provenir que d'une teinture), et la dernière, d'un blanc moiré, strié de noir. Celle-ci, pensa-t-elle, venait de la queue d'un geai de chênes. Non, d'un cassenoix moucheté. Son père riait tout le temps quand elle les confondait. Son souvenir fut dissipé par le raclement de gorge de sœur Marie-Christine.

— Vous verrez, la petite voudra la récupérer. Je vous conseille de vous y préparer, ainsi que votre amie. Et quand ce sera le cas, vous comprendrez que c'est le mieux pour tout le monde.

Sœur Marie sentit d'abord le bas de son visage se paralyser. Très vite, elle essaya de sourire, comme elle faisait souvent, pour lui montrer que oui, elle comprenait, que oui, le pouvoir contraignait davantage qu'il ne libérait, que oui, elle lui était reconnaissante de tout ce qu'elle faisait pour elles. Mais elle n'y arriva pas. Sans répondre, elle quitta le bureau. Ses tempes battaient, elle sentait les veines de son front fendre son visage en deux parties, tout aussi enragées l'une que l'autre. Comment pouvait-elle se soucier aussi peu des autres ? Pourquoi ne l'écoutait-elle pas ? Pourquoi avaient-elles toutes oublié leurs vœux ?

Et puis, à quoi servaient-ils de toute manière ? À part se donner bonne conscience. Car oui, elles avaient raison, les filles. Une fois dans les ordres, c'était la seule chose qui les en différenciait. Elle rentra dans sa chambre, s'enferma. Le froid, encore et toujours. Les pieds humides, racornis dans leurs chausses ; bleuis comme des bolets. Les soupes dans lesquelles on éclaircissait les pauvres tubercules que d'autres esclaves, quelque part, avaient fait pousser. Les gardes bavards, les murs qui s'écroulaient. La prison lui survivrait-elle ? Le mal existerait-il toujours si elle n'était plus là ? Elle regardait par la fenêtre les nuages qui s'étaient formés au-dessus des toits. Oui, elles avaient toutes négligé leurs vœux. Même elle.

Vœu de pauvreté, évidemment. Mais n'oubliez pas la quête. N'omettez jamais le moindre sou, Il voit tout. Suit le vœu le plus important si on les écoutait, celui d'obéissance. Soumettez-vous. À votre supérieure d'abord et toujours, aux religieuses et aux gardes assurément, au Seigneur, éventuellement, si les membres émérites suscités donnent leur accord. Elle tambourina sur son oreiller. La taie s'ouvrit pour demander miséricorde, dévoilant le premier billet du père Paul. Vœu de chasteté ? Son visage lui démangeait, elle manquait d'air. C'était un mot qu'il avait glissé sous sa porte quelque temps avant son arrivée à Saint-Lazare.

L'enveloppe, plus blanche encore que les draps, semblait la défier. Elle n'avait jamais osé le lire entièrement. À chaque fois qu'elle l'avait décachetée, les mots avaient troué sa cornée. Elle ne pouvait pas. Elle ne devait pas. Il y avait des choses illisibles, car elles étaient si troublantes que cela en devenait néfaste. Ou plutôt, le trouble que l'on ressentait en les lisant s'inscrivait quelque part, entre les arrondis et les crêtes des lettres, et il devenait impossible de dire, en repliant la feuille : « je n'ai rien ressenti ». Alors, elle le cacha plus profondément dans le creux de l'oreiller – *ce n'est pas moi, ce n'est pas moi.*

LII

Au mois de janvier, la ville fondait sous un soleil blanc. Les manches se remontaient, les ourlets se repliaient. Dans la cour, entre les rayons qui réchauffaient les tuiles, les écorces et les visages et le pépiement des étourneaux, excités par un rut prématuré, tout apparentait ce début d'année au mois de mai. Certaines sœurs se mordaient l'intérieur des joues, inquiètes. Elles savaient que les jours les plus chauds étaient souvent les plus violents. Le sang bouillonnait et l'on se retrouvait ensevelis sous les plaintes, les bagarres, les cheveux tirés, les oreilles tordues, les dents qui claquent, les yeux qui gonflent ! D'autres, au contraire, se réjouissaient. C'était que l'hiver, on s'écaillait de partout ! Sœur Madeleine était l'une d'elles.

Reconnaissante, elle alla brûler un cierge dans la nouvelle chapelle. Mais presque une heure plus tard, alors qu'elle balayait sa chambre, sœur Marie entendit dans les couloirs l'écho de sa voix.

— LE TOUT-PUISSANT M'A ENTENDUE !

Le feu ondoyait et pour une raison inconnue, cela avait suscité chez elle une excitation inhabituelle. La suite, personne n'avait pu l'expliquer. Mais quand la sous-prieure arriva, les gardes étaient déjà présents. Pierre, adossé au mur. Les épaules de sœur Madeleine s'arrondissaient, ses hanches se balançaient. La robe noire était tombée à terre, et seule une couche de coton protégeait le corps de la religieuse. Georges, lui, accompagnait chacun de ses mouvements. Sa langue passait et repassait sur ses lèvres, ses poils frisottaient sur ses phalanges calleuses. On pouvait distinguer à travers le tissu la peau, les monts et les vallées. Le crémeux et le sauvage, le croquant et la fissure. La dualité du corps de la femme. Et sœur Madeleine riait, d'un rire fluet, un rire qui paralysait sœur Marie pendant que la chemise glissait de plus en plus. Elle n'eut le temps que de voir un doigt velu en crocheter la lisière. Et elle eut beau la guider vers l'infirmerie, essayant de les séparer, Georges les suivait. Au moment de la coucher sur le lit, lorsqu'elle souleva les cuisses pour l'installer, elle vit le doigt planté dans le corps de la femme.

— IL M'A ENTENDUE ! IL M'A ENTENDUE !

Elle se cabrait, déchaînée sur le lit. Il se racla la gorge. Sa casquette remise en place, il ratissa sa moustache, puis, avant de disparaître, glissa :

— Vous direz à votre ami le médecin que ça manque de fraîcheur !

Les jours qui suivirent furent difficiles. Après le transfert de sœur Madeleine à Saint-Anne, la vie continuait comme si rien ne s'était produit. Georges n'avait nullement à s'inquiéter.

— J'ai les mains liées, j'ai les mains liées, répéta sœur Marie-Christine en frottant l'une des étagères derrière son bureau.

Sœur Marie retourna dans sa chambre. La pluie, enfin, rudoyait la fenêtre. Comment avait-elle pu croire qu'avec sa seule volonté, la prison changerait ? Elle était souillée, dès le départ. Il suffisait de les voir, ceux qui l'avaient accueillie. Ne méritaient-ils pas eux aussi leur place ici ? L'humain était pourri, l'humain était mauvais. Et elle ne valait pas mieux. Car, s'ils connaissaient la noirceur de son âme, ne lui désigneraient-ils pas un lit dans la chambre commune ? Ne devrait-elle pas elle aussi se laver avec ce savon gris, qui sent la laine et la graisse ? Finalement, peut-être que Léontine disait vrai. Peut-être que la seule chose qui la différenciait des filles, c'était son orgueil.

Le billet, le billet. Le billet ressortait de la taie, malicieux. Elle l'attrapa. Pourquoi les mots s'invitaient-ils plus en elle que d'habitude ? Pourquoi sentait-elle son corps lui désobéir ? Gonfler et s'ouvrir, gonfler et s'ouvrir, mouiller le tissu, mouiller les draps, mouiller la prison entière. *Il pleut, il pleut en moi*, pensa-t-elle. Elle refusait pourtant, et le refus ne faisait qu'accroître la douleur et le délice que les phrases du prêtre réveillaient en elle.

— Assez, c'est assez, fit-elle en se levant.

Elle sauta du lit, claqua la porte. Dehors, près du platane adoré, elle sentit sous ses pieds l'herbe, dont chaque brin se boursouflait sous la fraîcheur de la bruine. Elle resta quelques instants immobile, pour renifler ce calme, les yeux hallucinés et béants, les lèvres enflées. Le Seigneur l'observait, elle ne pouvait pas, se répétait-elle. Par la fenêtre, c'étaient surtout quelques prisonnières qui s'inquiétaient de la voir recueillir la pluie dans le creux de sa coiffe.

Elle décida de retourner dans sa chambre. Ferma les rideaux. Puis, elle s'assit sur le bord du lit. Si elle ne s'installait pas trop confortablement, elle avait encore une chance de reprendre ses esprits. Elle entendait les gouttes de pluie vibrer sur la vitre. Les phrases devenaient des gestes interdits, qu'elle n'osait s'imaginer totalement, et dont la seule évocation suffisait à lui couper le souffle. Une démangeaison se propageait dans tout son corps. C'était une libération, une libération humide et honteuse, inquiète et exquise, qui la laissait transpirante. L'odeur, salée, imprégnait ses doigts, imprégnait le papier, la même odeur que celle du prêtre, une odeur forte, animale. En tenant le billet, sa main tremblait encore. Elle pétrissait, avec manie, jusqu'à ce qu'enfin, presque souffrante, elle se dilate, se raidisse, s'assouplisse, s'embrume. Et alors, elle put à nouveau entendre les compliments de la pluie.

LIII

Un trait de lumière se projetait en face d'elle. Elle n'avait pas refermé complètement les rideaux. Et alors ? Il l'avait sûrement vue. Ses joues brillaient, elle voyait presque leur reflet dans l'opacité de la chaux. Et alors ? Il l'avait sûrement entendue. Elle avait ahané comme un chien, comme Léontine et Victoire, comme sa mère. Et alors ? Il l'avait sûrement sentie. Ça sentait la bête, ça sentait les recoins dans les bois où le sanglier ou le cerf se frotte, ça sentait l'homme et la mer, ça sentait l'écume baveuse qu'excrète chacune de ses créatures, six jours pour les faire, six jours, et le septième ? Elle le voyait, elle l'entendait, elle le sentait, lui aussi il se félicitait. Car après tout, ne les avait-il pas créés à son image ?

Et chaque jour qui suivit ressembla à celui-ci. Dès dix heures, la chaleur abrutissait la prison. Dans l'atelier, les filles s'éventaient comme elles pouvaient, soupiraient entre deux nœuds, se déchaussaient et dénouaient leurs cols. Ce n'étaient plus que chairs impudiques, raclements de gorges assoiffées, épines dorsales qui roulaient, orteils qui se déployaient sous les chaises. Elles étaient muettes de sueur. Juste le bruit des éventails et l'odeur du travail.

Sœur Marie, distraite dans ses surveillances, ruminait. Comment allait-elle pouvoir attendre le soir pour lire le billet à son aise ? Le lire entier, d'une traite, le dévorer, complètement affamée, puis regretter. Alors, doucement, y revenir, et déguster plus calmement, plus patiemment chaque paragraphe, chaque phrase, chaque mot, comme une passerelle qui l'unirait à lui. Elle s'agrippait au lutrin, la lèvre supérieure moite et parcourait la pièce sans vraiment voir les prisonnières. Les minutes s'écoulaient comme des mois, les aiguilles filaient au ralenti, et elle s'asséchait, à lire les versets soulignés. Elle ouvrait le livre sur un passage de colère divine, ne se sentait qu'à moitié visée. Pourtant, elle savait qu'elle était coupable. Mais elle se laissait glisser, parcourant ses souvenirs, le visage lisse, débarrassé de tout scrupule.

L'un de ceux qui revenaient le plus souvent était celui où, impatients, ils s'étaient retrouvés dans le couloir. Près de la fenêtre, le pèrc Paul l'avait portée pour qu'elle s'asseye sur le rebord. Depuis la nuit qui les avait réunis, leurs yeux vibraient quand ils se croisaient. Elle l'avait repoussé lorsqu'il s'était montré trop pressant, mais soupirait dans le creux de son cou. Il était prévenant, toujours attentif, prenant seulement garde à ce que personne ne les croise ensemble. Elle se sentait dévaluée. N'était-ce pas cruel de la traiter comme les autres ? N'était-ce pas la pire des injustices de feindre l'indifférence ? lui glissait-elle entre deux baisers.

— Je fais tout ce que je peux, mais tu es si dure à contenter, lui murmurait-il à l'oreille.

Son souffle lui réchauffa le lobe, elle ne put s'empêcher d'échapper un petit rire surpris.

— Et vous Monsieur, vous êtes...

Il l'embrassa, et mordit sa lèvre pour conclure le baiser. Elle recula sa tête, surprise. De son autre main, il caressait son épaule. Sa main descendait. Il attrapa un sein, s'approcha et enfouit son nez dans la coiffe. Elle regardait le mur face à elle. Les lézardes, plaies fossilisées du temps qui passe. Il continuait de descendre. Vu la vitesse où il allait, il n'y avait aucun doute, il savait qu'il risquait de se faire rabrouer d'une seconde à l'autre. Sa respiration s'accéléra. Que faisait-elle ? Elle se mit sur la pointe des pieds pour mieux voir le couloir, il en profita pour soulever sa robe. Il tirait sur le tissu, essayait de l'écarter d'une manière ou d'une autre.

Cela eut l'effet inverse que celui qu'il attendait. Elle plaqua ses deux mains sur son torse et le poussa.

— Je ne vais pas me laisser monter comme ça ! pouffa-t-elle.

Elle souriait pour montrer qu'elle plaisantait, que non, la situation n'était pas en train de lui échapper, mais les battements de son cœur résonnaient jusque dans la pulpe de ses doigts. Elle regarda par la fenêtre.

— Je ne supporte plus de devoir nous cacher ! s'exclama-t-elle.

Elle savait que ce qu'elle venait de dire n'avait que peu de chance de le déconcentrer, mais elle s'était promis de lui en parler. Le matin même, en apercevant son reflet dans la vitre, elle se l'était répété.

Contre toute attente, il lui attrapa les mains. Bien sûr qu'il pensait comme elle ; bien sûr que camoufler leur amour était la pire des tortures. Il glissa son doigt dans l'ouverture de son col pour qu'elle sente son cœur. Il fallait qu'elle constate d'elle-même, l'effet qu'elle produisait chez lui. Alors ? Pouvait-il lui mentir, avec ce battement qui ne cessait de le trahir ? Il n'en pouvait plus. Il souffrait, c'était insupportable. Il regarda par la fenêtre, les sourcils froncés. Elle s'agrippa à son cou, et ils restèrent ainsi, silencieux pendant de longues minutes.

— Et si l'on s'enfuyait ?

Jamais elle ne s'était enhardie de la sorte. Mais alors que leurs deux thorax résonnaient au diapason, la solution l'avait foudroyée.

— Ne dis donc pas de bêtise, fit-il en lui embrassant le front.

Elle recula, vexée.

— On trouvera bien quelque chose… rajouta-t-il.

— Il n'y a rien d'autre à faire… soupira-t-elle. En attendant, cesse au moins de m'ignorer !

Il acquiesça à tout, elle se remit à ronronner. En enfouissant son nez dans sa gorge, il s'étouffait dans sa propre salive. À nouveau, ses pensées s'irriguaient avec peine.

— Viens, lui glissa-t-il dans l'oreille.

Elle souriait toujours, mais ses sourcils s'étaient rapprochés. L'invitation l'avait étonnée. Elle fit non de la tête, et s'évapora dans la nuit. Il retourna donc dans sa chambre, seul.

LIV

Depuis le sauvetage d'Augustin, il n'y avait plus un jour où l'on n'honorait pas sœur Marie. On saisissait sa main dans les couloirs, on se signait le front et les épaules à son passage. Les malades frappaient à sa porte le jour et la nuit. Et même si ces réveils accéléraient son cœur au point de faire palpiter sa vision, elle ouvrait toujours sa porte avec la patience d'une mère. Les filles lui déposaient des gâteaux, des petites oboles qui la faisaient sourire. Pourtant, ces nouvelles vertus qu'on lui attribuait ne la consolaient en rien. Plus on la respectait, plus on la sanctifiait, et plus elle se sentait seule. Elle culpabilisait. N'était-elle pas indigne de leur confiance ? De ce bouclier qu'on voyait en elle ?

Et surtout, ces derniers temps, ses souvenirs la rendaient mélancolique. Elle dormait peu, elle priait encore moins. N'était-elle pas retournée dans le passé trop de fois pour revenir totalement à la vie ? Elle n'en savait rien. Mais le visage du père Paul guidait ses pas. Que devenait-il ? Pensait-il toujours à elle ? Elle avait l'impression de traverser la même route qu'à son arrivée. Elle commençait à croire que c'était là sa nouvelle existence. Car après tout, lors de ses premières semaines à Saint-Lazare, elle avait tellement eu de choses à craindre, à apprendre que le manque s'était tapi en arrière-plan. Mais l'habitude nous sculpte et nous rend tels que nous sommes.

Au fond d'elle, elle avait espéré qu'il lui écrirait de nouveaux billets, et que ce lien vivrait encore à travers les mots. Elle commençait à se dire qu'elle s'était probablement trompée. Pas de réaffectation. Dressée au milieu du lit, elle cherchait son souffle. *Mieux valait ignorer cet étranglement*, pensa-t-elle en se renfonçant dans les draps. Concentrée sur son cœur, elle finit par s'endormir, le visage crispé. Ce n'était que le début de cette nuit difficile. Tout en elle tressautait, transporté sans ménagement par la carriole du sommeil dont les roues se veloutent pour s'exciter soudainement.

L'obscurité. Rien d'autre que l'obscurité. Elle aurait pu être inconsciente comme cela arrive quand l'éreintement du corps anesthésie l'esprit, mais non. Elle se noyait dans les ténèbres. Seul son corps existait. Tout était mort. Aucun écho. Aucune réverbération. Ses mains. Elle avait déjà entendu que pour sortir d'un cauchemar, il fallait regarder ses mains. Elle ne savait plus qui lui avait dit, elle avait trouvé cela idiot, mais avait-elle le choix ? Il fallait se dépêcher, les idées des rêves étaient encore plus volages que celles du jour. Elle inspecta donc ses paumes. Au départ, elles étaient normales. Encore floues, elles se précisaient pourtant. Ne grossissaient-elles pas ? C'était un rêve, rien qu'un rêve. Mais elles enflaient encore. La peau s'écaillait, croisement et poil, croisement et poil, y collait-elle son nez ? Elle devenait écorce. Ses doigts n'étaient plus les siens, c'était ceux de son père. Des bâtonnets boursouflés, dont les articulations perçaient à présent. La peau pâlissait, pâlissait, tout était rigide, tout était mort.

C'était la syphilis, c'était sa morsure, elle la reconnaissait, elle venait pour elle. C'était une couleuvre, on la croyait inoffensive. Les cloques étaient sèches maintenant. Elle ne pouvait plus bouger un muscle. Blanc, noir, vert, les couleurs changeaient, l'enchaînement des saisons se dénaturait. Les ongles tombèrent comme les feuilles d'un arbre. D'ailleurs n'était-ce pas ce qu'elle devenait ? Immobile, elle voyait ses membres se dénuder sans rien pouvoir y faire. La chair moussa une dernière fois avant de se décoller, laissant les branches s'embroussailler. Elle ne pouvait rien faire, arbre qui pleure ses feuilles, qui pleure ses branches, qui pleure son écorce et ses racines, qui pleure en silence. Germe dodu. Germe qui cherche, germe qui verdit. Le chemin s'inverse, comme un ressac végétal. Les nervures sanguines reviennent, enveloppées par les muscles. La chair croit et se multiplie. Elle pense enfin ! Il fait chaud, il fait bon sous terre. Il fait chaud, il fait bon. Lumière.

Elle se leva, le visage trempé. Dans l'obscurité, elle craqua une allumette pour inspecter ses mains. Les sillons lui râpaient les doigts. Elle parcourut les crêtes et les monts, réveillant les démangeaisons que le médecin avait réussi à calmer avec sa mixture. Et si ce n'était pas la gale ? Si elle souffrait du même mal que son père ? Que sa mère ? Qu'une grande partie des prisonnières ? Si elle aussi se boursouflait, se mettait à suinter comme une seule plaie, béance purulente qui s'ouvre avant de mourir ? Elle repensait à toutes les fois où on l'avait touchée, où on l'avait prise dans les bras. S'était-elle à chaque fois désinfectée ? S'était-elle purifiée des péchés des autres ? Une des croûtes s'arracha sous son ongle. Elle frotta sa main sur le drap, mais le sang imbibait déjà la cicatrice. Le mouvement régulier sur le lit lui en rappela un autre. Et de lui ? S'était-elle désinfectée du père Paul ?

Elle avait mal, elle avait peur. Ne le sentait-elle pas à nouveau dans sa chair ? Déjà nostalgique alors que sa salive ne s'était pas évaporée sur sa peau, elle avait pressenti que cela aurait un coût. Elle ignorait pourquoi elle y repensa cette nuit-là, mais, au fond, elle le savait, elle allait devoir payer. Elle se leva, encore en chemise, enfila ses chausses. Une éclaboussure glacée plus tard, elle cherchait dans le couloir la lueur de l'infirmerie. Oui, elle était allumée. C'était forcément le médecin, l'infirmière ne dormait plus sur place depuis quelque temps. Elle glissa jusqu'à lui, en repensant aux instruments qu'il avait enfournés dans son sac. Il allait falloir se montrer courageuse.

LV

Sœur Marie ouvrit la porte, et resta stupéfaite quelques instants. Le médecin pleurait. Comment ? Pourquoi ? Rien ne pouvait l'indiquer. Il était assis, et sa tête dodelinait, métronome qui déchirait le silence. Le sommet de son front reflétait la lumière. Elle n'avait jamais vu un spectacle si étrange. Celui d'un homme qui pleure et renifle dans ses mains. Quand il remarqua sa présence, il s'essuya le visage, se moucha dans un linge qui traînait sur le lit, et se releva péniblement.

— Je ne vous ai pas vue rentrer, dit-il.

Elle secoua la tête, et ses mains s'agitèrent dans les plis de sa robe. Mieux valait repartir. Elle aurait bien le temps de lui demander son avis plus tard. Elle s'approcha de la desserte, et commença à fouiller, à la recherche de quelques langes, pour ne pas partir les mains vides.

— C'est que, vos résidentes tombent comme des mouches !

Elle se retourna. Il tremblait et elle ne savait si c'était de colère ou de tristesse.

— Elles me claquent entre les doigts avant que je ne puisse faire quoique ce soit !

Pourquoi se confiait-il à elle ? N'y avait-il pas un jour où l'on arrêterait de se livrer, où elle-même pourrait se vider, se rassurer, et repartir légère sans se soucier de l'âme qu'elle viendrait de lester ? N'y avait-il personne entre les murs de cette prison capable d'aller la voir, et de lui demander comment elle allait ? Elle voulait regagner sa chambre. Pourtant, les yeux de l'homme lui asséchaient le palais. Ils luisaient encore. Le bleu en ressortait, mis en valeur par la rougeur de la sclérotique.

— Vous parlez de Léontine ?

Elle avait répondu uniquement dans le but de lui montrer que cette conversation l'intéressait. Elle regretta immédiatement. Il s'approcha d'elle et elle sentit son haleine. Une haleine vineuse. Il était maintenant si proche qu'elle pouvait voir les pores de son nez.

— Je voudrais tellement...

Il la dévisageait, les yeux ronds de révolte. Puis, il se retourna, et grimpa sur le lit. L'ourlet de son pantalon remontait au-dessus de ses chevilles, il ressemblait à un petit garçon.

— Je voudrais tellement en sauver plus...

Il se frappa d'abord les genoux, le torse, puis la tête, elle voyait ses mains rebondir. Dans d'autres circonstances, le claquement sur le crâne l'aurait fait sourire. Comme un œuf à la coque, elle l'imagina, pendant une demi-seconde, se briser. Le visage du médecin se plissait d'une émotion indéchiffrable, une lutte qui ordonnait maintenant à ses ongles de s'enfoncer dans sa peau. Elle lui tira les mains, et sa tête bascula en avant.

— Je ne comprends pas, murmura-t-elle.

Il resta muet, la lèvre abrutie, puis s'essuya le coin de l'œil avant de répondre.

— Moi non plus.

Il se redressa ensuite, frotta sa veste et se dirigea vers la pharmacie. Il l'ouvrit et hésita devant.

— Que puis-je faire pour vous ?

Sa voix s'était éclaircie, comme son regard. Il essaya d'attraper un flacon, mais en fit tomber deux autres au sol. Sœur Marie déglutit. Des centaines d'éclats de verre brillaient. Elle passa sa tête dans l'encadrement de la porte pour vérifier qu'ils n'avaient réveillé personne, puis saisit un tas de langes qu'elle déplia par terre. Il la regarda faire quelques instants, puis s'accroupit à ses côtés. Mais il perdit rapidement l'équilibre, et se retrouva les pieds en l'air.

— Docteur, faites un effort, soupira-t-elle en essayant de le relever.

Il se laissa faire, puis, une fois debout, se rabroua, et lui demanda à nouveau.

— Que puis-je faire pour vous ?

Sa voix, cette fois-ci, s'était montrée plus aigre. Elle ne répondit pas, continuait d'essuyer, mais il lui attrapa la main.

— Votre peau ! fit-il.

Elle la retira, la renfonça dans sa poche.

— Ce n'est rien. Je…

— Que voulez-vous, ma Sœur ?

— C'est… La gale est revenue. Enfin, je crois…

Le médecin tendit sa paume en souriant. Le pli forcé de ses lèvres la mettait mal à l'aise. Déjà enfant, elle n'aimait pas quand ses parents faisaient semblant d'aller bien pour la rassurer. Elle sortit la main de sa poche. Il se pencha dessus, elle voyait son souffle en faire voleter le duvet.

— Approchez la lumière.

Elle recula pour attraper la poignée métallique et les morceaux de verre croustillèrent sous ses pieds. Elle détestait cette sensation. La pièce oscillait à cause du balancement de la flamme.

— Je pense que ça s'est infecté, fit-elle. Votre pommade a bien fonctionné, mais j'ai l'impression que ce n'est pas suffisant.

— En effet, ce n'est pas joli à voir.

Elle demeura silencieuse. Elle aurait préféré qu'il se montre plus confiant. Le médecin recula et saisit une petite pince sur la desserte. Elle cala son incisive supérieure dans l'interstice de la rangée inférieure.

— Cela vous démange-t-il toujours autant ? dit-il en revenant vers elle.

— Oui, enfin, non. En fait, ce sont plus des brûlures que des démangeaisons.

— C'est parce que la peau s'est surinfectée. Pour se défendre. Si vous saviez la perfection du corps humain...

Il tira sur un pli de la peau. D'une autre main, il fit couler quelques gouttes d'encre dessus. Des nervures s'imprimèrent.

— Voyez, ce sont les galeries. Sous la peau, les petites bêtes suivent leur cycle. Elles naissent, se reproduisent, meurent. Ce qui vous démange, ce sont les mères qui creusent pour pondre. Vous êtes leur Eden, vous êtes leur protectrice.

Elle retira sa main.

— Vous ne pouvez pas comparer...

— Vous les observez pourtant de haut. Peut-être vous chérissent-elles. Elles vous font confiance, oui. Peut-être aimeriez-vous les aider. Peut-être aimeriez-vous qu'elles guérissent...

Il attrapa un flacon et lui mit dans la main, refermant ses doigts dessus ; il s'était tu. Elle le regardait, puis baissa les yeux pour voir les larmes de l'homme diluer l'encre sur sa peau.

— Je vous remercie.

— Reposez-vous ma Sœur, reposez-vous...

LVI

C'était un matin comme les autres. Pourtant, dès qu'elle posa un pied à terre, sœur Marie eut un mauvais pressentiment. Elle n'aurait pu le décrire précisément, ni en tracer les contours, mais c'était de ceux qui nous étreignent quand un malheur arrive, de ceux auquel, peut-être par peur, peut-être par rationalisme, on ne prend pas garde jusqu'à l'instant fatal. Elle déjeunait, en parlant à Marianne un peu plus fort que d'habitude, certainement pour faire fondre cette appréhension, mais lorsqu'elle la vit s'approcher d'elles, elle sut tout de suite. Jeanne, grave, la démarche résolue, à la beauté impitoyable, était devant elles et avant même qu'elle n'ouvre la bouche, Marianne se leva. Les femmes, les mères peut-être encore plus, sentent ces choses-là. Sœur Marie regarda Jeanne s'asseoir, et après que son amie se soit enfuie, elle lui fit signe de parler.

— Sœur Marthe est venue ce matin. Elle m'a dit… Qu'à cause de ce que j'ai fait… Je n'ai pas le choix… L'isoloir, personne n'aime ça…

Une détonation de rires réjouis retentit. Une fille, quelques tables plus loin, était tombée de son banc.

— J'ai été épargnée parce que j'étais grosse, mais ça me pend au nez, ça me pend au nez, ma Sœur... Si je ne la récupère pas...

Elle l'écouta sans l'interrompre. Puis, elle inspira, plus qu'elle ne l'avait jamais fait auparavant, jusqu'à se sentir entravée par ses propres côtes, jusqu'à ce que cela devienne douloureux. Son souffle se brisait, mais résignée, elle rejoignit Marianne dans sa chambre.

— Ne vous approchez pas !

Le bébé pleurait. La religieuse voyait l'une des petites mains s'accrocher au col de la prisonnière.

— Je croyais qu'on était amies ! sanglotait-elle.

Elle s'arrêta. C'était pour le bien de la petite. C'était pour le bien de la petite. Marianne se cramponnait au bébé. Elle lui disait doucement de se calmer, qu'elle était là, qu'elle restait là, et sœur Marie, en refrénant l'envie de quitter la chambre, parvint à se rapprocher. La petite vociférait. Si elle avait pu, elle l'aurait mordue, elle en était persuadée. Son être n'était plus qu'une plissure baveuse. Sur son visage s'imprimaient encore les baisers de Marianne.

Était-ce un avant-goût de ce qui l'attendait à cause de ses péchés ? C'était la question qui revenait sans cesse. Comment était-ce possible, autrement ? Cela ne pouvait être qu'une punition. Il n'y avait pas d'autres solutions, personne ne devait vivre cela sans s'être attiré son courroux. Personne. Personne ne pouvait arracher un enfant des bras de sa mère. Car Marianne était la mère de la petite, il n'y avait plus aucun doute. La manière dont elle avait fini par lui tendre, comme si elle ne voulait pas que son désarroi s'instille dans le corps de l'enfant. Le baiser qu'elle avait posé sur son front, après avoir séché ses larmes. Et le gémissement qu'elle avait presque réussi à étouffer. Il fallait forcément être un pécheur pour être témoin de ce qu'elle avait vu.

Les jours passèrent, bruyants. Le bébé pleurait sans s'arrêter, et les filles commençaient à perdre patience. Marianne n'était pas réapparue. Sœur Marie craignait qu'elle ne commette l'erreur qui les hanterait toutes. Pourtant, quand elle alla la voir, elle la trouva, comme essorée après toutes ces larmes. Elle aurait aimé pouvoir lui citer un verset réconfortant, une parole juste, mais ses lèvres restaient closes. Alors elle posa sa main sur la sienne, et les deux restèrent en silence pendant de longues minutes. Marianne, alors, la rassura. Elle allait finir par accepter. Le plus important, c'était que la petite aille bien.

— C'est l'essentiel, après tout, ma Sœur. Je la verrais grandir, je la verrais grandir de loin.

Le ciel bleuissait. On avait fait rapporter des branches de mimosas qui embaumaient jusque dans l'isoloir. Sœur Marie touchait les grappes jaunes, qui s'éclairaient entre ses doigts. L'enfant semblait s'apaiser. Henriette réussissait à la nourrir, pendant que Berthe parlait à la mère. Les jours passaient, et les fleurs se fragmentaient pour tomber sur les dalles. Sous les semelles, elles se dispersaient dans les couloirs, les colorant de leur poudre odorante. Le calme était revenu. Les choses allaient enfin rentrer dans l'ordre.

Cette nuit-là, elle fut réveillée de force, tirée par une pince glacée. Elle sursauta, regarda sa pendule. Il était près de minuit. La petite main était revenue la chercher, comme à son arrivée. Elle avait l'impression de voir son reflet dans les yeux immenses face à elle. Dehors, les ténèbres de la ville. La lune était morte. Elle ouvrit la bouche, la referma, à la recherche d'air. Une fois redressée sur son oreiller, elle put enfin articuler sa surprise.

— Augustin ? Que se passe-t-il ?

Les yeux sombres l'observaient. Il ne répondit pas. Elle craqua une allumette pour allumer la bougie près de son lit.

— C'est ta mère ? C'est toi ? Tout va bien ?

Il la tira vers elle, toujours sans dire un mot. Elle le suivit, les pieds nus sur le sol glacé, essayant de ravaler le souvenir qui se présentait à elle. Elle refusait de croire qu'on lui avait préparé une nouvelle farce. Et cette certitude l'inquiétait encore plus que l'idée de recevoir un demi-litre d'urine au visage.

L'entièreté de la chambre commune était réveillée. Presque tous les lits étaient vides. Presque tous... Les femmes s'agitaient, une ruche nocturne et désorientée. Ses omoplates se bloquèrent. Elle n'avait jamais rien vu de tel. Toutes lui faisaient face, le visage réfléchissant la lueur de sa flamme. La pâleur de leurs chemises, leur uniformité, leur gravité, tout les apparentait à des spectres. Pourquoi ne parlaient-elles pas ? Pourquoi la dévisageaient-elles ? Berthe arriva, les cheveux aplatis sur son crâne.

— Ma sœur, sans Henriette, on ne peut rien faire. L'infirmière a disparu. Le médecin n'est pas là.

— De quoi me parlez-vous ? Que se passe-t-il ?

Berthe, en guise de réponse, la tira vers un des lits au fond du dortoir. Lorsqu'encore à quelques pas, elle la reconnut, un frisson longea sa colonne.

— Jeanne, souffla-t-elle. Qu'y a-t-il ?

Elle berçait l'enfant, la bouche entrouverte. Ses yeux se perdaient dans les lits du fond. Elle regardait sans voir. Sœur Marie s'assit à ses côtés.

— Elle pleurait, finit-elle par dire, elle pleurait, ma Sœur. Mais j'ai réussi à la calmer, vous savez. J'ai réussi. Ce n'est pas facile. Non. Ce n'est pas facile, elles vous le diront. Pourtant j'y suis arrivée. Et là, elle a souri et elle lui ressemblait tant... Elle lui ressemblait tant...

Et elle continuait de se balancer, en répétant la même phrase. La religieuse, alors, tira sur le lange. La petite était bleue.

À suivre

Table des matières

Quelques mots de l'auteur

Merci beaucoup de votre confiance. C'est grâce à vous que les histoires comme celle que vous venez de lire peuvent vivre. Le bouche-à-oreille est primordial pour les jeunes auteurs, et encore plus en autoédition. Si vous pouviez prendre quelques minutes pour écrire un commentaire sur Amazon ou Babelio, je vous en serais très reconnaissante. La deuxième partie de *Leur mère à toutes* est prévue pour la fin d'année, et vous pouvez lire *Fièvre de lait* dès maintenant, une histoire différente, mais qui saura, je l'espère, vous séduire. Si vous souhaitez en apprendre plus, vous pouvez me retrouver sur les réseaux sociaux.

yasminabehagleauteur

yasminabehagleauteur

yasminabehagleauteur

Dépôt légal avril 2021

Printed in France by Amazon
Brétigny-sur-Orge, FR

16173255R00181